PRINCESS CRUISES

Library

We hope you enjoy reading this book.

Please return it to the library as soon as possible,

or before disembarking the ship.

WITHDRAWN FROM STOCK

Library Services by Ocean Books

www.oceanbooks.com

CORSARIOS
DE LEVANTE

LAS AVENTURAS DEL CAPITÁN ALATRISTE

ARTURO
PÉREZ-REVERTE

CORSARIOS DE LEVANTE

ALFAGUARA

© 2006, Arturo Pérez-Reverte
© De esta edición:
  2006, Santillana Ediciones Generales, S. L.
  Torrelaguna, 60. 28043 Madrid
  Teléfono 91 744 90 60
  Telefax 91 744 92 24
  www.alfaguara.com
  www.capitanalatriste.com

ISBN: 84-204-7101-1
Depósito legal: M-37.625-2006
Printed in Spain - Impreso en España

Diseño gráfico: Manuel Estrada

Ilustrado por Joan Mundet

Mapas de las guardas: Atlas Maior de Joan Blaeu, 1665

A Juan Eslava Galán y Fito Cózar,
por el Nápoles que no conocimos
y los bajeles que no saqueamos.

Aquel salir y entrar en las galeras,
el caer en las aguas y en el fuego,
las bravas muertes de cien mil maneras,
las furias y el mortal desasosiego,
el abatir y enarbolar banderas,
el matar y pagar la muerte luego.

Cristóbal de Virués

I. LA COSTA DE BERBERÍA

a caza por la popa es caza larga, y voto a Cristo que ésa lo había sido en exceso: una tarde, una noche de luna y una mañana entera corriendo tras la presa por una mar incómoda, que a trechos estremecía con sus golpes el frágil costillar de la galera, estaban lejos de templarnos el humor. Con las dos velas arriba tensas como alfanjes, los remos trincados y los galeotes, la gente de mar y la de guerra resguardándose como podían del viento y los rociones, la *Mulata*, galera de veinticuatro bancos, había recorrido casi treinta leguas persiguiendo a aquella galeota berberisca que al fin teníamos a tiro; y que, si no rompíamos un palo –los marineros viejos miraban arriba con preocupación–, sería nuestra antes de la hora del avemaría.

–Rásquenle el culo –ordenó don Manuel Urdemalas.

Nuestro capitán de galera seguía de pie, a popa –casi no se había movido del sitio en las últimas veinte horas–, y desde allí observó cómo el primer cañonazo levantaba un pique de agua junto a la galeota. Al ver el alcance del tiro, los artilleros y los hombres que estaban a proa, alrededor del cañón de crujía, vitorearon. Mucho tenían que torcerse las cosas para que se nos fuera la presa, teniéndola a mano y a sotavento.

–¡Está amainando! –voceó alguien.

La única vela de la galeota, un enorme triángulo de lona, flameó al viento mientras la recogían con rapidez, bajando la entena. Oscilante en la marejada, la embarcación berberisca nos mostró primero la aleta y luego la banda zurda. Por primera vez pudimos observarla con detalle: era una media galera de trece bancos, fina y larga, y le calculamos un centenar de hombres a bordo. Parecía de ésas rápidas y veleras, a las que calzaban como un guante aquellos avisados versos cervantinos:

> *El ladrón que va a hurtar,*
> *para no dar en el lazo*
> *debe ir sin embarazo*
> *para huir, para alcanzar.*

Hasta entonces la galeota sólo había sido una vela que barloventeaba, delatándose corsaria, para acercarse con descaro al convoy mercante que la *Mulata* escoltaba con otras tres galeras españolas entre Cartagena y Orán. Luego, cuando largamos todo el trapo y le fuimos encima, se convirtió en una vela fugitiva y una popa que, poco a poco, mientras progresaba nuestra caza a la vuelta de lebeche, iba aumentando de tamaño a medida que acortábamos distancia.

–Al fin se rinden esos perros –dijo un soldado.

El capitán Alatriste estaba a mi lado, observando al corsario. Bajada la entena y aferrada la vela, los remos de la galeota se desplegaban ahora sobre el agua.

–No –murmuró–. Van a pelear.

Me volví hacia él. Bajo el ala ancha de su viejo sombrero, la reverberación del sol en el agua y las velas le hacía entornar los ojos, volviéndoselos aún más claros y glaucos. Llevaba barba de cuatro días y su piel estaba sucia y grasienta, como la de todos a bordo, por la navegación y la vigilia. Su mirada de soldado veterano seguía con extrema atención cuanto ocurría en la galeota: algunos hombres corriendo por la cubierta hacia proa, los remos que se acompasaban en la ciaboga, haciendo virar la embarcación.

–Quieren probar suerte –añadió, ecuánime.

Señalaba con un dedo la grímpola flameante en lo alto de nuestro árbol mayor, indicando la dirección del viento. Éste había rolado, durante la caza, de maestral a levante cuarta al griego, y ahí se mantenía, de momento. Entonces comprendí yo también. El corsario, sabiendo que la huida era imposible, y no queriendo rendirse, recurría a los remos para situarse proa al viento. Galeotas y galeras llevaban un solo cañón grande a proa y pedreros de poco alcance en las bandas. Ellos estaban peor armados que nosotros, y eran menos a bordo; pero, puestos a jugar el último naipe, un tiro afortunado podía desarbolarnos un palo, o hacerle daño a la gente de cubierta. Los remos le daban maniobra pese al viento adverso.

–¡Aferra las dos!... ¡Ropa fuera! ¡Pasaboga!

Por las órdenes que daba, secas como escopetazos, nuestro capitán de galera también había comprendido. Las dos entenas bajaron con rapidez, recogiéndose las velas, y saltó el cómitre a la crujía látigo en mano –«Ea, ea», animaba el hideputa– haciendo que los galeotes, desnudos de cintura para arriba, ocuparan sus sitios, cuatro por banco a cada banda y cuarenta y ocho remos en el agua, mientras tejía en sus espaldas un jubón de amapolas.

–¡Señores soldados!... ¡A sus puestos de combate!

El tambor redobló a zafarrancho mientras la gente de guerra, entre los habituales reniegos, peseatales y porvidas de la infantería española –lo que no excluía oraciones entre dientes, besos a medallas de santos y escapularios o persignarse quinientas veces–, empavesaba las bandas con jergones y mantas para protegerse de los tiros enemigos, se proveía de las herramientas del oficio, cargaba arcabuces, mosquetes y pedreros, y ocupaba su lugar a proa y en los corredores –los pasillos que iban por ambas bandas de la galera–, sobre los remos que ya calaba la chusma con buen compás mientras cómitre y sotacómitre, entre toque y toque de silbato, seguían mosqueando lomos a gusto. Del espolón a la popa, las mechas empezaban a humear. Aún no tenía yo cuerpo para manejar a bordo el arcabuz o el pesado mosquete, pues los españoles tirábamos a puntería, encarando el ojo por la mira; y si con el movimiento de la galera no tenías manos fuertes, la coz del disparo podía dislocar el hombro o llevarte las muelas. Cogí, por tanto, mi chuzo y mi espada ancha y corta, pues demasiado larga resultaba incómoda en la cubierta de un barco, me ceñí las sienes con un pañuelo bien prieto y seguí al capitán Alatriste hecho un San Jorge. Como soldado plático y de mucha confianza, el puesto de mi amo —en realidad ya no lo era, pero eso apenas alteraba mi costumbre— estaba en el bastión del esquife: el mismo, cosas de la vida, que había tenido el buen don Miguel de Cervantes en la *Marquesa*, cuando Lepanto. Una vez en nuestro sitio, el capitán me miró con aire distraído y sonrió apenas con los ojos, pasándose dos dedos por el mostacho.

—Tu quinto combate naval —dijo.

Después sopló la cuerda encendida de su arcabuz. Su tono tenía la indiferencia adecuada; pero yo sabía que, como las cuatro veces anteriores, estaba preocupado por mí. Pese a mis diecisiete años recién cumplidos, o precisamente a causa de ellos. En los abordajes, ni siquiera Dios conocía a los suyos.

—No saltes al corsario si no lo hago yo... ¿Entendido?

Abrí la boca para protestar. En ese momento resonó un estampido a proa, y el primer cañonazo enemigo hizo volar por la galera astillas como puñales.

Era un largo camino el que nos había llevado al capitán
Alatriste y a mí hasta la cubierta de aquella galera, que ese
mediodía de finales de mayo del año mil seiscientos y veintisiete –las fechas constan en mis papeles viejos, entre amari-
llentas hojas de servicios– combatía con la galeota corsaria
pocas millas al sur de la isla de Alborán, frente a la costa de
Berbería. Después de la funesta aventura del caballero del
jubón amarillo, cuando nuestro católico y joven monarca se
libró por muy poco de la conspiración maquinada por el inquisidor fray Emilio Bocanegra, el capitán Alatriste, tras
tener la cabeza a dos dedos del verdugo por disputarle una
amante al cuarto Felipe, logró preservar vida y reputación
merced a su espada –y más modestamente, a la mía y a la del
cómico Rafael de Cózar– cuando salvó el real gaznate durante una incierta partida de caza en El Escorial. Los reyes
son, sin embargo, ingratos y olvidadizos: el lance no nos re-
portó beneficio alguno. Como se daba, además, la circuns-
tancia de que, a causa de ciertos amores de nuestro monarca con la representante María de Castro, el capitán se había
trabado de verbos y aceros con el conde de Guadalmedina,
confidente real, llegando a herirlo primero de una linda cuchillada y luego de unos cuantos golpes, el antiguo favor del
conde hacia mi amo, viejo de Flandes e Italia, se había troca-
do en rencor. Así que lo de El Escorial nos alcanzó justo
para equilibrar el debe y el haber. Salimos, en suma, con lo
comido por lo servido, sin un maravedí en la faltriquera,
pero con el alivio de no dar con nuestros huesos en prisión o
heredar seis pies de tierra de una fosa anónima. Los corche-

tes del teniente de alguaciles Martín Saldaña –convaleciente de una gravísima herida que le había infligido mi amo– nos dejaron en paz, y el capitán Alatriste anduvo al fin sin llevar, de continuo, el soldadesco mostacho sobre el hombro. Ése no fue el caso de otros implicados, sobre quienes cayeron, con la discreción propia del caso, las furias reales: fray Emilio Bocanegra quedó recluido en un hospital para enfermos mentales –su condición de santo varón exigía ciertos miramientos–, y otros conspiradores de menos usía fueron estrangulados sigilosamente en la cárcel. De Gualterio Malatesta, el sicario italiano enemigo personal del capitán y mío, nada cierto supimos; se habló de atroces tormentos antes de la ejecución en un oscuro calabozo, pero nadie dio fe. En cuanto al secretario real Luis de Alquézar, cuya complicidad no pudo probarse, su posición en la Corte y sus influencias en el Consejo de Aragón le preservaron el cuello pero no el cargo: una fulminante orden real lo envió a las tierras ultramarinas de Nueva España. Y como saben vuestras mercedes, la suerte de tan turbio personaje no me era indiferente. Con él había embarcado, rumbo a las Indias, el amor de mi vida. Su sobrina Angélica de Alquézar.

De todo eso me propongo hablar con detalle más adelante. Baste por ahora con lo dicho, y con señalar que nuestra última aventura había persuadido al capitán Alatriste de la necesidad de asegurar mi futuro poniéndome a salvo, en lo posible, de los caprichos de la Fortuna. La ocasión vino de mano de don Francisco de Quevedo –desde mi tropiezo con la Inquisición, el poeta oficiaba sin empacho de padrino

mío–, cuyo prestigio subía como espuma en la Corte, quien se
mostró convencido de que, con algo de favor merced a la
simpatía que le mostraba nuestra señora la reina, a la benevo-
lencia del conde-duque de Olivares y a un poco de buena
suerte, yo podría ingresar al cumplir los dieciocho en el cuerpo de correos reales, que era buen modo de iniciar carrera en
la Corte. El único problema serio consistía en que, para verme promovido a oficial en el futuro, iba a necesitar familia
adecuada o ejecutoria convincente; y ahí la milicia tenía su
peso. Pero, aunque mi experiencia en las armas no era de ma-
tasiete de taberna –había pasado dos intensos años en Flandes, asedio de Breda incluido–, mi juventud, que me había
obligado a enrolarme como mochilero en vez de como soldado, descartaba una hoja de servicios. Se imponía, por tanto,
lograrla mediante un período de vida militar en regla. El remedio lo sugirió nuestro amigo el capitán Alonso de Contreras, quien tras hospedarse en casa de Lope de Vega regresaba
a Nápoles. El veterano soldado nos invitó a acompañarlo,
argumentando que el tercio de infantería española allí establecido, donde servían muchos viejos camaradas suyos y de
mi amo, era perfecto para esos dos años de ejecutoria cas-
trense; y también para, aparte las delicias que a los españoles
ofrecía la ciudad del Vesubio, juntar dinero con las incursiones que nuestras galeras hacían en las islas griegas y la costa
africana. Acudan por tanto a su oficio, aconsejó Contreras,
den vuestras mercedes a Marte lo que a Venus daban, y hagan cosas que sean increíbles de espantosas. Etcétera. Y yo
que lo beba, amén.

Lo cierto es que al capitán Alatriste no le importaba alejarse de Madrid —estaba sin blanca, había terminado con María de Castro, y Caridad la Lebrijana mencionaba la palabra matrimonio con demasiada frecuencia—; así que, tras darle vueltas, como solía, y vaciar en silencio muchos azumbres de vino, acabó decidiéndose. En el verano del año veintiséis embarcamos por Barcelona, y tras hacer escala en Génova seguimos hacia el sur, hasta la antigua Parténope, donde Diego Alatriste y Tenorio e Íñigo Balboa Aguirre sentamos plaza de soldados en el tercio de Nápoles. El resto de aquel año, hasta que por San Demetrio terminó la estación de las galeras, hicimos corso en Berbería, el Adriático y Morea. Luego, tras el desarme para la invernada, gastamos parte de nuestros botines en las innumerables tentaciones napolitanas, visitamos Roma para que yo admirase la más asombrosa urbe y fábrica majestuosa de la cristiandad, y volvimos a embarcar a principios de mayo, como era costumbre, en las galeras recién despalmadas y listas para la nueva campaña. Nuestro primer viaje —escolta de caudales que iban de Italia a España— nos había llevado a Baleares y Valencia; y ahora, en este último, a proteger naves mercantes con bastimentos de Cartagena para Orán antes de regresar a Nápoles. El resto —la galeota corsaria, la persecución destacándonos del convoy, la caza frente a la costa africana— lo he referido más o menos. Añadiré que ya no era un jovenzuelo imberbe el bien acuchillado Íñigo Balboa de diecisiete años que, junto al capitán Alatriste y la demás gente de cabo y guerra embarcada en la *Mulata*, combatía con el cor-

sario turco –nombre ese, el de turco, que dábamos a cualquiera que corriese la mar, otomano de nación, moro, morisco o lo
que fuera servido–. Lo que sí era, en cambio, van a descu-
brirlo vuestras mercedes en esta nueva aventura donde me
propongo recordar el tiempo en que el capitán Alatriste y
yo peleamos de nuevo hombro con hombro, aunque no ya
como amo y paje, sino como iguales y camaradas. Contaré,
sin omitir punto en ello, de escaramuzas y corsarios, de mocedad feliz, de abordajes, matanzas y saqueos. También diré
por lo menudo cuanto en mi siglo –qué lejano parece, ahora
que tengo viejísimas cicatrices y canas– hizo el nombre de
mi patria respetado, temido y odiado en los mares de Levante. Diré que el diablo no tiene color, ni nación, ni bandera.
Diré cómo, para crear el infierno así en el mar como en la
tierra, en aquel tiempo no eran menester más que un español y el filo de una espada.

   –¡Dejen de matar! –ordenó el capitán de la *Mulata*–...
¡Esa gente vale dinero!
   Don Manuel Urdemalas era hombre apretado de bolsa, y
no le gustaba derrochar sin motivo. Así que obedecimos poquito a poco, de mal talante. En mi caso, el capitán Alatriste
tuvo que sujetarme por un brazo cuando me disponía a degollar a uno de los turcos que intentaban subir a bordo tras haberse arrojado al agua durante el combate. Lo cierto es que aún
estábamos calientes, y la matanza no bastaba para templar

ganas. Durante la aproximación, los turcos –luego supimos que llevaban un buen artillero, renegado portugués– tuvieron tiempo de asestarnos su cañón de crujía, haciéndonos dos muertos. Por eso les habíamos ido encima de romanía, dispuestos a no dar cuartel, todos gritando «¡Pasaboga, embiste, embiste!», erizados de chuzos y medias picas y humeando las cuerdas de los arcabuces, mientras, entre rebencazos del cómitre, pitadas de chifle y tintineo de cadenas, los forzados se dejaban el ánima en los remos, y la galera le entraba en diagonal a la galeota, apuntando a su cuartel de proa. El timonero, que conocía su oficio, nos había llevado justo donde nos tenía que llevar, y sólo un momento antes de que el espolón hiciera pedazos los remos de la galeota y la alcanzase por la banda diestra, nuestras tres piezas de crujía, cargadas con clavos y hoja de Milán, le barrieron lindamente media cubierta. Luego, tras un rosario de escopetazos y tiros de pedreros, el primer trozo de abordaje, gritando «¡Santiago, cierra, cierra!», pasó por el espolón y le ganó sin dificultad todo el espacio del árbol hacia delante, acuchillando a mansalva. Los turcos que no se arrojaron al agua murieron allí mismo, entre los bancos resbaladizos por la sangre, o se replegaron a la popa; donde, la verdad, estuviéronse batiendo con mucho coraje y mucha decencia, hasta que nuestro segundo trozo de abordaje les ganó la carroza, donde se defendían los últimos. En ese segundo grupo íbamos el capitán Alatriste y yo, él con espada y rodela tras vaciar a gusto el arcabuz, yo con coselete y un chuzo que, a medio camino, cambié por una afilada partesana que arran-

... Todos gritando «¡Pasaboga, embiste, embiste!»...

qué de las manos a un turco agonizante. Y así, cuidando el uno del otro, tajando, avanzando, tajando, muy prudentes y paso a paso, de banco en banco y sin dejar atrás a nadie vivo por si las moscas, ni siquiera a los que tirados en las tablas pedían clemencia, nos llegamos con los camaradas a la popa, apretándola hasta que el arráez turco, herido de mala manera, y los supervivientes que no se habían tirado al agua arrojaron las armas pidiendo cuartel. Que tardó, sin embargo, en dárseles; pues a partir de ahí todo fue más carnicería que otra cosa; y tuvo que venir, como digo, la orden repetida de nuestro capitán de mar y guerra para que la gente, exasperada por la resistencia corsaria –con los aviados por el cañón, la pelea nos había costado nueve muertos y doce heridos, sin contar los galeotes–, dejara de menear las manos; e incluso muchos que estaban en el agua, como digo, fueron cazados igual que patos a tiros de arcabuz, pese a sus súplicas, o muertos a lanzadas y golpes de remo cuando intentaban subir a bordo.

–Déjalo ya –me dijo Diego Alatriste.

Me volví a mirarlo, aún sin resuello por las fatigas del combate: había limpiado la espada con un trapo cogido de cubierta –un turbante moro deshecho– y la envainaba mirando a los desgraciados que se ahogaban o nadaban sin osar acercarse. El mar no estaba picado, y muchos podían mantenerse a flote, excepto los heridos, que se anegaban entre gemidos y boqueadas de angustia, gorgoteando con las últimas ansias de la muerte en el agua teñida de rojo.

–La sangre no es tuya, ¿verdad?

Me miré los brazos y palpé mi coselete y mis muslos. Ni
un arañazo, comprobé con júbilo.

–Todo en su sitio –sonreí, cansado–. Como vuestra merced.

Miramos, en torno, el paisaje tras la pelea: las dos naves
aún aferradas, los cuerpos destripados entre los bancos, los
prisioneros y los moribundos, la gente empapada que empezaba a subir a bordo bajo la amenaza de chuzos y arcabuces,
los camaradas que daban saco franco a la galeota. La brisa de
levante nos secaba sangre turca en las manos y en la cara.

–Hagamos galima –suspiró Alatriste.

Así llamábamos al botín a bordo, pero apenas había. La galeota, armada por gente del puerto corsario de Salé, todavía
no había hecho ninguna presa cuando la descubrimos acercándose al convoy; así que sólo aparecieron víveres y armas,
sin objetos de valor a los que echar mano, aunque levantamos
cada tabla de cubierta y rompimos todos los mamparos abajo.
Ni para el maldito quinto del rey apareció una dobla. Yo tuve
que conformarme con una aljuba de paño fino –aun así hube
de disputarla casi a golpes con un soldado que decía haberla
visto primero–, y el capitán Alatriste se quedó un cuchillo da-
masquino grande, de buen filo y muy bien labrado, que le
quitó de la faja a un herido. Con eso volviose a la *Mulata*,
mientras yo seguía forrajeando por la galeota turca y echaba
un vistazo a los prisioneros. Una vez el cómitre se hubo quedado con las velas de la presa, como solía, lo único valioso
eran los turcos supervivientes. Por fortuna no iban cristianos
al remo, sino que los corsarios mismos bogaban o combatían

según las circunstancias; y cuando nuestro capitán Urdemalas, con muy buen seso, había ordenado parar la matanza, aún
quedaban vivos de los rendidos, los heridos y los que nadaban
sin osar acercarse, unos sesenta. Echando cuentas rápidas, eso
suponía ochenta o cien escudos por cada uno, según dónde se
vendieran como esclavos. Apartado el quinto real, lo del capitán de galera y lo demás, y repartido entre los cincuenta hombres de mar y los setenta soldados que íbamos a bordo –la
chusma de casi doscientos galeotes no entraba en el reparto–,
no era volvernos ricos, pero algo era. De ahí que se nos hubiera recordado a gritos que, a más turcos vivos, más ganancia.
Pues cada vez que liquidábamos a uno de los que nadaban
queriendo subir a bordo, se iban al fondo más de mil reales.

–Hay que ahorcar al arráez –dijo el capitán Urdemalas.

Lo comentó en voz baja, sólo para los oídos del alférez
Muelas, el cómitre, el sargento Albaladejo, el piloto y dos soldados de confianza o caporales, uno de los cuales era Diego
Alatriste. Estaban reunidos en consejo a popa de la *Mulata*,
junto al fanal, mirando hacia la galeota corsaria aún enclava-
da por el espolón de la galera, los remos destrozados y en-
trándole agua por la brecha. Todos convenían en que era
inútil remolcarla: se anegaría de allí a poco, yéndose al fondo
sin remedio.

–Es renegado español –Urdemalas se rascaba la barba–.
Un tal Boix, mallorquín. Por mal nombre, Yusuf Bocha.

—Está herido —apuntó el cómitre.

—Pues arriba con él, antes de que muera por su cuenta.

El capitán de galera miraba el sol, ya cerca del horizonte. Quedaba una hora de luz, calculó Alatriste. Para entonces los prisioneros debían encontrarse encadenados a bordo de la *Mulata*, y ésta rumbo a un puerto amigo donde venderlos. En ese momento los interrogaban para averiguar lengua y nación, poniéndolos aparte: renegados, moriscos, turcos, moros. Cada nave corsaria era una babel pródiga en sorpresas. No era extraño encontrar a bordo a renegados de origen cristiano, como era el caso. Incluso ingleses u holandeses. Por eso, en lo de colgar al arráez, nadie discutía el asunto.

—Aparejen de una vez la soga.

Aquello, sabía de sobra Alatriste, iba de oficio. Para un renegado al mando de una embarcación que se había resistido y hecho muertos en la galera, acabar con indigestión de esparto era obligado. Y más, siendo español.

—No será sólo al arráez —aclaraba el alférez Muelas—. También hay moriscos: el piloto y otros cuatro, al menos. Había muchos más, casi todos hornacheros, pero están muertos... O muriéndose.

—¿Y los otros cautivos?

—Moros bagarinos y gente de Salé. Hay dos rubios, y les están mirando el prepucio a ver si son tajados o cristianos.

—Pues ya se sabe: si están tajados, al remo; y luego, a la Inquisición. Y si no, a colgar de la entena... ¿Cuántos muertos nos han hecho?

–Nueve, más los que no lleguen a mañana. Sin contar la chusma.

Urdemalas dio una palmada impaciente, de fastidio.

–¡Juro a mí!

Era marino curtido, rudo de maneras, con treinta años de Mediterráneo en la piel agrietada por el sol y en las canas de la barba. Sabía de sobra cómo tratar a aquella gente que anochecía en Berbería y amanecía en la costa de España, hacía de ordinario presa y se volvía, tranquilamente, a dormir a sus casas:

–Soga para los seis, y que el diablo se harte.

Un soldado llegó con noticias para el alférez Muelas, y éste se volvió a Urdemalas.

–Me dicen que los dos rubios están tajados, señor capitán... Un renegado francés y otro de Liorna.

–Pues al remo con ellos.

Todo aquello explicaba el duro empeño de la galeota: sus tripulantes sabían a qué atenerse. Casi todos los moriscos a bordo habían preferido morir luchando antes que rendirse; y en eso se les notaba –según comentó desapasionadamente el alférez Muelas–, aunque perros de agua, qué tierra los había parido. Después de todo, era universal que los soldados españoles no respetaban la vida de los compatriotas renegados que patroneaban embarcaciones corsarias, ni tampoco la de sus tripulantes cuando eran moriscos, excepto si éstos venían a las manos sin luchar, en cuyo caso eran entregados a la Inquisición. Los moriscos, moros bautizados pero sospechosos en su fe, habían sido expulsados de España dieciocho años antes, después de muchas sangrientas revueltas, sospechas, falsas conversiones, traiciones y turbulencias. Maltratados, asesinados por los caminos, despojados de lo que llevaban consigo, violadas sus mujeres e hijas, se vieron al fin arrojados a la costa norteafricana, donde tampoco sus hermanos moros les hicieron grato recibimiento. Establecidos al fin en puertos corsarios del norte de África –Túnez, Argel y sobre todo Salé, el más cercano a las costas andaluzas–, eran ahora los enemigos más feroces y odiados, por ser también los más crueles con sus presas españolas, tanto en el mar como en sus incursiones contra la costa peninsular. Que asolaban sin piedad, con su conocimiento del terreno y con el lógico rencor de quien salda viejas cuentas, como contaba en *La buena guarda* el gran Lope:

> *Y moros de Argel, piratas,*
> *entre calas y recodos,*
> *donde después salen todos*
> *tienen ocultas fragatas.*

–Pero cuélguenlos sin alardes –recomendó Urdemalas–. Que no se alboroten los cautivos. Cuando todos estén asegurados y con las cadenas puestas.

–Vamos a perder dinero, señor capitán –protestó el cómitre, que veía colgar de una entena otros miles de reales desperdiciados. El cómitre era aún más tacaño que el capitán de galera, tenía ruin cara y peor alma, y conseguía un sobresueldo, a medias con el alguacil de a bordo, con lo que sacaba de sobornos y cohechos a los galeotes.

–Me cago en los dineros de vuesamerced –Urdemalas fulminaba al cómitre con la mirada–. Y en quien los engendró.

El otro, hecho de antiguo al trato con el capitán de la *Mulata*, encogió los hombros y se alejó por la crujía, pidiendo unas cuantas sogas al sotacómitre y al alguacil. Éstos desherraban a la chusma muerta durante el combate –cuatro esclavos moros, un holandés y tres españoles condenados a remar en galeras– para echar sus cuerpos al mar y poner a corsarios en los grilletes vacantes. Otra media docena de galeotes heridos y de aspecto miserable, tumbados entre lamentos sobre sus bancos ensangrentados y con las calcetas y manillas puestas, esperaba a ser atendida por el barbero, que hacía a bordo las funciones de sangrador y cirujano. Cualquier herida, por terrible que fuera, la trataba éste con vinagre y sal, a usanza de galera.

Los ojos de Diego Alatriste dieron en los del capitán Urdemalas.

–Dos de los moriscos son jóvenes –dijo.

Era cierto. Los había visto al tiempo que caía herido el arráez: dos chiquillos acurrucados entre los bancos de popa, intentando hurtar el cuerpo al acero. Él mismo los había puesto aparte, salvándolos del degüello.

Urdemalas torció el gesto, un punto desabrido.

–¿Cuánto de jóvenes?

–Lo suficiente.

–¿Nacidos en España?

–Ni idea.

–¿Tajados?

–Supongo.

El marino masculló con fastidio un juro a mí y un pese a tal, mirando pensativo a su interlocutor. Luego se volvió a medias al sargento Albaladejo.

–Ocúpese vuesamerced, señor sargento. Que les miren el vello... Si tienen pelo en los aparejos, tienen cuello para el cabo de Palos, como hay Dios. Y si no, al remo.

Albaladejo se fue también por la crujía, camino de la galeota, a desgana. Bajarles los zaragüelles a dos muchachos para ver si salían hombres ahorcables o carne de remo, no era su ocupación favorita. Pero iba en el sueldo. Por su parte, el capitán de galera seguía observando a Diego Alatriste. Lo encaraba otra vez, inquisitivo, como preguntándose si sus reticencias sobre los dos jóvenes cautivos respondían a algo más que al sentido común. Muchachos o no, nacidos en España o fuera de ella –los últimos moriscos, murcianos del valle de Ricote, habían salido hacia el año catorce–, para Urdemalas, como para la mayor parte de los españoles, la compasión estaba fuera de lugar. Sólo dos meses atrás, durante un desembarco en la costa de Almería, los corsarios se habían llevado esclavos a setenta y cuatro hombres, mujeres y niños de un mismo pueblo, tras ponerlo a saco y crucificar al alcalde y a once vecinos cuyos nombres traían en una lista. Una mujer que pudo esconderse afirmó después que varios de los asaltantes eran moriscos, antiguos moradores del lugar.

Y es que todo el mundo tenía asuntos que ajustar en aquella turbulenta frontera mediterránea, encrucijada de razas, lenguas y viejos odios. En el caso de los moriscos, gente plática en las caletas, aguadas y caminos de una tierra a la que regresaban para vengarse, jugaba a su favor la ventaja que Miguel de Cervantes –que de corsarios sabía mucho, por soldado y por cautivo– había señalado poco tiempo atrás en *Los tratos de Argel*:

> *Nací y crecí, cual dije, en esta tierra,*
> *y sé bien sus entradas y salidas*
> *y la parte mejor de hacerle guerra.*

–Vuesamerced anduvo por allí, ¿verdad? –inquirió Urdemalas–. El año nueve, en lo de Valencia.

Asintió Alatriste. Pocos secretos se guardaban en el estrecho espacio de una nave. Urdemalas y él tenían amigos comunes, era soldado aventajado y cumplía a bordo funciones de cabo de tropa. El marino y el veterano se respetaban, pero cada uno hacía rancho aparte.

–Cuentan –prosiguió el capitán de galera– que ayudasteis a reprimir a esa gentuza... A los que se echaron al monte.

–Ayudé –respondió Alatriste.

Era un modo de resumirlo, se dijo. Las batidas montaña arriba, entre las peñas, sudando bajo el sol. Las partidas de rebeldes emboscados, los golpes de mano, las represalias, las matanzas. Crueldad por ambos bandos, y la pobre gente cristiana o morisca cogida en medio y pagando la loza rota, como siempre. Violaciones y asesinatos impunes, todo a cuenta de lo mismo. Y luego, aquellas filas de infelices marchando por los caminos, obligados a dejar sus casas y malvender cuanto no podían llevar consigo, vejados, saqueados por los campesinos o por los mismos soldados –no pocos desertaron para robarles– que los conducían a las naves y al exilio, como bien había resumido Gaspar Aguilar con aquello de:

El mando y el dominio les prohíben
de la hacienda que traen adquirida,
y les hacen limosna de la vida.

–Por mi honra –el capitán Urdemalas sonreía, avieso– que no parecéis muy orgulloso del servicio hecho a Dios y al rey.

Alatriste miró con fijeza a su interlocutor. Luego se llevó dos dedos de la mano izquierda al mostacho, atusándolo despacio.

–¿Se refiere a lo de hoy, señor capitán de galera, o a lo del año nueve?

Había hablado muy claro y muy frío, casi en voz baja. Urdemalas cambió una mirada incómoda con el alférez Muelas, el piloto y el otro cabo de tropa.

–Nada tengo que objetar a lo de hoy –repuso en tono diferente, mirándolo como si le contase las cicatrices de la cara–. Con diez como vuesamerced tomaba yo Argel en una noche. Sólo que...

Sordo al elogio, Alatriste seguía atusándose el mostacho.

–Sólo que, ¿qué?

–Bueno –Urdemalas encogió los hombros–. Aquí nos conocemos todos. Cuentan que no quedasteis contento en lo de Valencia... Y que os mudasteis con vuestra espada a otra parte.

–¿Y tenéis alguna opinión personal sobre eso, señor capitán?

Los ojos del capitán de galera siguieron el movimiento de la mano izquierda de Alatriste, que había dejado el mostacho para colgar a un costado, a dos pulgadas de la guarda de la toledana –llena de mellas y marcas de aceros– que le pendía del cinto. El marino era hombre resuelto, y todos lo sabían. Pero cada cual tenía su reputación, y la de Diego Alatriste era notoria: había embarcado en la *Mulata* precedido de ella. Bajo palabra, como quien dice. Pero a tales alturas, y tras verlo menear las manos, hasta el último grumete a bordo daba fe. Urdemalas lo sabía mejor que nadie.

–Ninguna opinión, juro a mí –repuso–. Cada cual es un mundo... Pero lo que cuentan, lo cuentan.

Sostuvo aquello firme, con franqueza, y Alatriste consideró por lo menudo la cuestión. No había, concluyó, nada que objetar al tono ni al contenido. El capitán de galera era hombre sagaz. Y prudente.

–Si es lo que cuentan –concedió–, lo cuentan bien.

El alférez Muelas creyó bueno aliviar el tono de la conversación.

–Yo soy de Vejer –dijo–. Y recuerdo los rebatos que nos daban los turcos, guiados por los moriscos de allí, que les decían cuándo cogernos desprevenidos... Algún hijo de vecino bajó a cuidar las cabras, o a pescar con su padre, y amaneció en un zoco de Berbería. Igual ahora anda como éstos, de renegado. O sabe Dios... Con el culo así. Por no hablar de las mujeres.

El piloto y el otro cabo de tropa asintieron, hoscos. Todos sabían demasiado de las poblaciones construidas en alto y apartadas de la orilla para precaverse de los piratas berberiscos que espumaban el mar y corrían la costa, de la angustia de los lugareños ante la osadía de aquéllos y la mala índole de sus correligionarios en tierra, de las sangrientas rebeliones de los moriscos reacios a aceptar bautismo y autoridad real, de sus complicidades en Berbería, de las peticiones secretas de ayuda a Francia, a los luteranos y al Gran Turco para un levantamiento general. Tras el fracaso de su dispersión después de las guerras de Granada y las Alpujarras, y de la ineficaz política de conversión intentada por el tercer Felipe, trescientos mil moriscos –cifra enorme en una población de nueve millones de almas– se habían enrocado cerca de las vulnerables costas levantinas y andaluzas, casi nunca cristianos sinceros, siempre ásperos, ingobernables y soberbios –como españoles que a fin de cuentas eran–, soñando con la libertad y la independencia perdidas; reacios a integrarse en aquella nación católica, forjada desde hacía un siglo, que libraba una guerra durísima y simultánea en todos los frentes, contra la envidia codiciosa de Francia e Inglaterra, la herejía protestante y el inmenso poderío turco de la época. Por eso, hasta su expulsión definitiva, los últimos musulmanes de la Península habían sido una peligrosa daga apuntando al costado de esa España dueña de medio mundo y en guerra con el otro medio.

–Era un sinvivir –proseguía Muelas–. De Valencia a Gibraltar, los cristianos viejos estábamos emparedados entre

los moriscos de las montañas y los piratas del mar. Esas señales de noche, esas facilidades para desembarcos y rapiñas,
esos conversos reacios a comer tocino...

Diego Alatriste movió la cabeza. No todo era así, y él lo
sabía.

—También había gente honrada —dijo—: cristianos nuevos
sinceros, fieles súbditos del rey. A alguno, soldado, conocí
en Flandes... Además, era gente útil y trabajadora. No había
entre ellos hidalgos, pícaros, frailes ni mendigos... En eso,
desde luego, no parecían españoles.

Lo miraron todos en silencio, un largo espacio. Luego, el
alférez se mordió una uña y escupió el trozo por la borda.

—Eso era lo de menos. Tenía que acabar tanta zozobra y
tanta infamia. Y con la ayuda de Dios, se acabó.

En realidad, se dijo Alatriste, nada había acabado todavía.
Aquella guerra sorda, civil, entre españoles, seguía por otros
medios y en otros lugares. Algunos moriscos, muy pocos,
habían logrado volver más tarde, clandestinamente, ayu-
dados por sus propios vecinos, como había ocurrido en el
campo de Calatrava. En cuanto al resto, llevando su rencor
y la nostalgia de la patria perdida a las ciudades corsarias de
Berbería, los exiliados mudéjares de Granada y Andalucía,
los tagarinos de Aragón, Cataluña y Valencia, expertos en
muchas cosas y también hábiles en oficios útiles para el
corso, habían reforzado la potencia turca y norteafricana.
Era usual encontrarlos como arcabuceros —la galeota apresada contaba con una docena de ellos—, y además de aportar
su conocimiento de las costas y lugares que asolaban, cons-

truían embarcaciones, fabricaban armas de fuego y pólvora, y sabían comerciar como nadie con los esclavos capturados, amén de ser diestros capitanes, pilotos y tripulantes de galeotas y fustas. De modo que su odio y su coraje, su práctica en la escopetería y su determinación de luchar sin pedir cuartel los equiparaba a los mejores soldados turcos, situándolos encima de las tripulaciones compuestas sólo por moros. Por eso eran los corsarios más feroces, los más despiadados tratantes de cautivos y los mayores enemigos que España tenía en el Mediterráneo.

–De cualquier manera, hay que reconocerles redaños –comentó el piloto–. Pelearon como tigres, los hideputas.

Alatriste miraba el mar alrededor de la galera y la galeota, cubierto de restos del combate. Los muertos se habían hundido ya casi todos. Sólo algunos, con aire atrapado en las ropas o los pulmones, flotaban en el agua tranquila, igual que tantos viejos fantasmas lo hacían en su memoria. Pocos, y ni siquiera él, negaron en su momento la necesidad de aquella expulsión. Eran tiempos duros. Ni España, ni Europa, ni el mundo, estaban para ternezas o melcochas. Pero lo habían desasosegado las maneras: frialdad burocrática y brutalidad militar, amén de la infame condición humana que acabó sazonando el asunto –«*se podría evitar el dejarles llevar tanto dinero, pues algunos salen de muy buena gana*», llegó a escribir al rey don Pedro de Toledo, jefe de las galeras de España–. Por eso, el año de mil seiscientos diez, a los veintiocho de su edad, el soldado Diego Alatriste, veterano del tercio viejo de Cartagena –traído de Flandes con objeto

de reprimir a los moriscos rebeldes–, había pedido la baja en
su antigua unidad, alistándose en el tercio de Nápoles para combatir contra los turcos en el Mediterráneo oriental.
Puesto a maltratar y degollar infieles, argumentó, prefería a
los que eran capaces de defenderse. Y en eso seguía, azares
de la vida, casi veinte años después.

–Yo estuve cargándolos como a bestias, el año diez y el
once, entre Denia y las playas de Orán –apuntó el capitán
Urdemalas–. A esos perros.

Dijo lo de perros recalcándolo mucho. Luego se fijó en
Diego Alatriste con extrema atención, como si acechase sus
adentros.

–A esos perros –repitió Alatriste, pensativo.

Recordaba las cuerdas de rebeldes encadenados camino
de las minas de azogue de Almadén, de las que ninguno volvía. Y al viejo morisco de un pueblecito valenciano, único
que no había sido expulsado a causa de su edad y achaques,
muerto a pedradas por los muchachos del lugar sin que ningún vecino, ni siquiera el párroco, hiciese nada por impe-
dirlo.

–Hay perros de muchas clases –concluyó.

Sonreía amargo, el aire ausente, los ojos glaucos muy fijos en los del capitán de galera. Y, por la expresión de éste,
supo que no le gustaban ni aquella mirada ni aquella sonrisa. Pero también supo –estaba hecho a calibrar hombres de
un vistazo– que Urdemalas se guardaría mucho de manifes-
tarlo en voz alta. A fin de cuentas, en lo formal nadie faltaba
allí el respeto a nadie. En cuanto al resto, no todo ocurría

sobre una galera, donde la disciplina militar vetaba cualquier lance de bueno a bueno. La vida estaba llena de puertos con callejas oscuras y silenciosas, de noches sin luna, de lugares discretos donde un capitán de gurapas, sin otro respaldo que el de su toledana, podía verse con un palmo de acero entre pecho y espalda sin tiempo a decir Jesús. Por eso, cuando Diego Alatriste adobó mirada y sonrisa con un punto de insolencia, el capitán Urdemalas, tras observar un momento la mano de Alatriste puesta, como al descuido, junto a la empuñadura de la espada, desvió los ojos al mar.

II. METER EN ORÁN
CIEN LANZAS

Cuando la embarcación corsaria se hundió, miré hacia atrás. Las últimas luces del crepúsculo silueteaban, colgados en la entena e inclinándose hasta tocar el mar y ser engullidos por su sombra, los cuerpos sin vida del arráez, el piloto y tres moriscos; entre ellos uno de los jóvenes, a quien el alférez Muelas encontró, para su mala suerte, vello en las partes berrendas. El otro, más imberbe y afortunado, había sido puesto al remo con el resto de los cautivos, que ahora bogaban o estaban en la cala, asegurados con cadenas. En cuanto al piloto morisco, que resultó ser valenciano, juró, ya con la soga al cuello y en buen castellano, que pese a su expulsión de España cuando muchacho, era de conversión sincera y siempre había vivido como cristiano, tan ajeno a la secta del Profeta como aquel cristiano que en Orán decía:

Ni niego a Cristo ni en Mahoma creo.
Con la voz y el vestido seré moro
para alcanzar el fin que no poseo.

... Y que estar tajado no era sino trámite propio del qué dirán, por haber morado en Argel y Salé. A eso repuso el capitán Urdemalas que se alegraba mucho; y que, pues cristiano había sido y era, muriese luego a luego como tal. Que, a falta de capellán en la galera, bastarían un credo y un paternóster, más lo que pusiera de su cosecha, para quedar en regla con la otra vida; menester para el que no tenía inconveniente en concederle un poco de tiempo antes de colgarlo por el pescuezo. Tomóselo a mal el piloto morisco y blasfemó de Dios y de la Virgen Santísima, esta vez menos en parla castellana que en lengua franca de Berbería trufada de aljamía valenciana; y no paró de hacerlo hasta que, detenido para tomar aliento, escupió un certero gargajo que dio en una bota del capitán Urdemalas; con lo que éste ordenó abreviar el trámite, ni credos ni puta que los parió, dijo, y el piloto subió a la entena en línea recta, atadas las manos a la espalda, pataleando y sin reconciliar su alma. En cuanto a los otros corsarios heridos, moriscos o no, habían sido maniatados y echados al mar sin más ceremonia. Sólo a uno de los que aguantaban en pie, aunque acuchillado en el cuello, no se le pudo ahorcar. La herida era un tajo grande de medio palmo, aunque no cortaba vaso ni hacía mucha sangre; y, según de qué lado se mirase, el pobre diablo parecía, aunque algo pálido, fresco como una lechuga. Fue opinión del alguacil que si se le colgaba, el cuello se le rompería por ahí, haciendo feo espectáculo. Tras echarle un vistazo, nuestro capitán de galera convino en ello; así que acabó en el agua maniatado sin más ceremonia, como el resto.

Soplaba un gregal suave, no había salido la luna y el cielo estaba cubierto de estrellas cuando fui en busca, casi a tientas, del capitán Alatriste. En la atestada cubierta de la galera —no digo maloliente, pues yo mismo formaba parte de aquello, y estaba de sobra curtido en olores y hedores—, soldados y gente de cabo descansaban tras el combate, tras repartírseles salume de pescado y algo de vino para reponer fuerzas, mientras que la chusma, trincados los remos y dejado el cuidado de movernos al viento próspero, había recibido un refresco de bizcocho, vinagre y aceite, del que daba cuenta tirada entre sus bancos, con rumor de conversaciones en voz baja, algún canturreo para matar el rato y mucho quejarse de los heridos y contusos. Sonaba quedo una copla, que alguien acompañaba con repiqueteo de cadenas y palmas sobre el cuero que cubría los bancos:

> *Las galeras de cristianos,*
> *sabed si no lo sabéis,*
> *que tienen falta de pies*
> *y que no les sobran manos.*

Era, en suma, una noche como tantas. La *Mulata* navegaba despacio en la oscuridad, rumbo sur, con mar tranquila y las velas henchidas, oscilantes como dos grandes manchas claras sobre cubierta, que ocultaban y descubrían con su balanceo el cielo estrellado. Encontré al capitán Alatriste a proa, junto al banco de la corulla siniestra. Estaba inmóvil, apoyado en un filarete, mirando el mar y el cielo oscuros que, hacia poniente, conservaban un rastro de claridad rojiza. Cambiamos unas palabras sobre los episodios de la jornada, y al cabo le pregunté si era cierto que, como corría por la nave, habíamos tomado la vuelta de Melilla en vez de la de Orán.

—Nuestro capitán de galera no quiere seguir engolfado con tanto cautivo a bordo –respondió–. Así que prefiere llegarse allí, que está cerca, para vender a la gente. Así haremos camino con menos embarazo.

—Y más ricos –añadí, risueño. Había hecho cuentas, como todos a bordo, y de la jornada sacaba por lo menos doscientos escudos.

Mi antiguo amo se movió un poco. Refrescaba en la oscuridad, y por el roce de su ropa sentí que se abrochaba el coleto.

—No te hagas ilusiones –dijo al fin–, porque en Melilla los esclavos se pagan peor... Pero estamos solos, cerca de la costa y a cuarenta leguas de Orán. Urdemalas teme un mal encuentro.

Me holgué de aquello, pues no conocía Melilla; pero el capitán Alatriste no tardó en desengañarme, contando que esa ciudad era poco más que una fortaleza pequeña en una punta de roca: unas cuantas casas amuralladas a la vista del enorme monte Gurugú, siempre sobre las armas y rodeada, como todos los enclaves españoles en la costa de África, de alarbes hostiles. Alarbes o alárabes –lo preciso a fin de ilustrar al desocupado lector– era el nombre que dábamos a los moros de campo, por lo general belicosos y poco de fiar, distinguiéndolos de los habitantes de las ciudades, a los que apellidábamos moros a secas, para diferenciarlos a todos ellos, bereberes en suma, de los turcos de Turquía, que también andaban por allí en apretada gavilla, yendo y viniendo de Constantinopla. Que era donde vivía el Gran Turco, al que todos, de una forma u otra, con más o menos fidelidad y según las épocas, rendían algún modo de vasallaje; y por eso solíamos, abreviando, llamar turcos a cuantos corrían nuestras costas, lo fueran realmente de nación, o no. Que si este año baja el Turco o no baja, decíamos. Que si una fusta turca o una galeota de lo mismo, fuesen de Salé, de Túnez o de la Anatolia. A eso debemos añadir el intenso comercio de naves de todas las naciones con las populosas ciudades corsarias, donde, aparte los vecinos moros de cada una, había innumerables esclavos cristianos –Cervantes, Jerónimo de Pasamonte y otros lo vivieron en carne propia, y a su autoridad dejo los detalles–, amén de moriscos, judíos, renegados, marinos y comerciantes de todas las orillas y naciones. Háganse así cuenta vuestras mercedes del complicado mundo que era aquel mar interior, frontera de España al sur y al levante, agua de nadie y de todos, espacio ambiguo, móvil y peligroso donde las diversas razas nos mezclábamos, aliándonos o combatiendo según rodaban las brochas sobre el parche del tambor. Mas de justicia es precisar que, aunque Francia, Inglaterra, Holanda y Venecia negociaban con el Turco, e incluso se aliaban con él contra otras naciones cristianas –sobre todo contra España cuando convenía, que era casi siempre–, nosotros, pese a nuestros muchos errores y contradicciones, sostuvimos siempre la verdadera religión sin desdecirnos una sílaba. Y siendo como éramos arrogantes y poderosos, empeñamos nuestras espadas, nuestro dinero y nuestra sangre hasta agotarnos en la lucha que, durante un siglo y medio, tuvo a raya en Europa a la secta de Lutero y de Calvino, y a la de Mahoma en las orillas mediterráneas.

> *Sino en las oficinas donde el belga*
> *rebelde anhela, el berberisco suda,*
> *el brazo aquel, la espada éste desnuda,*
> *forjando las que un muro y otro muro*
> *por guardas tiene llaves ya maestras*
> *de nuestros mares, de las flotas nuestras.*

Que así lo había loado, por cierto, en su alambicado estilo de siempre –y que me perdone don Francisco de Quevedo por traer aquí a su enemigo cordobés–, el poeta Luis de Góngora en aquellos culteranos versos que dedicó en el año diez a la toma de Larache, seguida cuatro años después por la de La Mámora. Plazas de Berbería que, como todas sus iguales, conquistamos a los moros con mucho esfuerzo, conservamos con mucho sufrimiento, y al fin acabamos perdiendo con mucha desidia, vergüenza y desdicha, como lo demás.

Que en eso, cual en casi todo, mejor nos hubiera ido haciendo lo que hicieron otros, más atentos a la prosperidad que a la reputación, abriéndonos a los horizontes que habíamos descubierto y ensanchado, en vez de enrocarnos en las sotanas siniestras de los confesores reales, los privilegios de sangre, la poca afición por el trabajo, la cruz y la espada, mientras se nos pudrían la inteligencia, la patria y el alma. Pero nadie nos permitió elegir. Al menos, para pasmo de la Historia, un puñado de españoles supimos cobrárselo caro al mundo, acuchillándolo hasta que no quedamos uno en pie. Dirán vuestras mercedes que ése es magro consuelo, y quizás tengan razón. Pero nosotros nos limitábamos a hacer nuestro oficio sin entender de gobiernos, filosofías ni teologías. Pardiez. Éramos soldados.

Vimos extinguirse el último resplandor rojizo en el horizonte negro. Ya no se diferenciaban cielo y mar sino por la bóveda de estrellas bajo la que nuestra galera navegaba impulsada por el viento de levante, a oscuras, sin luna ni luz alguna, guiada por la ciencia del piloto que miraba la estrella que señala el norte, o abría a ratos el escandelar, donde un tenue resplandor iluminaba la aguja de marear. Atrás, hacia el árbol maestro, oímos a alguien preguntar al capitán Urdemalas si encendía el fanal de popa, y a éste responder que a quien prendiera una luz, aunque fuera pequeña, le sacaba los sesos a puñadas.

–En cuanto a lo de soldados ricos –dijo el capitán Alatriste al cabo de un rato, como si hubiera estado dándoles vueltas a mis palabras–, nunca conocí a ninguno que lo fuera mucho tiempo. Al fin todo se va en juego, vino y putas... Como
sabes muy bien.

La pausa había sido significativa. Lo bastante corta para
que no sonase a reproche, lo bastante larga para que lo fuera. Y en efecto, yo sabía bien a qué se refería. Llevábamos
casi cinco años juntos y unos siete meses en lo de Nápoles,
las galeras y demás, así que el amigo de mi padre había tenido ocasión de observar algunos cambios en mi persona.
No sólo los físicos, pues ya era alto como él, delgado pero
gallardo, con buenas piernas, brazos fuertes y no mal rostro, sino otros más complejos y profundos. Era consciente
de que el capitán había deseado para mí, desde niño, un futuro que no fuera el de las armas; y por eso procuró arrimarme a las buenas lecturas y las traducciones del latín y el
griego con el concurso de sus amigos don Francisco de
Quevedo y el dómine Pérez. La pluma, decía, llega más
lejos que la espada; y más futuro que un matarife profesio-
nal tendrá siempre alguien versado en libros y leyes, bien
situado en la Corte. Pero mi natural inclinación resultaba
imposible de domar; y aunque por sus esfuerzos yo sacaba en limpio el gusto de las letras –y aquí me veo tantos
años después, que parecen siglos, escribiendo nuestra historia–, lo cierto es que la casta heredada de mi padre,
muerto en Flandes, y el haber crecido desde los trece años
junto al capitán Alatriste, compartiendo su peligrosa vida

y azares, marcaron mi destino. Quise ser soldado, lo era al fin, y a ello me aplicaba con la resuelta pasión de mi juventud y mis bríos.

–Putas no llevamos a bordo, y el vino es ruin y escaso –respondí, algo picado por la pulla–. Así que no me maltrate vuestra merced... En cuanto al juego, lo que gané arriesgando la vida no pienso darlo a un piojo.

Aquello del piojo no era frase hecha. El capitán Urdemalas, harto de las pendencias que por la descuadernada y los huesos de Juan Tarafe teníamos a bordo, había prohibido naipes y dados bajo pena de grilletes. Pero más sabe el caballo que quien lo ensilla; de manera que soldados y marineros se las ingeniaban para aderezar unos círculos con tiza sobre una tabla, y poniendo en el centro uno de los muchos piojos que nos comían vivos –a eso decíamos tener gente–, apostaban adónde se dirigiría el bicho.

–Cuando volvamos a Nápoles –concluí– Dios dirá.

Me quedé mirándolo de soslayo, en espera de algún comentario; pero siguió en silencio, oscuro bulto a mi lado, mecidos ambos por el balanceo de la galera. Desde hacía algún tiempo, la cuestión entre nosotros era que, pese a su vigilancia y protección, el capitán Alatriste no podía atajarme los aspectos menos recomendables de nuestra vida militar, riesgos del oficio aparte, del mismo modo que, en los años transcurridos desde que mi pobre madre me había enviado a él, vime envuelto varias veces –con grave peligro de la libertad y la vida– en algunas de sus turbias empresas. Ahora yo era hombre hecho y derecho, o estaba a pique de serlo. Y los prudentes consejos del capitán, cuando los daba –ya saben vuestras mercedes que era de quienes prefieren las estocadas a las palabras–, no siempre encontraban en mí el eco adecuado, pues en todo me creía plático y al cabo de la calle. De modo que, como él era veterano, discreto, avisado y me quería mucho, en vez de echarme sermones procuraba mantenerse cerca para cuando lo necesitara. Y sólo imponía su autoridad –y vive Dios que sabía imponerla, si se terciaba– en situaciones extremas.

Respecto a mujeres, bebida y juego, admito que tenía algún motivo para irritarse conmigo. Mi sueldo de cuatro escudos al mes, con el dinero de anteriores botines –dos caramuzales apresados en el brazo de Mayna, una gentil jornada en la costa de Túnez, un bajel represado frente al cabo Pájaro y una galera en la seca de Santa Maura–, lo había derrochado yo hasta el último carlín, tan a lo soldado como mis camaradas; y también como el propio capitán –él mismo lo reconocía con hosquedad– había hecho en su juventud. Pero en mi caso, la bisoñez y el gusto por lo nuevo me lanzaron al negocio con avidez. Para un mozo como yo, alentado y español, Nápoles, pepitoria del mundo, era el paraíso: buenas hosterías, mejores tabernas, hembras jarifas y todo aquello, en suma, que a un soldado podía aliviarlo de su argén. Y además, para darme alas, el azar quiso que en Nápoles estuviese Jaime Correas, cofrade en mis andanzas mochileras de Flandes, que ya servía en Italia tiempo suficiente para que ningún vicio le fuera ajeno. De él tendré ocasión de tratar más adelante, así que sólo consigno ahora que en su conserva, y ante el ceño fruncido del capitán Alatriste, me había ejercitado parte del invierno, mientras quedaban desarmadas las galeras, en lances de garitos y tabernas, sin omitir –aunque yo más bien de refilón– alguna mancebía. Y no es que mi antiguo amo fuese alma de las que mueren sin confesión y al rato están mirándole las barbas a Cristo como si nada, sino todo lo contrario. Pero lo cierto es que el juego, sangría de bolsas y soldados, nunca lo tentó. De lo otro, si alguna vez frecuentó a doctoras del arte aviesa –aunque nunca precisó de putas, pues siempre supo forrajear en buenos pastos–, éstas fueron escasas y de mucha confianza. En cuanto al licor de Baco, ése sí lo frecuentaba el capitán, mostrando una sed del infierno. Pero aunque a menudo cargaba delantero, en especial cuando iba furioso o melancólico –entonces se volvía especialmente peligroso, pues el vino no le embotaba los sentidos ni la destreza–, siempre lo hacía a solas, sin testigos. Creo que, más que como placer o vicio, despachaba azumbres para enfriar, remojándolos a mansalva, tormentos y diablos interiores que sólo Dios y él conocían de veras.

Con la primera luz del alba escurrimos el áncora bajo los muros de Melilla, plaza española ganada a los moros ciento treinta años atrás; y lo hicimos, por repararnos de miradas de moros, no en la laguna sino por la parte de afuera, en la estrecha ensenada de los Galápagos, con gúmenas a tierra, al resguardo y socaire de sus altísimas murallas y torreones. El imponente aspecto de la ciudad era sólo apariencia, como pude comprobar cuando, mientras nuestro capitán de galera ajustaba el precio de los esclavos, paseé por sus calles apretadas, sin un solo árbol, y por sus murallas, advirtiendo el estado de abandono en que se encontraba todo. Ocho siglos de lucha contra el Islam en dura reconquista morían en aquella mísera frontera. Del oro y la plata de las Indias, allí no llegaba un maravedí. Todo iba a manos de banqueros genoveses, cuando no era capturado por holandeses e ingleses –mala pascua les diese Dios– en los mares de barlovento. Eran Flandes y las Indias las niñas de los ojos reales, y nuestra vieja empresa africana, antaño cara a los Reyes Católicos y al gran emperador Carlos, era desdeñada por nuestro cuarto Felipe y su valido, el conde-duque de Olivares, hasta el punto de que corrían, manuscritos y anónimos, versos satíricos como éstos:

> *Si Melilla se pierde, ¿qué hay perdido?*
> *¿Y si este mismo riesgo Ceuta llora,*
> *si Orán también, que el Evangelio adora,*
> *al Alcorán se viere reducido?*
> *¿Qué importa que las playas andaluzas,*
> *de la ley evangélica enemigos*
> *inunden berberiscos tafetanes?*
> *Que resuciten los valientes Muzas,*
> *y faltando Witizas y Rodrigos,*
> *¿qué importa que haya sobra de Julianes?*

El caso, con versos o sin ellos, era que las plazas nor-
teafricanas se mantenían de milagro, y más por reputación que
por otra cosa; pues, aunque servían para privar a los corsarios de algunos puertos y bases principales, éstos seguían
muy a salvo en Argel, Túnez, Salé, Trípoli o Bizerta. Encerrados en estrechos recintos cuyas casamatas y baluartes
se desmoronaban por falta de recursos, nuestros soldados
–muchos de ellos viejos inválidos que nadie relevaba– y sus
familias vivían mal vestidos y peor alimentados, sin un palmo de tierra para cultivar, con lo justo, y a veces ni eso, para
reñir, batir y resistir; rodeados de enemigos y con todo socorro de la Península a una jornada de navegación, cuando
menos. Y aun lo del socorro no era seguro, pues dependía
del estado de la mar y de la diligencia en prepararse todo en
España. Así, Melilla, como el resto de nuestras posesiones
africanas –incluidas Tánger y Ceuta, que como portuguesas
eran españolas–, se veía librada, para su supervivencia, al
coraje de su guarnición y a la diplomacia con los moros ale-
daños, de quienes obtenía, de grado o por la fuerza, los bastimentos necesarios. Mucho de eso advertí, como digo, visitando la ciudad y sus aljibes, de los que dependía allí la
vida. Eché un vistazo al hospital, a la iglesia, al túnel de
Santa Ana y a la esquina, intramuros, donde los moros
de las huertas cercanas venían a vender carne, pescado y verduras: lugar muy animado de día, aunque todos los alarbes
dejaban la ciudad antes de que se cerraran las puertas al ano-
checer, salvo algunos de confianza que podían quedarse

y pernoctaban enjaulados en la casa de la morería, bajo vigilancia del alguacil. Eso no llegué a verlo, pues aquella misma
noche, para no ser señalada por los alarbes de la costa cerca-
na, la *Mulata* zarpó de Melilla a la sorda y a fuerza de remo;
y luego, aprovechando el terral, nos fuimos rumbo a levante, de manera que el amanecer nos encontró engolfados a la
altura de las islas Chafarinas y con medio camino hecho a
Orán; donde, a la tarde del día siguiente, avistamos la aguja
y dimos fondo sin novedad ni malos encuentros.

Orán era otra cosa, aunque tampoco el paraíso. La ciudad participaba de la ruin condición del resto de plazas españolas en África, mal abastecida y peor comunicada, con
sus defensas mermadas por la improvisación y la incuria.
Pero en este caso no se trataba de una peña seca y fortifica-
da como Melilla, sino de un verdadero lugar con río, agua
abundante y huertas aledañas, amén de una guarnición
que, aunque insuficiente –en aquel tiempo había unos mil
trescientos soldados con sus familias, además de quinientos vecinos de diversos oficios–, se las arreglaba para defenderse y, llegado el caso, ofendía con desenvoltura. De
manera que si las plazas españolas se encontraban casi
abandonadas a su suerte, la de Orán, siendo mala, no era
de las peores. La prueba era el convoy de bastimentos fon-
deado en la ensenada del cabo Falcón, puerto de la ciudad,
entre el formidable fuerte de Mazalquivir y la punta de la

Mona, bajo el castillo de San Gregorio; allí donde nuestra galera mojó ferro entre las naves cuya conserva habíamos abandonado para dar caza al corsario. Ancoramos cerca de tierra, junto a la torre, y con falúas nos llegamos a suelo africano, andando a pie el camino hasta la ciudad, que se alzaba siguiendo la costa a media legua de la playa, en una orilla alta y cortada, de mal puerto –por eso Mazalquivir era el suyo–, caballera sobre el río, con una hermosa vista debida a los huertos, arboledas y molinos a uno y otro lado de éste, que corría entre la ciudad y el fuerte de Rosalcázar.

Llegamos, como digo, satisfechos de estar de nuevo en tierra y con dinero en la bolsa; y aunque Orán no era Nápoles ni de lejos, modo había de alegrarse. No faltaban tabernas llevadas por antiguos soldados, las treguas con los moros abastecían el mercado, y el trigo, paño y pólvora que habíamos traído de la Península alegraban a todo el mundo. Por si fuera poco, la ciudad gozaba de algún lupanar razonable; que, en guarniciones como aquélla, hasta los obispos y teólogos de nuestra Santa Madre Iglesia, tras mucho debatir el asunto, habían concluido, resignados a lo inevitable, que unas cuantas daifas animosas, aparte aliviar de picores a la tropa, salvaguardaban la virtud de doncellas y mujeres casadas, evitaban violaciones y reducían el número de deserciones al campo moro en busca de hembras. Y de eso íbamos hablando soldados y gente de mar apenas desembarcados: de visitar un burdel oranés como primer trámite de aduana o almojarifazgo, cuando, apenas franquea-

da la puerta de Canastel –de las dos de Orán, la más próxima a la marina–, el capitán Alatriste y yo tuvimos un encuentro inesperado, gratísimo e increíble, que prueba hasta
qué punto nos depara sorpresas cada vuelta y revuelta de la
vida.

–Que me ahorquen si no estoy soñando –dijo una voz familiar.

Y allí mismo, pequeño, flaco y duro como siempre, brazos en jarras y espada al cinto, charlando a la sombra con
unos soldados y en funciones de cabo de guardia de aquella
entrada, estaba Sebastián Copons, en persona.

–Y eso es lo que hay –concluyó, apurando la jarra.

Bebíamos los tres, sentados a la mesa de una taberna estrecha y sucia, bajo una remendada lona de vela que protegía del sol. Fiel al estilo propio, Copons no había gastado
mucha parla para resumir sus últimos dos años, que era el
tiempo transcurrido desde que nos habíamos dicho adiós en
una venta andaluza, tras la escabechina del *Niklaasbergen* y
el asunto del oro real; cuando hicimos, con el concurso de
algunos camaradas, buena montería de flamencos y esbirros
en la barra de Sanlúcar. Desde entonces, según contó el aragonés, sus planes para dejar la milicia y establecerse en su
rincón, Huesca, con un poco de tierra, una casa y una mujer,
se desbarataron por la mala fortuna. Un mal lance en Sevilla
y una muerte en Zaragoza –ésta con vaivén de alguaciles,

abogados, jueces, escribanos y demás parásitos emboscados entre legajos como chinches en costura– lo habían aliviado de dineros y llevado de nuevo, vacíos bolsa y estómago, camino de un cuartel para ganarse la vida. Sus intentos de pasar a las Indias resultaron inútiles –ya no necesitaban allí soldados, sino funcionarios, curas y menestrales–, y cuando se disponía a sentar plaza para Flandes o Italia, una pendencia tabernaria, con dos corchetes maltrechos y un alguacil persignado en la cara, lo llevó de nuevo ante la Justicia. Esta vez no quedaban recursos para cegar a la Tuerta; de modo que el juez, que también era oscense, y en atención a ser paisanos, le había dado a elegir entre cuatro años de estaribel o uno de soldado en Orán por cincuenta reales al mes. Y allí estaba, cumplido el año con creces, pues pasaban cinco meses del plazo.

–¿Y por qué no se va vuestra merced? –pregunté yo, ingenuo.

Cambió Copons una mirada con el capitán Alatriste, como diciendo lo veo buen mozo pero aún pardillo, y luego puso más vino en las jarras: se trataba de un cáramo áspero y seco, de sabe Dios dónde; pero era vino, estábamos en África, y hacía un calor de mil diablos. Y, sobre todo, bebíamos los tres juntos, después –el molino Ruyter, Breda, Terheyden, Sevilla, Sanlúcar– de tantísimo tiempo.

–Porque el sargento mayor no me da licencia.

–¿Y eso?

–El señor marqués de Velada, gobernador de la plaza, no se la da a él. O eso dice.

Y acto seguido, entre trago y trago, me puso al corriente de lo que era Orán: gente mal abastecida y peor pagada pudriéndose entre aquellos muros, sin esperanza de promoción ni otra gloria que envejecer allí, solos o con sus familias quienes las tenían, hasta ser dados por inválidos; y nada aprovechaban reclamaciones, memoriales ni maldita la cosa. Veterano había con cuarenta años de servicio al que se le regateaba volver a la Península, pues las vacantes quedaban sin cubrir y los soldados destinados a Berbería desertaban antes de embarcarse. Bastaba un paseo por la ciudad para ver mucha gente mal vestida y sin socorro; y por cada ocasión de lograr algo, aunque fuera poco, venían semanas de hambre y falta de todo, pues ni las pagas llegaban, ni enteras, ni medias ni tercias, pese a ser las de Orán las más míseras de la milicia española; pues, como había decidido en la Corte algún secretario de las finanzas reales –y el rey nuestro señor parecía de esa opinión–, habiendo agua, huertos y moros cerca, componerse no podía salir caro a la tropa. El caso era que sólo alcanzaban los soldados algún socorro en situaciones extremas; y el propio Copons, pese a llevar cumplidos diecisiete meses a pulso, no había visto un maravedí de los ciento y pico escudos que como soldado viejo, plático en arcabuz y mosquete, se le adeudaban. Siendo la única forma de remediarse, las cabalgadas que de vez en cuando se hacían para despojar.

–¿Cabalgadas? –pregunté.

Copons guiñó un ojo y se me quedó mirando. Fue el capitán Alatriste quien respondió en su lugar.

–Almogavarías, como las de nuestros abuelos. Se las llama
así de antiguo... Se trata de salir al campo y asaltar aduares de
moros de guerra.

–Porque Orán –apostilló Copons– es una vieja alcahueta
que vive de eso.

Lo miré, confuso.

–No comprendo.

–Ya lo harás, ridiela. Ya lo harás.

Sirvió más vino. Yo lo encontraba seco, nervudo y fuerte
como de costumbre, pero más viejo, el aire cansado. Y, cosa
extraña, hablador. Parecía que su carácter silencioso –era
como el capitán Alatriste, difícil de verbos y fácil de acero–
hubiera acumulado en Orán demasiadas cosas que el calor
de nuestra vieja amistad, el encuentro inesperado, hacían
fluir ahora de golpe, como un desahogo. Y yo lo escuchaba
atento, observándolo con afecto. Se había abierto el sucio
jubón de gamuza sobre el pecho, por el calor –no llevaba camisa debajo, pues no tenía ni para ropa blanca–, y la vieja cicatriz del molino Ruyter, sobre la oreja izquierda, le clareaba
dos pulgadas de sien entre el pelo corto, que tenía algunas
canas más. También despuntaban hebras blancas en su men-
tón mal afeitado.

–Explícale lo que son moros de guerra –sugirió al capitán.

Éste lo hizo. Los alarbes cercanos se dividían en tres clases, dijo: moros de paz, moros de guerra y mogataces. Los
moros de paz eran los que tenían treguas con los españoles,
negociaban comida y todo lo demás. Pagaban tributos –que

allí se llamaban garrama–, y eso los convertía en amigos hasta que dejaban de pagar. Entonces se volvían moros de guerra.

–Suena peligroso –apunté.

–Claro. Son los que nos cortan el cuello y las partes berrendas si nos trincan... O aquellos a quienes se las cortamos nosotros.

–¿Y cómo se distinguen unos moros de otros?

El capitán movió la cabeza.

–No siempre se les distingue.

–A veces para nuestra mala fortuna –precisó Copons–. Y a veces para la suya.

Reflexioné sobre las implicaciones sombrías de aquella respuesta. Luego pregunté qué eran los mogataces. Ésos, respondió el capitán, eran los que, sin cambiar de religión, combatían a nuestro lado, como soldados de España.

–¿De fiar?

Copons hizo una mueca.

–Algunos hay.

–No creo que pudiera nunca fiarme de un moro.

Me observaron, socarrones. Debía de parecerles endiabladamente pardillo.

–Pues te sorprenderías. Hay moros y moros.

Pedimos más vino, que nos trajo una tabernera de feos pies desnudos y peor semblante, negra como la pez. Me quedé mirando, pensativo, cómo Copons ponía más vino en mi jarra.

–¿Y cómo sabemos si uno es de fiar?

–Cuestión de años, zagal –el aragonés se tocó la nariz–. Cuestión de olfato... Y mira lo que te digo: he visto a muchos cristianos cargados de zumo de uvas; pero a un moro, nunca. Tampoco juegan, al contrario que nosotros, por más que la baraja tenga igual número de naipes que los años de Mahoma.

–Pero no guardan su palabra –objeté.

–Depende quiénes, y a quién. Cuando hicieron pedazos a la gente del conde de Alcaudete, sus mogataces se mantuvieron fieles, peleando sin desmayar... Por eso te digo que hay moros y moros.

Mientras despachábamos la nueva jarra de vino –más bautizado que la descosida que lo parió–, Copons siguió ilustrándonos la vida en Orán. El problema de las vacantes era grave, añadió, pues ninguna tropa quería venir a los presidios africanos si no era por fuerza: soldado que entraba, se arriesgaba a no salir jamás. Por eso las plazas nunca estaban cubiertas –aquel año faltaban cuatrocientos hombres para completar la guarnición–, y casi todo lo que llegaba era escoria de la Península, de mala índole y pocas ganas; gente díscola, carne de galera o reclutas engañados en su buena fe, como el contingente llegado el último otoño: cuarenta y dos soldados que se habían alistado para Italia, o al menos eso les dijeron; y que, una vez embarcados en Cartagena, fueron llevados a Orán sin que valieran fieros ni fueros, ahorcados tres que se amotinaron, e incorporados los otros a la tropa local, metidos allí sin esperanza de salir jamás. No era casualidad, después de todo, que para apuntar la dificultad de una empresa, además del refrán de poner una pica en Flandes, se dijese meter en Orán cien lanzas.

–Y así anda la gente. Desesperada, desnuda y hambrienta –Copons bajó un poco la voz–. No extraña que en cuanto pueden, los más flojos o los más hartos se pasen a los moros. ¿Te acuerdas, Diego, de Yndurain el vizcaíno?... ¿El que defendió el casar viejo, en Fleurus, con Utrera, Barrena y los otros, y sólo quedaron él y un corneta?

El capitán se acordaba. Y qué pasa con Yndurain, dijo. Copons miró su jarra, ladeó el rostro para escupir bajo la mesa y volvió a mirarla.

–Llevaba aquí cinco años, sin cobrar una paga desde hacía tres. Hará dos meses tuvo palabras con un sargento, le dio una cuchillada y escapó saltando de noche el muro, con otro compañón que estaba de guardia... Se dice que llegaron con muchas penalidades a Mostagán, donde renegaron. Pero cualquiera sabe.

Los dos camaradas se miraron, sabiendo de qué hablaban; y al poco vi cómo mi antiguo amo mojaba el mostacho en el vino, encogiendo los hombros. Resignado por sí mismo, por su amigo y por los otros, por todos, por la infeliz España. En ese momento recordé, comprendiéndolo al fin, lo que había oído en un corral de comedias un par de años antes, en Madrid, escandalizándome entonces su sentido:

Soy un soldado
que me he venido a entregar

por no poder tolerar
ser valiente y mal pagado.

—¿Te lo imaginas? —comentó de pronto el capitán a Copons—. ¿Yndurain, haciendo la zalá de cara a La Meca?

Sonreía a medias, atravesado. Copons lo acompañó con
una sonrisa más breve, pero idéntica. Eran sonrisas sin humor, escépticas. Propias de soldados viejos que no se hacen
ilusiones.

—Y sin embargo —dijo el aragonés—, cuando redobla el tambor, nunca faltan espadas.

Era muy cierto, y el tiempo lo siguió probando. Pese al
abandono, al maltrato y a la miseria, en los presidios norteafricanos casi nunca faltaron manos para pelear cuando llegó
el caso. Y se hizo sin pagas, sin socorro y sin gloria; por desesperación, orgullo, reputación. Por no ser esclavos y acabar de pie —sé lo que digo, y a lo largo de esta relación lo ve-
rán vuestras mercedes—. A fin de cuentas, a la hora de morir
y para cierta clase de hombres, vender cara la piel siempre
significó algún consuelo. Entre los españoles ésa era historia
antigua y siguió ocurriendo después, hasta que buena parte
de aquellos lugares, olvidados por Dios y por el rey, fueron
cayendo en manos de turcos o moros. Eso había pasado ya
en Argel durante el siglo viejo: cuando Jaradín Barbarroja
atacó el peñón guarnecido de ciento cincuenta soldados nues-

tros que estorbaban la entrada del puerto, y España abandonó a su suerte a los que, esperando un socorro que nunca llegó –*«por los muchos y grandes negocios que el emperador trabajaba entonces»*, escribió fray Prudencio de Sandoval–, resistieron como quienes eran hasta que, tras dieciséis días de batirlos con artillería demoliendo el reducto piedra a piedra, los turcos apresaron sólo a cincuenta hombres heridos y maltrechos; entre ellos su capitán Martín de Vargas, a quien Barbarroja, exasperado por la feroz resistencia, hizo matar a palos. En cuanto a la plaza de Larache, pocos años después de lo que narro habría de sufrir un tremendo asalto de veinte mil enemigos, rechazado por sólo ciento cincuenta soldados españoles y cincuenta inválidos que pelearon como diablos –la pérdida y recuperación de la torre del Judío fue encarnizada– para defender seis mil pasos de extensión de muralla, que se dice pronto. También Orán se había sostenido con mucha decencia en varios asedios, entre ellos el que inspiró al buen don Miguel de Cervantes la comedia *El gallardo español*. A Cervantes, por cierto –no en vano era veterano de Lepanto–, debemos dos hermosos sonetos escritos en memoria de los millares de soldados que en nuestra Historia murieron peleando solos y abandonados de su rey; como era, y sigue siendo, españolísima costumbre. Esos versos, incluidos en el *Quijote*, recuerdan a los defensores del fuerte de La Goleta, frente a Túnez, aniquilados tras resistir veintidós asaltos turcos y matar a veinticinco mil enemigos; de manera que, de los pocos españoles supervivientes, a ninguno cautivaron allí sin heridas. *Primero que el valor faltó la vida*, dice uno de esos sonetos. Y comienza el segundo:

De entre esta tierra estéril, derribada,
destos terrones por el suelo echados,
las almas santas de tres mil soldados
subieron vivas a mejor morada.
Siendo primero en vano ejercitada
la fuerza de sus brazos esforzados
hasta que al fin, de pocos y cansados,
dieron la vida al filo de la espada.

Como dije, tanto sacrificio era inútil. Después de Lepanto, que había marcado el momento extremo del choque entre los dos grandes poderes mediterráneos, el Turco se había vuelto más a sus intereses en Persia y el este de Europa, y nuestros reyes a Flandes y la empresa atlántica. Tampoco el cuarto Felipe prestaba mayor atención, desalentado por su ministro el conde-duque de Olivares, poco amigo de puertos, de galeras –nunca entró en una; el hedor, decía, le daba dolor de cabeza– y despreciador de marinos, pues consideraba el andar por mar ejercicio ordinario y bajo, propio de holandeses, si no era para traer de las Indias el oro que requerían sus guerras. De manera que entre reyes, validos, pitos y flautas, el Mediterráneo, pasado el tiempo de las grandes flotas corsarias y los jaques en el ajedrez naval de los imperios, había quedado a modo de frontera difusa en manos del pequeño corso de los países ribereños; actividad que, pese a cambiar el signo de muchas vidas y fortunas, no alteraba el pulso de la Historia. Por lo demás, culminada hacía más de un siglo la reconquista cristiana con la que durante casi ochocientos años los españoles nos construimos a nosotros mismos, abandonada la política de contragolpes al Islam impulsada por el cardenal Cisneros y el viejo duque de Medina Sidonia, tampoco África tenía interés para una España que se acuchillaba con medio mundo. Las plazas y presidios en Berbería eran más símbolo y atalaya avanzada que otra cosa; y sólo se mantenían por tener en respeto a los corsarios, como dije, y también a Francia, Holanda e Inglaterra; que, acechando la llegada de nuestros galeones a Cádiz, hacían lo indecible por establecerse con sus piratas, como en el Caribe, y roernos el calcañar. Por eso no les dejábamos campo franco, ya bien abonado en las repúblicas corsarias por los cónsules y comerciantes que allí tenían. Y aunque volveremos sobre el asunto, baste ahora decir que Tánger fue del rey de Inglaterra años más tarde y durante dos décadas, aprovechando la sublevación de Portugal; y que en el asedio de La Mámora del año mil seiscientos y veintiocho, el siguiente a lo que narro, cuando los moros intentaron tomarnos aquella plaza, quienes cavaban las trincheras y dirigían las obras de asedio eran gastadores ingleses. Que a los hijos de puta, como es sabido, Dios los cría y ellos se juntan.

Salimos a dar una vuelta. Copons nos guió a través de las calles encaladas y estrechas, de casas amontonadas, que excepto por tener terrazas en vez de tejados recordaban un poco las de Toledo, con buenos cantones de piedra y pocas ventanas, siendo éstas bajas y protegidas por esteras y celosías. A causa de la humedad del mar cercano, enlucidos y revoques se caían a pedazos, dejando ver grandes desconchados que lo afeaban todo. Añadan vuestras mercedes enjambres de moscas, ropa puesta a secar, niños desharrapados que jugaban en los patios, algunos inválidos sentados en poyos y escalones que nos miraban con curiosidad, y tendrán una estampa fiel de lo que Orán me pareció. En cada recodo se respiraba un aire militar, pues la ciudad era eso: un vasto cuartel urbano habitado por los soldados y sus familias. Mas pude comprobar que el recinto era extenso, escalonado en diversas alturas, y no faltaban oficios civiles ni panaderías, carnicerías o tabernas. La alcazaba, donde estaban la residencia del gobernador y las principales dependencias militares, databa de tiempo de moros —otros decían que de romanos—, tenía un hermoso patio de armas y era grande, fuerte y bien proporcionada. En la ciudad había también una cárcel, un hospital para soldados, una judería —para mi sorpresa, aún vivían judíos allí—, conventos de franciscanos, mercedarios y dominicos; y en la zona oriental de la medina, varias antiguas mezquitas convertidas en iglesias, entre ellas la principal, trocada por el cardenal Cisneros, cuando la conquista, en iglesia mayor de Nuestra Señora de la Victoria. Y en todas partes, en las calles, en las angostas plazuelas, bajo las lonas tendidas como

Salimos a dar una vuelta. Copons nos guió...

toldos o en el reparo de los portales, gente inmóvil, mujeres entrevistas tras esteras y celosías, hombres –muchos de ellos soldados veteranos y ancianos cubiertos de harapos, cicatrices y manquedades, las muletas apoyadas en la pared– ensimismados en la nada. Pensé en aquel Yndurain a quien yo no había conocido, saltando el muro de noche tras acuchillar al sargento, dispuesto a renegar antes que seguir allí, y no pude evitar un estremecimiento.

–¿Qué te parece Orán? –me preguntó Copons.

–Dormida –respondí–. Con toda esa gente quieta, mirando.

El aragonés asintió. Se pasaba una mano por la cara, enjugando el sudor.

–Sólo si los moros nos dan rebato, o cuando se organizan cabalgadas, la gente espabila –dijo–. Verse con un alfanje en el gaznate o con resullo en la bolsa obra milagros –en ese punto se volvió a medias hacia el capitán Alatriste–... Por cierto, llegáis a punto. Algo se cuece.

El capitán lo miró con un destello de interés en los ojos claros que, bajo el ala ancha del sombrero, reflejaban la luz cegadora de la calle. Llegábamos en ese momento al arco de la puerta de Tremecén, en el lado de la ciudad opuesto a la marina, donde unos desganados albañiles –moros esclavos y presidiarios españoles, advertí– intentaban sostener el muro arruinado que se venía abajo. Copons cambió un saludo con los centinelas sentados a la sombra y salimos extramuros de la ciudad, entre ésta y el poblado nativo –moros de paz– de Ifre, situado a dos tiros de arcabuz de la muralla. Toda aquella parte se hallaba en mal estado, con matojos creciendo entre las piedras y muchas de éstas derribadas por el suelo. La garita de guardia se veía arruinada y sin techo, y la madera del puente levadizo sobre el estrecho foso, casi cegado de escombros y suciedad, estaba tan podrida que crujió bajo nuestros pies. Era milagro, pensé, que aquello lograra resistir asaltos.

—¿Cabalgada? —preguntó el capitán Alatriste.

Copons hizo una mueca cómplice.

—Puede ser.

—¿Dónde?

—No lo dicen. Pero barrunto que será por allí —el aragonés indicó el camino de Tremecén, que discurría hacia el sur, entre las huertas cercanas—. Hay unos aduares con dimes y diretes en lo de pagar la garrama... Ganado y gente. Buen botín.

—¿Moros de guerra?

—Si conviene, lo serán.

Yo observaba a Copons, pendiente de sus palabras. Aquello de las cabalgadas me tenía en suspenso, así que pedí detalles.

—Son como nuestras encamisadas de Flandes —me ilustró el aragonés—. Se sale de noche, se camina rápido y en silencio, y al romper el alba se da el Santiago... Nunca nos alejamos de Orán más de ocho leguas, por si acaso.

—¿Con arcabucería?

Copons negó con la cabeza.

—Poca. Casi todo se resuelve cuerpo a cuerpo, por no gastar pólvora... Si el aduar está cerca, cae gente y ganado. Si queda lejos, sólo gente y joyas. Luego volvemos a buen paso, se tasa todo, se vende y repartimos el botín.

–¿Abundante?

–Depende. Trayendo esclavos podemos ganar cuarenta escudos, o más. Una buena hembra en edad de parir, un negro fuerte o un moro joven, dejan en el saco común treinta reales cada uno. Si son niños de pecho y están sanos, diez... La última cabalgada nos alegró la vida. Saqué ochenta escudos limpios: el doble de mi sueldo de un año.

–Por eso el rey no paga –concluí.

–Qué carajo va a pagar.

Paseábamos ahora cerca de la orilla del río, fértil y arbolada, con molinos y algunas norias. Un moro viejo y otro chiquillo, vestidos con deshilachadas chilabas, pasaron por nuestro lado llevando a la espalda cestos llenos de verduras, camino de la ciudad. Admiré la gentil vista que desde allí se gozaba: los bancales verdes salpicados de árboles que se extendían entre el río y las murallas, la ciudad con su alcazaba escalonada a media pendiente, y el mar río abajo, desplegándose como un abanico azul en la distancia.

–Sin esas ocasiones y lo que dan de sí estas huertas –añadió Copons–, la gente no podría sostenerse. En lo demás, hasta vuestra llegada llevábamos cuatro meses con una hanega de trigo al mes y dieciséis reales de socorro a cada soldado con familia. Habéis visto a la gente: traen las carnes desnudas porque la ropa se les cae a jirones... Es el viejo truco de Flandes, ¿verdad, Diego?... ¿Quieren vuacedes cobrar sus pagas? Pues ahí tienen ese castillo lleno de holandeses. Asáltenlo y cobren, si les place... Moros o herejes, al rey le da lo mismo.

–¿Os quitan aquí el quinto real? –pregunté.

Por supuesto que se lo quitaban, respondió Copons. La parte del rey. Y también el señor gobernador tomaba su joya, como solía decirse: elegía para él los mejores esclavos o la familia entera del jefe del aduar arrasado. Después se apartaban las ventajas de oficiales y soldados, y por último cobraba la gente de guerra, según el sueldo. Quien se quedaba en la plaza también tenía derecho a su parte. Sin olvidar a la Iglesia.

–¿Hasta los frailes mojan en eso?

–Rediós si mojan, aparte las limosnas. Aquí las cabalgadas benefician a todos, porque los artesanos y comerciantes se aprovechan de los alarbes que vienen a rescatar a los suyos con dinero y mercaderías... Después de cada jornada, la ciudad entera parece un zoco.

Nos detuvimos junto a un cobertizo de tablas y hojas de palmera, donde por la noche se instalaban los centinelas del puente que comunicaba la ciudad y las huertas con el castillo de Rosalcázar, al otro lado del río Guaharán, y con el de San Felipe, algo más al interior. De esos castillos, contó Copons, el primero estaba casi caído por tierra y el segundo sin terminarse de fortificar. Que aunque eran fama de Orán sus fortalezas, éstas resultaban poco más que apariencia, no teniendo la propia ciudad más que un casamuro antiguo sin apenas fosos, ni estacada, ni entrada encubierta, ni través, ni revellín alguno. De manera que la única verdadera fortificación de la plaza eran los alientos de quienes, muy a su pesar, la guarnecían. Como había dicho no sabía bien qué poeta,

o alguien así: la pólvora de las espadas y los muros de los co-
jones de España. Más o menos.

–¿Podríamos ir? –pregunté.

Me miró Copons un instante, cambió una ojeada con el
capitán Alatriste y me volvió a observar. Adónde quieres ir,
preguntó con aire indiferente. Yo adopté un continente bravo, a lo soldado, sosteniéndole los ojos sin pestañear.

–¿Dónde va a ser? –respondí con mucha flema–... Con
vuestra merced, a la cabalgada.

Los dos veteranos se miraron de nuevo, y Copons se ras-
có el pescuezo.

–¿Tú qué opinas, Diego?

Mi antiguo amo me estudiaba, pensativo. Al cabo, sin apartar los ojos, se encogió de hombros.

–Cualquier dinero vendría bien, supongo.

Copons estuvo de acuerdo. El problema, apuntó, era que
en tales casos la guarnición deseaba ir toda, por el beneficio.

–Aunque a veces –dijo al cabo– se toman refuerzos cuando hay galeras. El momento es bueno para vosotros, porque tenemos fiebres a causa del agua, que es abundante pero muy salobre, y hay gente débil, o en el hospital... Puedo
hablarlo con el sargento mayor Biscarrués, que es veterano
de Flandes y paisano mío. Pero chitón. Ni una palabra a
nadie.

No miraba al capitán al decir aquello, sino a mí. Le devol-
ví la ojeada, primero algo corrido y luego altanero, con aire
de reproche. Copons me conocía lo suficiente para que comentario y mirada estuvieran de más. El veterano advirtió

mi irritación y se estuvo un espacio pensativo. Luego volviose al capitán Alatriste.

–Ha crecido mucho –murmuró–. El jodío zagalico.

Luego tornó a mirarme de arriba abajo. Sus ojos se demoraban
en mis pulgares colgados del cinto, junto a la daga y la espada.

Oí suspirar al capitán, a mi lado. Lo hizo con un
punto de ironía, creo. Y algo de fastidio.

–No lo sabes bien,
Sebastián.

III. LA CABALGADA DE UAD BERRUCH

n la distancia aulló un perro. Tumbado boca abajo entre los arbustos, Diego Alatriste dejó de dormitar. Desvelado por su instinto de soldado veterano, levantó la cara, que tenía puesta sobre los brazos cruzados, y abrió los ojos. El sueño había sido breve, de apenas unos instantes; pero sus viejos hábitos de soldado incluían aprovechar la menor ocasión para descansar cuanto pudiera. Nunca llegaba a saberse, en aquel oficio, cuándo habría otro momento de dormir, comer o beber. O vaciar la vejiga. Alrededor, de rodillas en la pendiente de la loma salpicada de bultos inmóviles y silenciosos, algunos soldados aprovechaban la última oportunidad de hacerlo, seguros del riesgo de que a uno le descosieran las asaduras con el odre lleno. Así que, desabrochándose los calzones, Alatriste

los imitó. Meado y ayuno, señores soldados, es como mejor
se bate uno: así solía arengarlos en el Flandes de su juventud
uno de los primeros sargentos que había tenido, don Francisco del Arco —muerto luego de capitán, a su lado, en las
dunas de Nieuport–, con quien alcanzó a servir a finales del
siglo viejo, apenas cumplidos los quince años, en la guerra
contra los Estados y contra Francia, cuando la encamisada
de Amiens y el gentil saco de la ciudad; que aquélla, pardiez
–lo malo vino después, con casi siete meses de asedio gaba-
cho–, sí había sido próspera cabalgada.

Mientras se aliviaba, miró hacia arriba. Veía alguna estrella
rezagada, pero la luz gris del alba se afirmaba desde el oriente,
tras los cerros desnudos que todavía dejaban en sombras las
tiendas y nogalas del aduar –aún no había luz para distinguir
un hilo blanco de un hilo negro–, situado en una rambla
grande que los guías llamaban Uad Berruch, a cinco leguas
de Orán. Aliviado al fin, Alatriste volvió a tumbarse tras
ajustar bien el cinto con las armas y abrocharse las presillas
del coleto. Éste le pesaría después, con el sofoco del día,
cuando el sol africano estuviese en lo alto; pero ahora se alegraba de llevarlo, porque hacía un frío hereje de mil diablos.
De cualquier modo, en cuanto empezara el rebato se felici-
taría aún más de vestir la vieja piel de búfalo. Viniera de moro, turco o luterano, una cuchillada era una cuchillada. Y de
ésas –hizo memoria: ceja, frente, mano, piernas, cadera, espalda, etcétera, hasta sumar nueve si contaba el tiro de arcabuz y diez la quemadura del brazo– ya no le cabían muchas
en el cuerpo.

–Maldito perro –cuchicheó alguien, cerca.

El animal volvía a aullar a lo lejos. Y a poco se le unió otro. Mala cosa, pensó Alatriste, si habían olido a los merodeadores y alertaban a la gente dormida del aduar. A esa hora, el grupo que rodeaba el lado opuesto de la rambla ya debía de estar en posición, calculó, con los caballos lejos para que un relincho no estropeara la sorpresa. Doscientos hombres de aquella parte y otros tantos de ésta, incluidos cincuenta moros mogataces; suficiente tropa para irles encima a tres centenares de alarbes, mujeres, niños y ancianos comprendidos en la cifra, que con su ganado acampaban allí, dormidos y sin recelar lo que les esperaba.

La historia se la habían contado por la tarde en Orán, cuando se dio orden de mochila, y tuvo ocasión de conocer más detalles durante las seis horas de marcha nocturna, hombres y caballos caminando recio en la oscuridad guiados por los exploradores mogataces, al principio en fila y luego a la deshilada por el camino de Tremecén, primero por la orilla del río y después, tras dejar atrás la laguna, la casa del morabito, el pozo y los llanos, rodeando los cerros hacia poniente antes de dividirse en dos grupos y emboscarse a la sorda, en espera del alba. Según se contaba, los del aduar eran de la tribu Beni Gurriarán, pastores y agricultores considerados moros de paz por tener seguro de la guarnición española, con el compromiso de ser defendidos frente a otras cábilas hostiles siempre que entregasen cada año, en las fechas previstas, cantidades fijas de grano, cebada y ganado. Pero el grano y la cebada del año pasado lo habían cobrado los alarbes tarde y mal –aún se les adeudaba una tercera parte–, de manera que ahora se llamaban a altana en la entrega de ganado prevista para la primavera. Esta obligación no se había cumplido todavía; y, según los rumores, los Beni Gurriarán se disponían a levantar su aduar para instalarse lejos de Uad Berruch, fuera del alcance español.

–Así que vamos a madrugarles –había dicho el sargento mayor Biscarrués– antes de que digan peñas y buen tiempo.

El sargento mayor Biscarrués, aragonés, militar de mucho oficio y hombre de confianza del gobernador de Orán, era un clásico de los presidios norteafricanos: duro como una piedra, con la piel curtida como cuero agrietado por el sol, el polvo y la crudeza de toda una vida guerreando primero en Flandes y luego en África con el mar a la espalda, el rey lejos, Dios ocupado en otras cosas y los moros en el filo de la espada. Mandaba una tropa de soldados sin otra esperanza que el botín: carne de horca y galera, gente peligrosa, desertora en potencia, tan propensa a amotinarse como a acuchillarse entre sí; y lo hacía con el rigor necesario a tal oficio. Un hideputa cruel pero asequible, y no más venal que la mayoría. Así lo había definido Sebastián Copons antes de ir a visitarlo, la tarde del primer día. Lo encontraron en su cuartelillo de la alcazaba, ante un plano del territorio desplegado sobre la mesa y sujeto en las esquinas por una jarra de vino, una palmatoria con una vela, una daga y un pistolete. Lo acompañaban dos hombres: un moro alto con alquicel blanco sobre los hombros, y un individuo moreno y flaco, de nariz grande y barba afeitada, vestido a la española.

–Con su permiso, señor sargento mayor... Mi amigo Diego Alatriste, soldado viejo de Flandes, ahora en las galeras de Nápoles... Diego, éste es don Lorenzo Biscarrués... Ellos otros son Mustafá Chauni, jefe de nuestros moros mogataces, y el lengua de Orán, de nombre Arón Cansino.

–¿Flandes? –el sargento mayor lo observaba con curiosidad–... ¿Amiens?... ¿Ostende?

–Las dos.

–Ha llovido mucho. Allí, claro. Sobre los putos herejes... Aquí no cae una gota hace meses.

Charlaron un poco, mencionando nombres de camaradas comunes vivos y muertos; y luego Copons expuso el asunto y obtuvo la aprobación del sargento mayor mientras Alatriste estudiaba a Biscarrués y a los otros. El mogataz era un Ulad Galeb cuya tribu servía a España desde hacía tres generaciones, y su estampa era típica de la zona: barba cana, tostado de piel, babuchas, gumía al cinto, y la cabeza rasurada excepto el pequeño mechón que algunos moros se dejaban para que, si un enemigo les cortaba la cabeza, no les metiera los dedos en la boca o los ojos al llevársela como trofeo. Mandaba la harka de ciento cincuenta guerreros de su tribu o familia –que una cosa suponía allí la otra–, habitantes con sus mujeres y niños del poblado de Ifre y los aduares cercanos; y que, mientras se les asegurasen pagas o botín, sabían hacerse matar bajo la cruz de San Andrés con un valor y una fidelidad que ya quisiera en muchos súbditos el rey católico. En cuanto al otro hombre, a Alatriste no le sorprendió que un judío oficiara de intérprete en la ciudad;

pues, pese a la antigua expulsión, en los enclaves españoles del norte de África solía tolerarse su presencia por razones tocantes al comercio, el dinero y el dominio de la lengua arábiga. Como supo más tarde, entre la veintena de familias que habitaban la judería, los Cansino eran intérpretes de confianza desde mediados del siglo viejo, habiendo mostrado, pese a observar la ley mosaica –Orán, caso único, contaba con una sinagoga–, absoluta competencia y lealtad al rey; de modo que los gobernadores de la plaza los distinguían y beneficiaban, pasando el oficio de padres a hijos. Eso tocaba al dominio hablado y escrito de la algarabía mora, la parla hebrea y la turquesca, y también al espionaje, pues todas las comunidades israelitas de Berbería se relacionaban entre sí. En la tolerancia con los judíos oraneses influía también su actividad comercial, muy viva a pesar de las duras alcabalas que por su religión sufrían; dándose que, en tiempos de escasez, eran ellos quienes fiaban al gobernador el dinero o el grano que no llegaban. A eso se añadía su papel en el tráfico de esclavos: por un lado mediaban en los rescates de cautivos, y por otro eran propietarios de la mayor parte de los turcos y moros vendidos en Orán. A fin de cuentas, estuviesen la Virgen Santísima, Mahoma o Moisés de por medio, para todos, judíos, moros o españoles, una moneda de plata sonaba idéntica a otra, y el negocio era el negocio. Poderoso caballero, habría dicho don Francisco de Quevedo. Y menguado quien otro cirio encienda. Etcétera.

El perro volvió a ladrar a lo lejos, y Alatriste tocó la pistola bien cebada que llevaba en el cinto. En cierta manera, concluyó, no le disgustaría que el animal siguiera ladrando hasta que los moros del aduar, o al menos algunos entre ellos, estuviesen despiertos y con un alfanje en la mano cuando el sargento mayor Biscarrués diese el Santiago. Degollar a hombres dormidos para robarles ganado, mujeres e hijos, era más rápido y cómodo que degollarlos despiertos; pero luego hacía falta mayor cantidad de vino para lavarse la sangre de la memoria.

–Atentos.

La orden vino de boca en boca, con un cuchicheo de intensidad creciente. La repetí al llegar a mí, pasando la voz, y la oí alejarse entre las sombras agazapadas hasta perderse como un eco que se extinguiera en el infinito. Deslicé la lengua por mis labios agrietados y luego apreté los dientes para que no castañetearan de frío, mientras me ataba las alpargatas. Después quité los trapos con los que había envuelto mi espada y la moharra de mi media pica a fin de que no hicieran ruidos inoportunos, y miré alrededor. En la claridad del alba, que ya recortaba algunas siluetas sobre el horizonte, no podía ver al capitán Alatriste, pero lo sabía tumbado como todos, cerca. Quien estaba allí mismo era Sebastián Copons: bulto oscuro, inmóvil, oliendo a sudor, a cuero engrasado y a acero bruñido con aceite de armas. Había más bultos semejantes agrupados o desperdigados alrededor, entre las matas de lentisco, las chumberas y los cardos que en Berbería llaman arracafes.

–Santiago en dos credos –corrió de nuevo la voz.

Algunos se pusieron a musitarlos, por devoción o por calcular el tiempo. Los oía en torno, en la semioscuridad, con diversos acentos y entonaciones: vizcaínos, valencianos, asturianos, andaluces, castellanos; españoles sólo solidarios para rezar o matar. *Credo in unum Deum, patrem omnipotentem, factorem caeli et terrae...* No era la primera vez, por supuesto. Pero me parecía singular, como siempre, aquel piadoso murmullo como preludio a la sarracina; todas esas voces de hombres susurrando palabras santas, pidiendo a Dios salir vivos del lance, conseguir oro y esclavos, tener un buen regreso a Orán y a España, ricos de botín y sin enemigos cerca, pues todos sabían de sobra –Copons y el capitán habían insistido mucho en eso– que lo más peligroso del mundo era pelear con moros en su tierra y retirándose uno: verse acosado al regreso entre aquellas ramblas y peñas secas, sin agua o pagando un azumbre de sangre por cada gota, bajo el sol implacable, o quedar herido o rezagado en manos de alarbes que disponían de todo el tiempo del mundo para hacerte morir. Quizá por eso, entre las sombras agazapadas se extendía el murmullo: *Deum de Deo, lumen de lumine, Deum verum de Deo vero...* A poco yo mismo me vi susurrándolo de modo maquinal, sin parar mientes en ello, como quien acompaña la letra de una canzoneta vieja, pegadiza. Al cabo fui consciente de mis palabras y recé con más devoción, sincero: *Et exspecto resurrectionem mortuorum et vitam venturi saeculi, amen.* En aquel tiempo, yo tenía edad para creer en aquellas cosas y en algunas más.

–¡Santiago!... ¡Cierra!... ¡Cierra!... ¡España y Santiago!

Ahora fue esa voz la que corrió en un aullido, punteada por secos toques de corneta, mientras los hombres se levantaban y corrían entre los arbustos, alzando el guión y la bandera del rey. Me puse en pie y fui adelante con todos, oyendo la escopetada que sonaba al otro lado del aduar, donde la oscuridad –una faja negra bajo un cielo que enrojecía entre tonos grisazulados– se punteaba con fogonazos de arcabuz.

–¡España!... ¡Cierra!... ¡Cierra!

Era difícil correr por el lecho de arena de la rambla seca, y las piernas parecían pesarme como el plomo cuando llegué al otro lado, donde había un cerco de ramas y espinos que encerraba el ganado. Tropecé con un cuerpo inmóvil caído en el suelo, corrí unos pasos más y me arañé con las ramas espinosas. Cuerpo de Dios. Ahora también sonaban escopetazos por nuestro lado, mientras las siluetas de mis camaradas, que ya no eran negras sino grises hasta el punto de reconocernos unos a otros, se desparramaban como un torrente entre las tiendas del aduar, donde aparecían fuegos súbitos o figuras aterradas que luchaban o huían. Al griterío de españoles y mogataces, reforzado por el estruendo de nuestros jinetes que cargaban desde el otro lado, empezó a sumarse el de docenas de mujeres y niños arrebatados al sueño que salían despavoridos, abrazándose o corriendo entre hombres medio dormidos que intentaban protegerlos, peleaban desesperados y morían. Vi cómo Sebastián Copons y otros se metían entre ellos a cuchilladas y fui a la par, con mi media pica por delan-

te; perdiéndola al primer encuentro, pues se la envasé en el
cuerpo a un alarbe semidesnudo y barbado que salía de una
tienda con un alfanje en la mano. Cayó sobre mis piernas sin
decir esta boca es mía, y no pude recobrar la pica, pues mientras me zafaba surgió de la misma tienda, en camisa, otro
moro mozo, aún más joven que yo, que empezó a tirarme tajos con una gumía, tan feroces que si uno me alcanza habrían
quedado Cristo o el diablo bien servidos, y los de Oñate sin
un paisano. Fuime atrás dando traspiés mientras sacaba la
espada —era ancha, corta, de galera y muy buena, de las del
perrillo— y, volviendo ya con más aplomo, le llevé sin arrimarme mucho media nariz del primer golpe y los dedos de
una mano del segundo. El tercero se lo di cuando ya estaba
en el suelo, y fue el de conclusión, rebanándole por revés el
gaznate. Luego asomé cauto la cabeza dentro de la tienda, y
vi un confuso grupo de mujeres y críos apelotonado en un
rincón, dando chillidos en su algarabía. Dejé caer la cortina,
di media vuelta y seguí a lo mío.

Aquello era cosa hecha. Diego Alatriste empujó con el pie
al moro al que acababa de matar, le sacó la espada del cuerpo y
miró alrededor. Los alarbes apenas resistían ya, y la mayor
parte de los atacantes se ocupaban más de hacer gazúa que de
otra cosa, robando que parecían ingleses. Aún sonaban escopetazos en el aduar, pero el griterío de rabia, desesperación y
muerte dejaba paso al lamento de los heridos, al gemir de los

prisioneros y al zumbido de enjambres de moscas enloqueci-
das sobre los charcos de sangre. Como si de ganado se tratase,
soldados y mogataces acorralaban a mujeres, niños, ancianos y
hombres que arrojaban las armas, sacándolos de las tiendas a
empellones, mientras otros reunían los objetos de valor y se
ocupaban del ganado. Las moras, con los críos agarrados a las
faldas o cogidos en los pechos, daban alaridos y se golpeaban
el rostro ante los cadáveres de padres, esposos, hermanos e hijos; y alguna de ellas, trastornada por el dolor y la rabia, aco-
metía de uñas a los soldados, que terminaban reduciéndola a
golpes. Puestos aparte, los hombres se agrupaban en el polvo,
aturdidos, contusos, heridos, aterrados, bajo la vigilancia de
espadas, picas y arcabuces. Algunos adultos y ancianos que intentaban mantener actitudes dignas eran empujados sin miramientos, abofeteados por los soldados victoriosos que así ven-
gaban –regía la orden acostumbrada de no despilfarrar vidas
que valían dinero– la suerte de media docena de camaradas que
habían dejado la piel en el asalto. Eso hizo fruncir el ceño a
Alatriste, pues opinaba que a un hombre se le mata, pero no se
le humilla; y menos delante de sus amigos y su familia. Pero la
cosecha de escrúpulos no era abundante aquel siglo, si alguna
vez lo fue. Apartó la vista, incómodo, observando las inmedia-
ciones del campamento. Entre los cerros, la gente a caballo
daba alcance a los moros que habían logrado escapar para esconderse en los cañizales y las higueras de la rambla, y los traía
de vuelta, maniatados, sujetos a las colas de los animales.

Ardían ya algunas tiendas puestas a saco, con los enseres,
calderos, plata, alfombras y otra ropa apilados fuera, mien-

tras el sargento mayor Biscarrués, que iba y venía atento a todo, urgía a voces para que avivasen la reunión del botín y la partida. Diego Alatriste lo vio mirar con los ojos entrecerrados la altura del sol, que acababa de salir, y luego echar un vistazo preocupado alrededor. De soldado a soldado no era difícil adivinar sus pensamientos. Una columna de españoles cansados, llevando con ellos ciento y pico cabezas de ganado y más de doscientos cautivos –ése era el fruto, calculando rápido, de la cabalgada–, sería muy vulnerable a ataques de moros hostiles si no estaba tras los muros de Orán antes de la puesta de sol.

Alatriste tenía la gorja tan seca como la arena y las piedras que pisaba. Recristo, pensó. Ni siquiera puedo escupir la pólvora y la sangre que me pegan la lengua al paladar. Ojeó en torno y encontró la mirada, a un tiempo amistosa y feroz, de un mogataz de barba bermeja que con mucho oficio le cortaba la cabeza a un alarbe muerto. Más acá había una mora vieja que, en cuclillas, sostenía en su regazo la cabeza de un hombre malherido. La mujer tenía la piel de la cara arrugada, llenas de tatuajes azules la frente y las manos, y alzó el rostro, mirando a Alatriste con ojos inexpresivos cuando, aún espada en mano, se detuvo ante ella.

–*Ma*. Beber agua. *Ma*.

La mujer no respondió hasta que él, insistiendo, le tocó el hombro con la punta de la espada. Entonces hizo un ademán indiferente hacia una tienda grande, hecha de pieles de cabra cosidas; y, de nuevo ajena a cuanto ocurría alrededor, siguió ocupándose del moro que gemía en el suelo. Alatriste se encaminó a la tienda, apartó la cortina y entró en la sombra del recinto.

Apenas lo hizo, comprendió que iba a tener problemas.

Divisé de lejos al capitán Alatriste, con el ir y venir de soldados y prisioneros, cuando lo buscaba entre el saqueo del aduar, y me alegré de verlo sano. Quise llamarlo a gritos, pero no me oyó; así que fui hacia él esquivando las tiendas que empezaban a arder, los montones de ropa apilados, los heridos y los muertos tirados por todas partes. Lo vi entrar en una tienda grande, negra; y también observé que alguien, a quien no pude distinguir bien –parecía un moro de los nuestros, un mogataz–, entraba tras él. Entonces me entretuvo un caporal, ordenándome que vigilase a un grupo de alarbes mientras los maniataban. Aquello me llevó un momento, y al terminar seguí camino hasta la tienda. Alcé la cortina, agaché la cabeza para entrar, y me quedé estupefacto: en un rincón, sobre un montón de esteras y alfombras revueltas, había una mora joven, semidesnuda, a la que en ese momento el capitán ayudaba a vestirse. La mora tenía un golpe en la cara y el rostro cubierto de lágrimas, y sollozaba como animal atormentado. A sus pies había una criatura de pocos meses, manoteando, y junto a ella estaba uno de nuestros soldados, un español, con el cinto suelto, los calzones por las rodillas y la cabeza abierta de un pistoletazo. Otro español, vestido pero degollado de oreja a oreja, estaba boca arriba junto a la entrada, aún con la sangre saliéndole fresca por el tajo que le rebanaba la garganta. La misma sangre, deduje en los pocos instantes en que aún mantuve la serenidad, que manchaba la gumía que un moro mogataz, barbudo y hosco, me puso en el cuello apenas franqueé la entrada. Todo eso –pónganse vuestras mercedes en mi lugar, pardiez– me arrancó una exclamación de sorpresa que hizo volver la cara al capitán.

–Es casi mi hijo –se apresuró a decir–. No dirá nada.

El aliento del mogataz, que llegaba hasta mi cara, se interrumpió un momento mientras éste me estudiaba de cerca con ojos negros y vivos, de pestañas tan aterciopeladas que parecían de mujer. Aquellas pestañas eran lo único delicado en su rostro moreno y curtido, donde la barba bermeja y puntiaguda acentuaba una catadura feroz que me heló la sangre. Tendría unos treinta y tantos años, era de proporciones regulares pero con fuertes hombros y brazos, y llevaba el cráneo rapado a excepción del clásico mechón del cogote, un turbante suelto en torno al cuello, aros de plata en ambas orejas y un curioso tatuaje azul en forma de cruz en la cara, sobre el pómulo izquierdo. Al cabo, el moro apartó la daga de mi cuello y la limpió en su albornoz de rayas grises, antes de introducirla en la vaina de cuero que llevaba en la faja.

–¿Qué ha pasado aquí? –le pregunté al capitán.

Se incorporaba despacio. La mujer se cubrió con un velo de color pardo, encogida de temor y vergüenza. El mogataz le dirigió unas palabras en su lengua –algo así como *barra barra*– y ella, recogiendo del suelo al niño que lloraba, lo envolvió en el mismo velo, anduvo ligera por nuestro lado agachando la cabeza, y salió de la tienda.

–Ha pasado –respondió el capitán con voz tranquila– que estos dos valientes y yo hemos tenido un desacuerdo sobre la palabra botín.

Se agachó a coger su pistola recién disparada, que estaba en el suelo, y se la metió en el cinto. Después miró al mogataz, que seguía en la entrada, y algo parecido a una sonrisa se insinuó bajo su mostacho.

–La discusión iba mal para mí. Y empeoraba... Entonces este moro entró aquí y tomó partido.

Se había acercado a nosotros, y ahora miraba al mogataz con mucha atención, de arriba abajo. Parecía agradarle lo que veía.

–¿Hablas espanioli? –le preguntó.

–Lo hablo –dijo el otro, en buen castellano.

El capitán observó detenidamente el arma blanca metida en la faja.

–Buena gumía llevas.

–Eso creo.

–Y mejor mano tienes.

–*Uah*. Eso dicen.

Se miraron unos instantes de cerca, en silencio.

–¿Tu nombre?

–Aixa Ben Gurriat.

Yo esperaba más palabras, explicaciones, pero quedé decepcionado. En el rostro barbudo del mogataz apuntaba media sonrisa semejante a la del capitán.

–Vámonos de aquí –concluyó éste, tras echar una última ojeada a los cadáveres–. Pero antes démosle fuego a la tienda... Evitaremos explicaciones.

La precaución fue innecesaria: nadie echó de menos a los dos maltrapillos –luego supimos que eran escoria fanfarrona de mala casta y sin amigos, que a nadie importaba–, anotados sin más averiguación en la lista general de bajas. En cuanto al regreso, fue duro y peligroso, pero triunfal. Por el camino de Tremecén a Orán, bajo un sol vertical que limitaba nuestras sombras a un pequeño trazo bajo los pies, se extendía la larga columna de soldados, cautivos, despojos y ganado, marchando las bestias, que eran ovejas, cabras y vacas y algún camello, en la vanguardia, al cuidado de mogataces y moros de Ifre. Antes de abandonar Uad Berruch, por cierto, habíamos tenido un momento de mucha tensión, cuando el lengua Cansino, tras interrogar a los prisioneros, se quedó un rato callado, vuelto a un lado y a otro, y luego, tartamudeando, puso en conocimiento del sargento mayor Biscarrués que el sitio atacado no era el que se debía atacar, y que los guías mogataces se habían equivocado –o errado a propósito–, llevándonos hasta un aduar de moros de paz que pagaban puntualmente su garrama. De los que habíamos matado nada menos que a treinta y seis. Y juro a vuestras mercedes que nunca he visto a nadie montar en cólera como entonces vi al sargento mayor, rojo como la grana y con las venas del cuello y la frente

—Es casi mi hijo —se apresuró a decir—...

a punto de reventar, jurando que haría ahorcar a los guías, a sus antepasados y a la puta amancebada con un cerdo que los parió. Pero sólo fue un pronto. Aquello ya no tenía remedio; así que, hombre práctico y militar al fin, hecho a todo troche y todo moche, don Lorenzo Biscarrués acabó calmándose. Moros de paz o moros de guerra, concluyó, su buen dinero valían vendidos en Orán. Ahora eran moros de guerra, y no había más que hablar.

–A lo hecho, pecho –dijo, zanjando el asunto–. Ya afinaremos más otro día... Punto en boca, y al que se vaya de la lengua, por Cristo vivo que se la arranco.

Y así, tras curar a los heridos y echar un bocado –pan cocido bajo ceniza, unos dátiles y leche aceda que encontramos en el aduar–, caminamos ligeros, arcabuces listos y ojo avizor, dispuestos a ponernos en cobro antes de la noche. Y de ese modo íbamos como dije, recelosos y barba sobre el hombro: el ganado en vanguardia, seguido por el grueso de tropa, el bagaje y luego los cautivos, que sumaban doscientos cuarenta y ocho entre hombres, mujeres y niños que podían andar, todos en el centro y bien custodiados. Otra tropa escogida de picas y arcabuces cerraba la marcha, mientras la caballería exploraba por delante y protegía los flancos, en previsión de que partidas de moros hostiles pretendieran ofendernos la retirada o privarnos del agua. Se dieron, en efecto, algunos rebatos y escaramuzas de poca importancia; y antes de llegar al pozo que llamaban del Morabito, donde había mucha palmera y algarrobo, los alarbes, de los que buen número nos pisaba la huella en busca de rezagados o de ocasión, quisieron estorbarnos el agua con una acometida seria: un centenar de jinetes que entre gritos y osadía, insultándonos con las obscenidades que ellos suelen, se arrimaron a la retaguardia, dándonos allí algazara; pero cuando nuestros arcabuceros calaron cuerdas y les dieron una linda rociada, tornaron las espaldas dejando alguna gente en el campo, y no hubo más. Íbamos gozosos con la victoria y el botín, con prisa por llegar a Orán para cobrarlo; y no pude evitar que acudiesen a mis labios mozos, canturreados entre dientes, unos conocidos versos:

> *Son los usos de aquel tiempo*
> *caballeresco y feroz,*
> *cuando acuchillando moros*
> *se glorificaba a Dios.*

Sin embargo, dos episodios habían de oscurecer mi satisfacción durante la retirada de Uad Berruch. Uno fue el de un recién nacido que se estaba muriendo en brazos de su madre, sin que resultara ajena a ello la aspereza del camino; y advertido eso por el capellán fray Tomás Rebollo, que nos acompañaba en la cabalgada haciendo su oficio, apeló al sargento mayor, alegando que en la criatura moribunda cesaba el derecho de patria potestad de la madre, por lo que lícitamente se la podía bautizar contra la voluntad de ésta. Como no había junta de teólogos a mano para evacuar consulta, don Lorenzo Biscarrués, que tenía otras preocupaciones, respondió al fraile que hiciese lo que estimara oportuno; y éste, pese a las protestas y gritos de la madre, le arrebató al chiquillo y diole al punto, con unas gotas de agua, óleos y sal, el santo bautismo. Murió a poco rato la criatura y felicitose mucho el capellán de que, en día como aquél, donde tantos enemigos del nombre de Dios se habían condenado dentro de la perniciosa secta de Mahoma, un ángel hubiera sido enviado al Cielo para mayor conocimiento de sus secretos juicios y confusión de sus enemigos, etcétera. Después supimos que la marquesa de Velada, mujer del gobernador, muy piadosa, limosnera, de rosario largo y comunión diaria, alabó en extremo la decisión de fray Tomás, mandando buscar a la madre para consolarla y convencerla con santas razones de que se reuniera algún día con su hijo, convirtiéndose a la verdadera fe. Pero no pudo ser. La noche misma en que llegamos a Orán, la mora se ahorcó por desesperación y vergüenza.

El otro recuerdo que tengo presente es el de un morillo de seis o siete años que caminaba junto a las acémilas donde iban, atadas, las cabezas de los alarbes muertos. Aquellos días, el gobernador de Orán recompensaba –prometía recompensas, para ser exactos– por cada moro muerto en acción de guerra, y la de Uad Berruch, como dije, pasaba como tal. Así que, para que todo quedase probado, cargábamos treinta y seis cabezas de moros adultos, cuyo recuento en la ciudad aumentaría nuestra parte del botín en algunos maravedíes. El caso era que ese niño caminaba junto a una mula que portaba una docena de cabezas colgadas en racimo a uno y otro lado de la albarda. Y bueno. Si la vida de cualquier hombre lúcido está poblada de fantasmas que se acercan en la oscuridad y lo tienen a uno con los ojos abiertos, en los míos permanece –y voto a Dios que la tengo bien llena– la imagen de aquel crío descalzo y sucio, que sorbiéndose los mocos, con los ojos enrojecidos vertiendo surcos de lágrimas por los churretes de la cara polvorienta, caminaba junto a la acémila, sin apartarse de allí, regresando una y otra vez cuando los guardianes lo hacían alejarse, para espantar las moscas que se posaban en la cabeza cortada de su padre.

La casa de la Salka era mancebía y fumadero, y allí nos abarracamos al día siguiente, apenas se celebró la venta del botín. Todo Orán era un vasto regocijo desde la noche anterior, cuando, con la última luz del día, y tras dejar el ganado en los cercados de las Piletas, sobre la fuente del río, habíamos hecho triunfal entrada por la puerta de Tremecén, muy bien escuadronados y llevando delante a los cautivos, guarnecidos por soldados armas al hombro. Entramos así por la carrera iluminada de hachas, yendo derechos a la iglesia mayor, donde los esclavos pasaron maniatados delante del Santísimo, que el vicario había sacado descubierto a la puerta con acompañamiento de clero, cruz y agua bendita; y luego de cantarse el *Te Deum laudamus* en reconocimiento de la victoria que allí se presentaba, fuese cada mochuelo a su olivo hasta el día siguiente, que fue el de la verdadera celebración, pues la almoneda de esclavos resultó muy lucida, importando la venta completa la gentil suma de cuarenta y nueve mil y seiscientos ducados. Deducida la parte del gobernador y el quinto del rey, que en Orán se destinaba a bastimentos y munición, apartado lo que se daba a los oficiales, a la Iglesia, al hospital de veteranos y a los mogataces, y hecho el reparto del resto a la tropa, nos vimos el capitán y yo mejorados en quinientos sesenta reales cada uno, lo que suponía el agradable peso en las respectivas faltriqueras de setenta lindísimas piezas de a ocho. A Sebastián Copons, por su grado y ventajas, le correspondió algo más. De modo que, apenas cobramos nuestro dinero en casa de un pariente del lengua Arón Cansino –casi hubo que echar mano a las dagas porque algunas monedas quería dárnoslas sin pesar y demasiado limadas en los cantos–, decidimos gastar una pequeña parte como quienes éramos. Y allí estábamos los tres, donde la Salka, dándonos un verde.

La celestina de la mancebía era una mora madura, bautizada y viuda de soldado, antigua conocida de Sebastián Copons; y, según nos aseguró éste, de mucha confianza dentro de lo razonable. Su manfla estaba cerca de la puerta de la Marina, en las casas escalonadas tras la torre vieja. Tenía arriba una terraza desde la que se apreciaba un grato paisaje, con el castillo de San Gregorio a la izquierda, dominando la ensenada llena de galeras y otras naves; y al fondo, como una cuña parda entre el puerto y la inmensidad azul del Mediterráneo, el fuerte de Mazalquivir, con la gigantesca cruz que tenía delante. A la hora que narro, el sol ya descendía sobre el mar, y sus rayos tibios nos iluminaban al capitán Alatriste, a Copons y a mí, sentados en blandos cojines de cuero en una estancia abierta a la pequeña terraza, que no había más que pedir, bien provistos de beber, yantar y lo demás que en tales rumbos se encuentra. Nos acompañaban tres pupilas de la Salka con las que un rato antes habíamos tenido más que palabras, aunque sin llegar a las últimas trincheras; pues el capitán y Copons, con muy buen seso, lograron persuadirme de que una cosa era regocijarse en gentil compañía, y otra zafarse al arma blanca sin reparo, arriesgando atrapar el mal francés o cualquiera de las muchas enfermedades con que mujeres públicas –extremadamente públicas, tratándose de Orán– podían arruinar la salud y la vida de un incauto. Eran las daifas razonables: dos cristianas, andaluzas y de no mala presencia, que en la plaza se ganaban la vida tras ser desterradas allí por malos pasos y peores antecedentes –venían de las almadrabas de Zahara, que eran el finibusterre de su oficio–, siendo la tercera una mora renegada, demasiado morena de carnes para el gusto español, pero bien plantada y muy jarifa, diestra en menesteres de precisión que no están en los mapas. La Salka, al tintineo de nuestra plata fresca, nos había traído a las tres encareciéndolas mucho como limpias, ambladoras y bachilleras del abrocho; aunque, como dije, este último lance lo excusáramos. Aun así, a fe de vascongado que, por la ración correspondiente –la mora, por ser el bisoño–, no era yo quien iba a dar un mentís a la alcahueta.

Pero he dicho de comer y beber, y no fue sólo eso. Aparte ciertas especias que sazonaban el yantar, no de mi gusto por

encontrarlas fuertes, era la primera vez que fumaba la hierba
moruna, que la renegada preparaba con mucha destreza,
mezclándola con tabaco en pipas largas de madera con cazoleta de metal. Cierto es que no era aficionado a fumar ni
lo fui nunca, ni siquiera en forma del polvo molido que
tanto complacía aspirar a don Francisco de Quevedo. Pero
yo era novicio en Berbería; y ésa, notoria novedad. Así que,
aunque el capitán no quiso probar aquello, y Copons se limitó a dar un par de chupadas a la pipa, yo me había fumado
una, y estaba enervado y sonriente, la cabeza dándome vueltas y el verbo torpe, cual si mi cuerpo flotara por encima de
la ciudad y del mar. Eso no me impidió participar en la charla,
que pese a la felicidad de la situación y al dinero que llevábamos encima, en ese momento no era alegre. Copons, que
habría querido venirse a Nápoles o a cualquier sitio –sabíamos ya que nuestra galera levaba ferro en dos días–, iba a
quedarse en Orán, pues seguían negándole su licencia.

–Así que –concluyó, sombrío– seguiré pudriéndome aquí
hasta el día del Juicio.

Dicho aquello, se bebió un esquilón entero de vino de Má-
laga, algo picado pero sabroso y fuerte, y chasqueó resignado
la lengua. Yo miraba distraído a las tres daifas, que al vernos
metidos en conversación nos dejaban tranquilos y parlotea-
ban al extremo de la terraza, desde donde hacían señas a los
soldados que pasaban por la calle. La Salka, convencida de
que en tiempo de cabalgada el dinero corría fácil, tenía bien
adiestradas a sus corsarias en no descuidar el negocio.

–Quizás haya un medio –dijo el capitán Alatriste.

Lo miramos con mucha atención, en especial Copons. En el rostro impasible de éste, eso significaba un brillo de expectación en la mirada. Conocía de sobra a su antiguo camarada como para saber que nunca hablaba de más, ni de menos.

–¿Se refiere vuestra merced –pregunté– a que Sebastián salga de Orán?

–Sí.

Copons puso una mano sobre el brazo del capitán. Exactamente sobre la quemadura que éste se había hecho dos años atrás en Sevilla, interrogando al genovés Garaffa.

–Cagüentodo, Diego... Yo no deserto. Nunca lo hice en mi vida, y no voy a empezar ahora.

El capitán, que se pasaba dos dedos por el mostacho, le sonrió a su amigo. Una sonrisa de las que pocas veces mostraba, afectuosa y franca.

–Hablo de irte honrosamente, con tu licencia dentro de un canuto de hojalata... Como debe ser.

El aragonés parecía desconcertado.

–Ya te dije que el mayoral Biscarrués no me da licencia. Nadie sale de Orán, y lo sabes. Sólo quienes estáis de paso.

Alatriste miró de soslayo hacia las tres mujeres de la terraza y bajó la voz.

–¿Cuánto dinero tienes?

Copons frunció el ceño, cavilando sobre a santo de qué venía aquello. Luego cayó en la cuenta y negó con la cabeza. Ni lo pienses, repuso. Con lo de la cabalgada no me alcanza.

–¿Cuánto? –insistió el capitán.

–Descontando lo que voy a gastar aquí, unos ochenta escudos limpios. Quizá algunos maravedíes más. Pero ya te digo...

–Supongamos un golpe de suerte. ¿Qué harías una vez en Nápoles?

Copons se echó a reír.

–¡Vaya pregunta!... ¿Italia y sin un charnel en la bolsa?... Alistarme de nuevo, claro. Con vosotros, si puede ser.

Se quedaron un rato mirándose en silencio. Yo, que volvía poco a poco de las nubes, los observé con interés. La sola idea de que Copons nos acompañara a Nápoles me daba ganas de gritar de alegría.

–Diego...

Pese al escepticismo con que Copons pronunció el nombre de mi antiguo amo, la lucecita de esperanza seguía presente en sus ojos. El capitán mojó el mostacho en el vino, reflexionó un instante más y sacudió la cabeza, afirmativo.

–Tus ochenta escudos, con los sesenta y pico de la cabalgada que me quedan a mí, suman...

Contaba con los dedos sobre la bandeja de latón moruno que hacía de mesa, y al cabo se volvió a mirarme; la rapidez del capitán con la espada no se extendía a las cuatro reglas. Hice un esfuerzo por alejar los últimos vapores de la nube. Me froté la frente.

–Ciento cuarenta –dije.

–Una cantidad ridícula –dijo Copons–. Para licenciarme, Biscarrués exigiría cinco veces más.

—Contamos con cinco veces más. O eso creo... A ver, Íñigo, ve sumando... Ciento cuarenta, y mis doscientos de la galeota que vendimos en Melilla.

—¿Tienes ese dinero? —preguntó Copons, asombrado.

—Sí. En el remiche del espalder de mi galera, un gitano del Perchel que se come diez años de bizcocho, más temido aún que el cómitre, y que cobra medio real de usura a la semana... ¿Íñigo?

—Trescientos cuarenta —dije.

—Bien. Súmale ahora tus sesenta escudos.

—¿Qué?

—Que se los sumes, voto a Dios —los ojos claros me perforaban como dagas vizcaínas—. ¿Qué sale?

—Cuatrocientos.

—No es suficiente... Añade tus doscientos de la galeota.

Abrí la boca para protestar, pero en la mirada que me dirigió el capitán comprendí que era inútil. Los últimos flecos de nube algodonosa desaparecieron de golpe. Adiós a mis ahorros, me dije, lúcido del todo. Fue hermoso sentirse rico mientras duró.

—Seiscientos escudos justos —concluí en voz alta, resignado.

El capitán Alatriste se había vuelto, radiante, hacia Copons.

—Con las pagas atrasadas que te adeudan, y que cuando lleguen se embolsará tu sargento mayor, hay de sobra.

El aragonés tragó saliva, mirándonos a uno y otro como si las palabras se le hubieran atravesado en la gola. No pude

evitar, una vez más, recordarlo en primera línea cuando lo
del molino Ruyter, pisando barro en las trincheras de Breda,
sucio de pólvora y sangre en el reducto de Terheyden,
acero en mano en la alameda de Sevilla, o subiendo
al asalto del *Niklaasbergen* en la barra
de Sanlúcar. Siempre callado,
seco, pequeño y duro.
  –Cagüendiela –dijo.

IV. EL MOGATAZ

alimos de la mancebía con la luz parva del crepúsculo, sombreros puestos y espadas al cinto, mientras las primeras sombras se adueñaban de los rincones más recoletos de las empinadas calles de Orán. La temperatura era agradable a esa hora, y la ciudad invitaba al paseo, con los vecinos sentados en sillas y taburetes a la puerta de las casas y algunas tiendas todavía abiertas, iluminadas por candiles y velas de sebo desde el interior. Las calles estaban llenas de soldados de las galeras y de la guarnición, estos últimos celebrando todavía la buena fortuna de la cabalgada. Nos detuvimos a remojar de nuevo la palabra, de pie, espaldas contra la pared, ante una pequeña taberna hecha de cuatro tablas y puesta en un soportal, que atendía un viejo mutilado. Estando así –esta vez el vino era un clarete fresco y decente– pasó por la calle, haciéndole plaza un alguacil, una cuerda de cinco cautivos encadenados, tres hombres y dos mujeres de los vendidos por la mañana, que su nuevo amo, un fulano vestido de negro, golilla y espada, con aspecto de funcionario enriquecido robando el sueldo de quienes se jugaban la vida para capturar a aquella gente, conducía a su casa, bajo custodia. Todos los esclavos, incluso las dos mujeres, habían sido marcados ya en la cara por el hierro candente con una S y un clavo que los identificaba como tales, y caminaban baja la cabeza, resignados a su destino. Aquello no era necesario, y algunos lo consideraban uso antiguo y cruel; pero la Justicia aún permitía a los dueños señalarlos así para que se los identificara en caso de fuga. Observé que el capitán, aferruzado el semblante, volvía el rostro con disgusto; y yo mismo pensé en la marca que, no de hierro candente sino de acero bien frío, le haría al dueño de aquellos infelices con la punta de mi daga, si tuviera ocasión. Ojalá, deseé, cuando viaje a la Península lo capture un corsario berberisco y acabe en los baños de Argel, molido a palos. Aunque esa clase de gente, pensé luego con amargura, tenía recursos de sobra para hacerse rescatar en el acto. Sólo los pobres soldados y la gente humilde, como les ocurría a tantos miles de desgraciados capturados en el mar o en las costas españolas, se pudrían allí, en Túnez, Bizerta, Trípoli o Constantinopla, sin que nadie diese una blanca por su libertad.

Estando distraído en tales pensamientos, advertí que alguien, después de pasar cerca de nosotros, se detenía un poco

más lejos a mirarnos. Presté atención y reconocí al mogataz
que había ayudado al capitán Alatriste cuando el incidente
con los dos maltrapillos en Uad Berruch. Llevaba la misma
ropa: albornoz de rayas grises, descubierta la rapada cabeza
con su mechón de guerrero en el cogote, y la rexa, el clásico
turbante alarbe, enrollado con descuido en torno al cuello.
La larga gumía que yo había tenido un instante apoyada en
la gorja –aún se me erizaba el vello al recordar el filo– seguía
en su faja, dentro de la vaina de cuero. Me volví hacia el capitán Alatriste para llamar su atención, y comprobé que ya
lo había visto, aunque no dijo nada. Desde unos seis o siete
pasos se observaron ambos de ese modo, en silencio, mientras el mogataz seguía quieto en la calle, entre la gente que
pasaba, sosteniendo con mucho aplomo su actitud y su mirada, como si esperase algo. Al cabo, el capitán alzó una mano para tocarse el ala del sombrero, e inclinó ligeramente la
cabeza. Eso, en soldado y hombre como él, era mucho más
que cortesía, en especial dirigida a un moro, por mogataz y
amigo de España que fuese. Sin embargo, el otro aceptó el
saludo como algo natural que se le debiera, pues correspondió con un movimiento afirmativo de cabeza, y luego, con
el mismo aplomo, pareció seguir camino; aunque creí ver
que se detenía más lejos, al extremo de la calle, en la sombra
de un arquillo.

–Visitemos a Fermín Malacalza –sugirió Copons al capitán–. Se alegrará de verte.

El tal Malacalza, a quien yo no conocía, era antiguo camarada de los dos veteranos: un soldado viejo de la guarni-

ción oranesa con el que habían compartido peligros y miseria en Flandes, siendo Malacalza cabo de cuchara de la escuadra donde llegaron a estar juntos Alatriste, Copons y
Lope Balboa, mi padre. Según nos había contado Copons,
Malacalza, muy vencido de la edad, maltrecho y licenciado
por invalidez, se había quedado en Orán, donde tenía familia.
Sometido a la penuria general, el veterano sobrevivía gracias a
la ayuda de algunos compañeros, entre ellos Copons; que
cuando por azar tenía algo en la faltriquera, se dejaba caer
por su casa para socorrerlo con algunos maravedíes. Y ése
era el caso, dándose además la feliz coyuntura de que a Malacalza, como soldado antiguo de la guarnición aunque ya
no en activo, correspondía una pequeña ayuda del botín general conseguido en Uad Berruch. El aragonés estaba encargado de entregársela, aunque sospecho que engrosada con
astillas de su propia bolsa.

—Nos sigue el moro —le dije al capitán Alatriste.

Caminábamos cerca de la casa de Malacalza, por una calle estrecha y miserable de la parte alta, donde los hombres
estaban sentados a las puertas y los críos jugaban entre la
suciedad y los escombros. Y en efecto: el mogataz, que se
había quedado cerca tras pasar ante la taberna, nos seguía la
huella a veinte pasos, sin acercarse demasiado pero sin pre-
tender ocultarse. Al advertírselo, el capitán echó un vistazo
sobre el hombro.

—La calle es libre —dijo tras observar un instante.

Era singular, pensé, que un moro anduviese suelto después de la puesta de sol. Como en Melilla, en Orán eran es-

trictos con aquello, para evitar malas sorpresas; y al cerrarse las puertas, todos, excepto unos pocos privilegiados, salían afuera, a su poblado en la rambla de Ifre, o a sus respectivos aduares los que venían a comerciar con legumbres, carne y fruta. El resto se alojaba en el recinto vigilado de la morería, cerca de la alcazaba, donde quedaba a recaudo hasta el día siguiente. Sin embargo, aquel individuo parecía moverse con libertad, lo que me hizo pensar que era conocido y tenía seguro en regla. Eso acicateó más mi curiosidad, pero dejé de ocuparme de él porque llegábamos a casa de Fermín Malacalza, y yo no podía olvidar que éste había sido, como el capitán y Copons, camarada de mi padre. De haber sobrevivido al tiro de arcabuz que lo mató bajo los muros de Julich, Lope Balboa habría seguido, tal vez, la triste suerte del hombre que ahora su hijo tenía delante: un despojo cano y flaco consumido por las penurias, con cincuenta años largos que parecían setenta –diecisiete de ellos pasados en Orán–, estropeado de una pierna y cubierto de arrugas y cicatrices en una piel color de pergamino sucio. Los ojos eran lo único que permanecía vigoroso en su rostro, donde hasta el mostacho de antiguo soldado tenía el tono mate de la ceniza. Y esos ojos relampaguearon de placer cuando el hombre, sentado en una silla a la puerta de su casa, alzó la vista y vio ante él la sonrisa del capitán Alatriste.

–¡Por Belcebú, la puta que lo parió y todos los diablos luteranos del infierno!

Se empeñó en que pasáramos a contarle qué nos llevaba por allí, y a conocer a su familia. La vivienda, pequeña, oscura, mal alumbrada por un velón medio consumido, olía a moho y guiso rancio. Había una espada de soldado, con ancha taza y grandes gavilanes, colgada de la pared. Dos gallinas picoteaban migas de pan en el suelo, y un gato devoraba, codicioso, un ratón junto a la tinaja del agua. Después de muchos años en Berbería, perdida la esperanza de salir de allí mientras fuese soldado, Malacalza había terminado casándose con una mora que compró tras una cabalgada, a la que hizo bautizar, y que le había dado cinco criaturas que ahora alborotaban, descalzas y harapientas, entrando y saliendo por todas partes.

–¡Oíslo! –voceó a su mujer–... ¡Traed vino!

Protestamos, pues ya veníamos algo alumbrados después de la Salka y la taberna de la calle; pero el veterano se negó a escuchar. En esta casa puede faltar de todo, dijo mientras cojeaba por la única habitación, extendiendo una estera de esparto que estaba enrollada en el suelo y arrimando taburetes a la mesa; pero nunca un vaso de vino para que dos antiguos camaradas remojen la canal maestra. O para tres, rectificó cuando le dijeron que yo era hijo de Lope Balboa. La mujer apareció al cabo de un instante, aún joven pero muy vencida de partos y trabajos, morena y gruesa, con el pelo recogido en una trenza, vestida a la española aunque llevaba babuchas y ajorcas de plata y tenía tatuajes azules en el dorso de las manos. Nos quitamos los chapeos, sentados en torno a una mesa coja, de simple madera de pino, donde la mora nos sirvió de una jarra en vasos desiguales y desportillados, antes de retirarse al rincón de la cocina sin decir palabra.

—Se la ve buena hembra —apuntó el capitán, cortés.

Malacalza hizo un brusco ademán afirmativo.

—Es limpia y honesta —confirmó con sencillez—. Algo viva de genio, pero obediente. Las de su raza salen muy buenas esposas, si las vigilas un poco... Ya podrían aprender de ellas tantas españolas, siempre dándose aires.

—Claro —asintió grave el capitán.

Un crío de tres o cuatro años, flacucho y de pelo negro y ensortijado, se nos acercó tímido, pegado a su padre, que lo besó tiernamente y sentó luego sobre sus rodillas. Otros cuatro, el mayor de los cuales no tendría más de doce, nos observaban desde la puerta. Estaban descalzos y llevaban las rodillas sucias. Copons puso unas monedas sobre la mesa y el veterano se las quedó mirando, sin tocarlas. Al cabo levantó los ojos hacia el capitán Alatriste e hizo un guiño.

—Ya ves, Diego —cogió su vaso de vino y se lo llevó a la boca, abarcando la estancia con un movimiento de la otra mano—. Un veterano del rey. Treinta y cinco años de servicio, cuatro heridas, reúma en los huesos —se palmeó el muslo estropeado— y esta pierna rota... No está mal como ejecutoria, para haber empezado, ¿recuerdas?, en Flandes cuando ni tú ni yo ni Sebastián, ni el pobre Lope que en paz descanse —alzó un poco el vaso hacia mí, en homenaje— nos afeitábamos todavía.

Había hablado sin especial amargura, con la resignación propia del oficio. Como quien se limita a constatar lo que todo cristo sabe. El capitán se inclinó hacia él sobre la mesa.

—¿Por qué no vuelves a la Península?... Tú sí puedes hacerlo.

... Sentados en torno a una mesa coja...

–¿Volver? ¿A qué? –Malacalza acariciaba los rizos negros de su hijo–... ¿A exagerar mi cojera en la puerta de las iglesias, pidiendo limosna como tantos otros?

–A tu pueblo. Eres navarro, ¿no?... Del valle de Baztán, creo recordar.

–De Alzate, sí. Pero ¿qué iba a hacer allí?... Si alguien me recuerda, que lo dudo, ¿imaginas a los vecinos señalándome con el dedo, diciendo: ahí va otro que juró volver rico e hidalgo, y regresa pobre y tullido, a comer la sopa boba de los conventos?... Aquí, al menos, siempre hay alguna cabalgada, y nunca falta socorro, por escaso que sea, a un veterano que tiene familia. Además, ya has visto a mi mujer –acarició la cara de su hijo y señaló a los que nos miraban desde la puerta–. Y a estos pillastres... No voy a dejar que mi familia ande por allí, con los soplones del Santo Oficio cuchicheando a mis espaldas y los inquisidores pegados a la chepa. Así que prefiero esto. Todo es más claro... ¿Comprendes?

–Comprendo.

–Además, están los camaradas. Gente como tú, como Sebastián y como yo, con la que puedes hablar... Uno baja a la marina a ver las galeras, o a las puertas de la ciudad cuando entran o salen soldados... A veces vas al cuartel y te invitan a un vaso los que aún te recuerdan, asistes a las muestras y las misas de campaña y saludas a las banderas, como cuando estabas en activo. Eso ayuda a rumiar nostalgias.

Miró a Copons, animándolo a mostrarse de acuerdo con él, y el aragonés asintió brevemente con la cabeza, aunque no dijo nada. Malacalza le dio otro tiento al vino y esbozó una sonrisa. Una de esas que requieren cierto valor para componerlas.

—Además –prosiguió–, a diferencia de lo que ocurre en la Península, aquí nunca estás retirado del todo. Esto es como una reserva, ¿sabes?... De vez en cuando los moros nos dan rebato, y tenemos asedio en regla, y no siempre llega el socorro que necesitamos. Entonces se echa mano de todos para las murallas y los baluartes, y allá nos emplean también a los inválidos.

Se detuvo un instante para tocarse el mostacho gris, entornando los ojos como si evocara imágenes gratas. Miraba ahora, melancólico, la herreruza colgada en la pared.

—Entonces –añadió–, durante algunos días todo vuelve a ser como antes. Y hasta cabe la posibilidad, otra vez, de que los moros aprieten y morir como quien eres... O como quien fuiste.

Le había cambiado la voz. De no ser por el niño que tenía entre los brazos y los que estaban en la puerta, se diría que no le desagradaba la posibilidad de que eso ocurriera aquella misma noche.

—No es una mala salida –concedió el capitán.

Malacalza se volvió a mirarlo despacio, cual si regresara de lejos.

—Ya soy viejo, Diego... Sé lo que dan de sí España y su gente. Aquí, por lo menos, saben quién soy. Haber sido soldado todavía significa algo en Orán. Pero allá arriba se les dan un cuatrín nuestras hojas de servicios, llenas de nombres que han olvidado, si es que alguna vez los conocieron: el reducto del Caballo, el fortín de Durango... Dime qué le

importa a un escribano, a un juez, a un funcionario real,
a un tendero, a un fraile, que en las dunas de Nieuport nos
retirásemos impasibles y banderas en alto, sin romper el tercio, o corriéramos como conejos...

Se interrumpió para servir el poco vino que quedaba en la
jarra.

–Mira a Sebastián. Ahí callado como siempre, pero está
de acuerdo. Míralo cómo asiente.

Puso la mano derecha sobre la mesa, junto a la jarra, y la
observó con detenimiento: flaca, huesuda, con antiguas marcas de aceros en los nudillos y en la muñeca, como las de Copons y el capitán.

–Ah, la reputación –murmuró.

Hubo un largo silencio. Al cabo, Malacalza se llevó de
nuevo el vaso a la boca y rió entre dientes.

–Aquí me tenéis, como digo. Un veterano del rey de España.

Miró de nuevo las monedas que había sobre la mesa.

–Se acaba el vino –dijo de pronto, sombrío–. Y tendréis
otras cosas que hacer.

Nos pusimos en pie requiriendo los sombreros, sin saber
qué decir. Malacalza seguía sentado.

–Antes de que os vayáis –añadió–, quisiera hacer con vosotros la razón por esa hoja de servicios que a nadie importa: Calais... Amiens... Bomel... Nieuport... Ostende... Ol-
densel... Linghen... Julich... Orán... Amén.

Con cada nombre recogía las pocas monedas una a una,
los ojos absortos, como si no las viera. Al cabo pareció vol-

ver en sí, las sopesó en la mano y se las metió en la faltriquera. Después le dio un beso al niño que aún tenía sobre las rodillas, lo dejó en el suelo y se puso en pie, con su vaso en la
mano, sobre la pierna rota.

–También por el rey, que Dios guarde.

Eso dijo, y me extrañó que no hubiese retranca ni ironía
en sus palabras.

–Por el rey –repitió el capitán Alatriste–. Pese al rey, o a
quien reine.

Entonces bebimos los cuatro, vueltos hacia la vieja espada que colgaba de la pared.

Era de noche cuando salimos de casa de Fermín Malacalza. Caminamos calle abajo, iluminados sólo por la claridad
que salía de las puertas abiertas de las casas, en cuya penumbra se recortaban los bultos oscuros de los vecinos allí
sentados, y por las velas y palmatorias que ardían bajo una
hornacina con la imagen de un santo. En ésas, una silueta se
destacó en las sombras, alzándose del suelo donde había estado acuclillada, aguardando. Esta vez el capitán no se limitó a mirarla por encima del hombro, sino que desembarazó
el coleto que llevaba sobre los hombros, para dejar libres
las empuñaduras de espada y daga. Y de ese modo, con Copons y yo detrás, se llegó a la silueta oscura sin más proto-
colo.

–¿Qué buscas? –preguntó a bocajarro.

El otro, que se había quedado quieto, moviose un poco hacia la luz. Lo hizo deliberadamente, cual si quisiera que lo viésemos mejor, disipando recelos por nuestra parte.

—No lo sé –dijo.

Tan desconcertante respuesta la dio en un castellano tan bueno como el del capitán, Copons o el mío.

—Pues te la estás jugando, al seguirnos de ese modo.

—*Uar*. No creo.

Lo había dicho muy seguro de sí, impávido, mirando sin pestañear al capitán. Éste se pasó dos dedos por el mostacho.

—¿Y eso?

—Te salvé la vida.

Miré de soslayo a mi antiguo amo, por si el tuteo lo irritaba. Lo sabía capaz de matar por un tú o por un voseo en vez de un vuestra merced. Sin embargo, para mi sorpresa, vi que sostenía la mirada del mogataz y que no parecía enfadado. Echó mano a la bolsa, y en ese momento el otro dio un paso atrás, como si acabara de encajar un insulto.

—¿Eso es lo que vale tu vida?... ¿*Zienaashin*?... ¿Dinero?

Era un moro educado, sin duda. Alguien con una historia detrás, y no un alarbe cualquiera. Ahora podíamos verle bien la cara, iluminada a medias por la luz de la hornacina que hacía relucir los aros de plata de sus orejas: piel no demasiado oscura, reflejos bermejos en la barba y aquellas pestañas largas, casi femeninas. En su mejilla izquierda se apreciaba la cruz tatuada, con pequeños rombos en las puntas. Llevaba una pulsera, también de plata, en la muñeca de una mano

abierta y vuelta hacia arriba, como para mostrar que nada
guardaba en ella, y que la mantenía lejos de la filosa que cargaba al cinto.

—Entonces sigue tu camino, que nosotros seguiremos el
nuestro.

Volvimos la espalda, yendo calle abajo hasta doblar la esquina. Allí torné el rostro, para comprobar que el otro nos
seguía. Le di un tironcillo del coleto al capitán Alatriste, y
miró atrás. Copons había echado mano para sacar la daga,
pero el capitán le sujetó el brazo. Luego fue despacio hasta
el mogataz, como pensando lo que iba a decir.

—Oye, moro...

—Me llamo Aixa Ben Gurriat.

—Sé cómo te llamas. Me lo dijiste en Uad Berruch.

Permanecieron inmóviles, estudiándose en la penumbra,
con Copons y yo observándolos un poco más atrás. Las manos del mogataz seguían ostensiblemente lejos de su gumía.
Yo, una mano en el pomo de mi toledana, estaba atento para,
al menor ademán sospechoso, clavarlo en la pared. Pero el capitán no parecía compartir mi inquietud. Al cabo se colgó los
pulgares en la pretina de las armas, miró a un lado y luego a
otro, se volvió un momento a Copons y a mí, y al cabo se
apoyó en la pared, junto al moro.

—¿Por qué entraste en aquella tienda? —preguntó al fin.

El otro tardó en responder.

—Oí el tiro. Te había visto luchar antes, y me pareciste
buen *imyahad*... Buen guerrero... Por mi cara que sí.

—No suelo meterme en asuntos ajenos.

–Yo tampoco. Pero entré y vi que defendías a una mujer mora.

–Mora o no, da lo mismo. Aquellos dos eran poco sufridos, y se apitonaron con muchos fueros e insolencia... Lo de menos era la mujer.

El otro chasqueó la lengua.

–*Tidt*. Verdad... Pero podías haber mirado hacia otro sitio, o añadirte a la fiesta.

–Y tú también. Matar a un español era naipe fijo para que una soga te adornara el pescuezo, de haberse sabido.

–Pero no se supo... Suerte.

Los dos estuvieron callados un rato, sin dejar de mirarse, cual si calcularan en silencio quién había contraído mayor deuda: si el mogataz con el capitán por defender a una mujer de su raza, o el capitán con él por salvarle la vida. Mientras tanto, Copons y yo cambiábamos ojeadas de soslayo, atónitos por la situación y el diálogo.

–*Saad* –murmuró el capitán, en algarabía común.

Lo hizo pensativo, como si repitiese la última palabra pronunciada por el mogataz. Éste sonrió un poco, asintiendo.

–En mi lengua se dice *elkhadar* –apuntó–. Suerte y destino son la misma cosa.

–¿De dónde eres?

El otro hizo un ademán vago con la mano, señalando hacia ninguna parte.

–De por ahí... De las montañas.

–¿Lejos?

–*Uah*. Muy lejos y muy arriba.

–¿Hay algo que pueda hacer por ti? –preguntó el capitán.

El otro encogió los hombros. Parecía reflexionar.

–Soy azuago –dijo al fin, como si eso lo explicara todo–. De la tribu de los Beni Barrani.

–Pues hablas buen castellano.

–Mi madre nació *zarumia*: cristiana. Era española de Cádiz... La cautivaron de niña y la vendieron en la playa de Arzeo, una ciudad abandonada junto al mar que está siete leguas a levante, camino de Mostagán... Allí la compró mi abuelo para mi padre.

–Es curiosa esa cruz que llevas tatuada en la cara. Curiosa en un moro.

–Es una antigua historia... Los azuagos descendemos de cristianos, del tiempo en que los godos aún estaban aquí; y lo tenemos a *isbah*... A honra... Por eso mi abuelo buscó una española para mi padre.

–¿Y por eso luchas con nosotros contra otros moros?

El mogataz encogió los hombros, estoico.

–*Elkhadar*. Suerte.

Dicho aquello se quedó callado un instante y se acarició la barba. Luego creí advertir que sonreía de nuevo, el aire ausente.

–Beni Barrani significa hijo de extranjero, ¿entiendes?... Una tribu de hombres que no tienen patria.

Y fue de ese modo, en Orán, después de la cabalgada de Uad Berruch del año veintisiete, como el capitán Alatriste y yo conocimos al mercenario Aixa Ben Gurriat, conocido entre los españoles de Orán como moro Gurriato: notable individuo cuyo nombre no es la última vez que menciono a vuestras mercedes. Pues, aunque ninguno de nosotros podía imaginarlo, esa noche comenzaba una larga relación de siete años: los transcurridos entre aquella jornada oranesa y un sangriento día de septiembre del año treinta y cuatro, cuando el moro Gurriato, el capitán y yo mismo, junto a otros muchos camaradas, peleamos hombro con hombro en la colina maldita de Nordlingen. Allí, tras compartir muchos viajes, peligros y aventuras, y mientras el tercio de Idiáquez, impasible como una peña, aguantaba quince cargas de los suecos en seis horas sin ceder un palmo de tierra, el veterano mogataz moriría ante nuestros ojos, al cabo, como buen infante español. Defendiendo una religión y una patria que no eran las suyas, en el supuesto de que alguna vez hubiese tenido una u otra. Caído al fin, como tantos, por una España ingrata y cicatera que nunca le dio nada a cambio, pero a la que, por extrañas razones que a él concernían, Aixa Ben Gurriat, de la tribu de los azuagos Beni Barrani, había resuelto servir con lealtad inquebrantable de lobo asesino y fiel, hasta la muerte. Y lo hizo del modo más singular del mundo: eligiendo al capitán Alatriste por compañero.

Dos días más tarde, cuando la *Mulata* dejó atrás la costa de Berbería y arrumbó a tramontana cuarta al maestre, en la derrota de Cartagena, Diego Alatriste tuvo tiempo de sobra para observar al moro Gurriato, porque éste remaba en el quinto banco de la banda derecha, junto al bogavante. Iba sin cadenas, a título de lo que en galera se llamaba buena boya, palabra tomada del italiano *buonavoglia*: chusma voluntaria, escoria de los puertos o gente desesperada y fugitiva que entraba a servir al remo por una paga –en las galeras turcas se les decía morlacos, o chacales–, acogiéndose a galera como otros en tierra firme lo hacían a iglesia. Ésa había sido la forma de que embarcase el mogataz, resuelto como estaba a acompañar a Diego Alatriste y probar fortuna donde éste recalase. Arreglado el problema de la licencia de Sebastián Copons –el sargento mayor Biscarrués se había dado por satisfecho con quinientos ducados limpios, más las pagas atrasadas de aquél–, aún sonaban algunos escudos en la bolsa de Alatriste; de modo que no habría sido difícil, en caso necesario, ensebar manos para facilitar las cosas. Pero no hizo falta. El mogataz tenía recursos propios sobre cuyo origen no dio explicaciones, y tras desatar un pañuelo que llevaba enrollado en la cintura, bajo la faja, liberó unas cuantas monedas de plata que, pese a haber sido acuñadas en Argel, Fez y Tremecén, convencieron al cómitre y al alguacil de la galera de acogerlo a bordo con las bendiciones oportunas al caso; para lo que fue mano de santo una fe de bautismo salida de no se sabía dónde, a la que nadie puso objeciones pese a ser más falsa que beso de Judas. Eso bastó para anotar su nombre –Gurriato de Orán, pusieron– en el libro del cómitre, con sueldo de once reales al mes. Y así quedó establecido que a partir de entonces el mogataz, aunque cristiano nuevo y hombre de remo, era buen católico y fiel voluntario del rey de España; extremos que el interesado procuró no desmentir: precavido y sutil, había adecuado su apariencia a la nueva situación, rapándose el mechón guerrero hasta quedar su cabeza monda como la de cualquier galeote, y sustituyendo turbante, sandalias, aljuba y zaragüelles morunos por calzones, camisa, bonete y almilla colorada; de modo que no conservaba de su vieja indumentaria más que la gumía, metida como siempre en la faja, y el albornoz de rayas grises, en el que dormía envuelto o se abrigaba con mal tiempo cuando, como ahora, el viento próspero lo dejaba libre del remo. En cuanto al tatuaje en la cara y los aros de plata de las orejas, el mogataz no era el único en lucir aquella clase de marcas.

–Vaya moro extraño –comentó Sebastián Copons.

Estaba sentado a la sombra de la vela del trinquete, jubiloso por dejar atrás Orán. El árbol que sostenía la entena y la enorme lona henchida por el levante crujía a su espalda con el soplo del viento y el movimiento del mar.

–No más que tú y yo –respondió Alatriste.

Llevaba todo el día observando al mogataz, queriendo tomarle las hechuras. Visto desde allí, apenas se diferenciaba del resto de la chusma: forzados, esclavos, gentuza que remaba obligada y con calceta de hierro en un pie o manilla en la muñeca. Pocos eran los buenas boyas que batían lenguados por necesidad o gusto: apenas media docena entre los doscientos remeros de la *Mulata*. A ésos había que añadir los voluntarios forzosos; explicándose esta contradicción por el españolísimo hecho de que, debido a la escasez de brazos en las galeras del rey, y cual sucedía con los soldados de los presidios de Berbería, a algunos galeotes que habían cumplido condena no se les dejaba marchar, manteniéndolos a partir de entonces con la paga de un remero libre. En principio eso era sólo hasta que llegasen otros a ocupar sus puestos; pero como rara vez ocurría pronto, se daba el caso de antiguos forzados que, cumplidas condenas de dos, cinco y hasta ocho o diez años de galera −las de diez las aguantaban pocos, pues eran el acabose−, seguían allí sin remedio, algunos meses o años más.

−Fíjate −dijo Copons−. Ni se inmuta cuando hacen la zalá... Como si de verdad no fuera de ellos.

En ese momento, con el viento favorable, los remos frenillados y sin necesidad de bogar, forzados y buenas boyas estaban ociosos. La chusma se tumbaba sobre los bancos, hacía sus necesidades en la banda o en las letrinas de proa, se despiojaba entre sí, remendaba su ropa o hacía trabajos para marineros y soldados. A los esclavos de confianza, desherrados, se les permitía ir y venir por la galera, lavando ropa con agua del mar o ayudando al cocinero a preparar las habas cocidas del rancho, que humeaba en el fogón situado a babor de la crujía, entre el árbol maestro y el estanterol. Dos docenas de galeotes −casi la mitad del centenar de turcos y moros que iba al remo− aprovechaban para hacer una de sus cinco oraciones diarias de cara a levante, arrodillados, levantándose e inclinándose en sus bancos. *Lá, ilah-la, ua Muhamad rasul Alá*, decían a coro: no hay otro dios que Dios, y Mahoma es su profeta. Desde corredores, ballesteras y crujía, soldados y marineros los dejaban hacer sin estorbárselo. Tampoco los forzados muslimes tomaban a mal, cuando una vela aparecía en el horizonte, o rolaba el viento y se daba orden de calar palamenta, que los anguilazos del cómitre interrumpieran la oración para devolverlos al remo hasta acompasar tintineo de cadenas. En galera, todos conocían las normas del oficio.

No es de ellos –opinó Alatriste–. Creo que de verdad no es de ninguna parte, como dice.

–¿Y ese cuento de que en su tribu eran antes cristianos?

–Puede ser. Ya has visto la cruz de su cara. Y anoche contó algo sobre una campana de bronce que escondían en una cueva... Los moros no tienen campanas. Y es verdad que en tiempo de los godos, cuando llegaron los sarracenos, hubo gente que no renegó y se refugió en las montañas... Puede que con tantos siglos se perdiese la religión, pero quedaran cosas como ésa. Tradiciones, recuerdos... Ya le has visto la barba pelirroja.

–Podría ser su madre cristiana.

–Podría... Pero míralo. Está claro que no se siente moro.

–Ni cristiano, ridiela.

–No me jodas, Sebastián. ¿Cuántas veces has ido tú a misa en los últimos veinte años?

–Cuantas no he podido evitarlo –admitió el aragonés.

–¿Y cuántos preceptos de la Iglesia has quebrantado desde que eres soldado?

Contó el otro con los dedos, muy serio.

–Todos –concluyó, sombrío.

–¿Y eso te estorba ser buen soldado de tu rey?

–Vive Dios.

–Pues eso.

Diego Alatriste siguió observando al moro Gurriato, que contemplaba el mar sentado en la postiza de su banda, los pies colgando sobre el agua. Era la primera vez que el mogataz embarcaba, según dijo; mas pese a la marejada que por el poco viento los zarandeó apenas dejaron atrás la cruz de Mazalquivir, no había revesado el estómago, como otros. El truco, al parecer, era una receta comprada a un moro bagarino: ponerse un papel de azafrán sobre el corazón.

–De todas formas es hombre sufrido –dijo Alatriste–. Se adapta bien.

Copons emitió un gruñido.

–Y que lo digas. Yo mismo, hace un rato, eché el hámago –sonrió, torcido–... Ni eso quiero llevarme de Orán.

Asintió Alatriste. En otro tiempo, a él mismo le había costado hacerse a la dura vida de galera: la falta de espacio e intimidad, el pan de bizcocho con gusanos, ratonado, duro y mal remojado, el agua cenagosa y desabrida, la grita de los marineros y el olor de la chusma, la comezón de la ropa lavada con agua salada, el sueño inquieto sobre una tabla y con una rodela por almohada, siempre a cuerpo gentil bajo el sol, el calor, la lluvia y el relente de las frías noches en el mar, que con la cabeza al sereno dejaban congestión o sordera. Sin contar las bascas del estómago con mal tiempo, la furia de los temporales y los peligros de la guerra, combatiendo sobre frágiles tablas que se movían bajo los pies amenazando arrojarte al mar a cada instante. Y todo eso, en compañía de galeotes que eran la peor cofradía posible: esclavos, herejes sentenciados, falsarios, azotados, testimonieros, renegados, fulleros, perjuros, rufianes, salteadores, acuchilladizos, adúlteros, blasfemos, asesinos y ladrones, que nunca dejaban pasar de largo unos dados o una grasienta baraja. Sin que los marineros o soldados fuesen mejores, pues cada vez que bajaban a tierra –en Orán habían tenido que ahorcar a uno para dar escarmiento–, no había gallinero que no asolaran, huerta que no yermaran, vino que no traspusieran, comida y ropa que no alzasen, mujer que no gozaran, ni villano al que no vejaran o acuchillasen. Que la galera, rezaba el antiguo refrán, dela Dios a quien la quiera.

–¿De verdad crees que valdrá para soldado?

Copons seguía mirando al moro Gurriato, y Alatriste también. Éste hizo un ademán indiferente.

–Él sabrá. De momento conoce mundo, como quería.

El aragonés señaló despectivo la cámara de boga y luego se tocó la nariz con gesto elocuente. De no ser por el viento que hinchaba las velas, el hedor de la gente hacinada entre remos, rollos de cabo y fardos, unido al que subía de la sentina, habría sido pesado de respirar.

–Exageras con lo de conocer mundo, Diego.

–Todo se andará.

Copons se recostaba de codos en la tablazón, aún suspicaz.

–¿Por qué lo hemos traído? –preguntó al fin.

Alatriste encogió los hombros.

–Nadie lo trae. Es libre de ir donde le place.

–¿Y no es extraño que nos haya elegido de camaradas, así por las buenas?

–No han sido tan buenas... Y piensa un poco, pardiez. Son los camaradas quienes te eligen a ti.

Se quedó mirando al mogataz un rato más, y al cabo torció el gesto.

–De todas formas –añadió pensativo– es prematuro llamarlo así.

Copons se quedó reflexionando sobre eso. Al cabo gruñó de nuevo, y no volvió a abrir la boca durante un buen rato.

–¿Sabes lo que pienso, Sebastián? –inquirió Alatriste.

–No, cagüentodo. Nunca sé qué diablos piensas.

–Que algo en ti ha cambiado... Hablas más que antes.

–¿De verdad?

–Como te digo.

–Será Orán. Demasiado tiempo allí.

–Puede ser.

El aragonés arrugó el entrecejo. Luego se quitó el pañuelo que llevaba en torno a la cabeza, enjugándose el sudor del cuello y la cara.

–¿Y eso es bueno, o malo? –preguntó tras un instante.

–No lo sé. Pero es distinto.

–Ya.

Miraba Copons su pañuelo como si allí estuviese la explicación de algo complicado.

—Me hago viejo, supongo —murmuró al fin—. Son los años, Diego. Ya viste a Fermín Malacalza, ¿no?... Recuerda cómo era él, antes.

—Claro. Demasiadas cosas en la mochila, imagino... Será eso.

—Será.

Yo estaba al otro extremo de la nave, cerca del estanterol, observando al piloto tomar la altura con la ballestilla y componérselas con la aguja. A mis diecisiete años era mozo despierto y curioso, interesándome la ciencia de todo el que tuviera conocimientos de algo. Así ocurrió durante la mayor parte de mi vida, y a esa curiosidad debo haber aprovechado luego algunos golpes de fortuna. Además del arte de marear, del que mientras anduve embarcado adquirí rudimentos útiles, en aquel cerrado mundo tuve ocasión de conocer no pocas cosas: desde el modo en que el barbero trataba las heridas —en el mar, debido al aire húmedo y la sal, no curaban lo mismo que en tierra— hasta el estudio, párvulo en Madrid, bachiller en Flandes y licenciado en las galeras del rey, de la peligrosa variedad con la que Dios o el diablo adornan el género humano. Gente que bien podría decir, como el forzado de aquella jácara de don Francisco de Quevedo:

Letrado de las sardinas
no atiendo sino a bogar,
graduado por la cárcel,
maldita universidad.

Contemplé de lejos, entre galeotes, marineros y soldados, al moro Gurriato sentado impasible en la postiza, mirando el mar, y al capitán Alatriste y Copons, que parlaban bajo la vela del trinquete al final de la crujía. Debo decir que yo aún estaba impresionado por la visita a Fermín Malacalza. No era, por supuesto, el primer veterano que conocía; pero haberlo visto en la miseria de Orán, pobre e inválido después de una vida de servicio, con familia y sin esperanza de que la suerte cambiase, ni otro futuro que pudrirse como carne al sol o verse cautivo con su familia si los moros tomaban la plaza, me hacía pensar más de lo debido. Y pensar, según el oficio de cada cual, no siempre es cómodo. Metidos en versos, diré que durante un tiempo, siendo más mozo, yo había recitado a menudo unas octavas soldadescas de Juan Bautista de Vivar que me holgaban sobremanera:

A saber emplear la amada vida
enseña, por su Dios y por su tierra,
la vida militar enriquecida
de sangre, fuego, de armas y de guerra.

... Y algunas veces, diciéndolas enardecido ante el capitán Alatriste, sorprendí una mueca irónica bajo el mostacho de mi antiguo amo; aunque éste se abstuvo siempre de comentarios, pues opinaba que nadie escarmienta con palabras. Consideren vuestras mercedes que cuando estuve en Oudkerk y Breda yo era todavía un rapazuelo liviano y novelero; y lo que para otros suponía tragedia y crudelísima vida, para mí, sufrido como tantos españoles en soportar penurias desde la cuna, era fascinante peripecia que mucho tenía de juego y de aventura. Pero a los diecisiete años, más cuajado el carácter, vivo de espíritu y con razonable instrucción, ciertas preguntas inquietantes se me deslizaban dentro igual que una buena daga por las rendijas de un coselete. La mueca irónica del capitán empezaba a tener sentido, y la prueba es que tras la visita al veterano Malacalza nunca volví a recitar esos versos. Tenía edad y luces suficientes para reconocer en aquel despojo la sombra de mi padre, y también la del capitán Alatriste, la de Sebastián Copons o la mía, tarde o temprano. Nada de eso cambió mis intenciones: seguía queriendo ser soldado. Pero lo cierto es que, después de Orán, consideré si no sería acertado plantearme la milicia más como un medio que como un fin; como una forma eficaz de afrontar, sostenido por el rigor de una disciplina –de una regla–, un mundo hostil que aún no conocía del todo, pero ante el que, intuía, iba a necesitar lo que el ejercicio de las armas, o su resultado, ponían a mi alcance. Y por la sangre de Cristo que tuve razón. Todo eso fue útil después, a la hora de afrontar los tiempos duros que vinieron, tanto para la infeliz España como para mí mismo, en afectos, ausencias, pérdidas y dolores. Y todavía hoy, a este

lado de la frontera del tiempo y de la vida, cuando fui algunas cosas y dejé de ser muchas más, me enorgullezco de resumir mi existencia, como las de algunos hombres valientes
y leales que conocí, en la palabra soldado. Pues no en vano,
pese a que con los años llegué a mandar una compañía, e hice fortuna, y fui honrado como teniente y luego capitán de
la guardia del rey nuestro señor –que no es mala carrera,
cuerpo de Dios, para un vascongado huérfano y de Oñate–,
firmé siempre cuanto papel particular salió de mis manos
con las palabras *alférez Balboa*: el humilde grado que
ostentaba el diecinueve de mayo de mil seiscientos
cuarenta y tres, cuando, junto al capitán Alatriste
y los restos del último cuadro de infantería
española, sostuve nuestra vieja y rota
bandera en la llanura
de Rocroi.

V. LA SAETÍA INGLESA

avegábamos hacia levante, día tras día, por el mar que los de la otra orilla llamaban *bahar el-Mutauàssit*, siguiendo el camino inverso al que habían recorrido, para llegar hasta nuestra vieja España, las antiguas naves fenicias y griegas, los dioses de la Antigüedad y las legiones romanas. Cada mañana el sol naciente nos iluminaba la cara desde la proa de nuestra galera, y al caer la noche se hundía en la estela, dejándome una singular sensación de gozo; no sólo porque al extremo del viaje estuviese de nuevo Nápoles, paraíso del soldado y baúl inagotable de las delicias de Italia, sino porque aquel mar azul, sus rojos atardeceres, las mañanas tranquilas sin un soplo de brisa, en que la galera, impulsada por la rítmica boga de la chusma, se deslizaba recta a través de un mar quieto como una lámina de metal bruñido, tejían lazos ocultos con algo que parecía estar en mi memoria, agazapado como una sensación o un recuerdo dormido. «De aquí venimos», oí murmurar en cierta ocasión al capitán Alatriste cuando pasábamos junto a una isla rocosa y desnuda, típica del Mediterráneo, en cuya cresta se adivinaban las antiguas columnas de un templo pagano; un paisaje muy diferente de las montañas leonesas de su infancia, o de las campas verdes de mi Guipúzcoa, o de las bárbaras peñas donde se había criado, saltando de risco en risco, la estirpe almogávar de Sebastián Copons –que lo miró, desconcertado, al oír aquello–. Pero yo, sin embargo, comprendí a qué se refería mi antiguo amo: al impulso lejano, benéfico, que a través de lenguas cultas, entre olivos, viñas, velas blancas, mármol y memoria, había llegado, como las ondas que hace una piedra preciosa al caer en un estanque de aguas calmas, hasta las orillas lejanas, insospechadas, de otros mares y otras tierras.

Habíamos subido de Orán a Cartagena con el resto de las naves del convoy; y tras avituallarnos en la ciudad que en su *Viaje del Parnaso* había elogiado Cervantes –«*Con esto, poco a poco llegué al puerto / a quien los de Cartago dieron nombre*»– levamos ferro en conserva con dos galeras de Sicilia; y tras montar el cabo de Palos nos engolfamos en la vuelta del griego cuarta a levante, que nos llevó en dos días hasta el despalmador de Formentera. De allí, dejando a nuestra mano izquierda Mallorca y Menorca, pusimos rumbo a Cagliari, en el sur de Cerdeña, donde arribamos sin novedad a los ocho días de abandonar la costa española, dando

fondo junto a las salinas. Después, velas arriba y reavitualla-
dos de agua y carnaje, dimos popa al cabo Carbonara, y por
la vuelta de levante cuarta al jaloque navegamos dos días a
Trápana de Sicilia. Esta vez el camino se hizo ojo avizor, con
buenos vigías en las gatas de los árboles trinquete y mayor,
por tratarse de aguas con mucho tráfico de embarcaciones
entre Berbería, Europa y Levante; que al ser cintura estrecha
y embudo natural del Mediterráneo, de todas las naciones las
frecuentan. Debíamos nuestra cautela tanto a precavernos de
enemigos como a vigilar la aparición de posibles naves turcas,
berberiscas, inglesas u holandesas a las que apresar; aunque
en aquella ocasión ni Cristo ni nuestra bolsa quedaron servidos, pues no dimos con unos ni con otras. En Trápana,
ciudad alargada en un cabo estrecho y puesta en la marina
misma, que goza de razonable puerto –aunque con muchos
arrecifes y secanos que tuvieron al piloto con la hostia en la
boca y el escandallo en la mano–, nos despedimos de nuestra
conserva y seguimos viaje solos, proejando y bogando, pues
el viento era desfavorable, hasta tomar la vuelta de Malta,
donde debíamos llevar despachos del virrey de Sicilia y a cuatro pasajeros, caballeros de la Orden de San Juan que a su isla
se encaminaban.

Yo seguía muy interesado en el moro Gurriato, que a tales alturas parecía tan hecho a la vida de gurapas como si hubiera remado en ellas desde que su madre lo parió. Paciente,
sufrido, con la cabeza rapada y la espalda musculosa al descubierto cuando el cómitre daba la voz de ropa fuera, de no ser
por la ausencia de calcetas en los tobillos –botines vizcaínos

los llamábamos–, se le habría tomado por un forzado más. Comía con todos en la sabeta de madera y bebía la misma agua turbia o vino aguado en el chipichape de su banco. También era respetuoso y disciplinado; se aplicaba al duro oficio remando con vigor entre pitidos y culebrazos del cómitre, que no distinguían entre espaldas voluntarias o forzosas, sin protestas ni subterfugios para eludir sus obligaciones. De pie a la orden de boga arrancada hasta romperse los riñones, o sentado y echándose atrás en la cadencia reposada, coreaba las salomas que todos canturreaban para concertarse en mover el remo; y aunque no se mostraba confianzudo con nadie, no pintaba mal camarada; de manera que los compañeros de rancho –era el único buena boya en su banco, donde estaban encadenados un forzado español y dos esclavos turcos– lo miraban con buen ojo. Lo de llevarse bien lo mismo con el bogavante cristiano que con los turcos era significativo, pues resultaba universal que, si un día caíamos en manos de berberiscos o súbditos de la Sublime Puerta, el testimonio inmediato de esos dos, señalándolo como remero voluntario, renegado de su religión mahometana o cuanto se les ocurriese apuntar, sería cargo sobrado para que lo empalaran sin manteca ni sebo para aliviarle el trámite. Pero eso al moro Gurriato no parecía ponerlo en cuidado: dormía como sus vecinos de remo entre banco y banco, se despiojaba con ellos en buena armonía, y cuando con mal tiempo algún soldado o marinero, por no mojarse en el jardín de proa, venía sin consideración a aliviarse de su cuerpo en los bacalares de la postiza, como hacían los forzados –los de cada banco se proveían cerca del tercerol o remero más próximo al mar, que era el peor sitio–, el mogataz aprovechaba su libertad de movimientos para coger un balde atado con una soga, llenarlo de agua de mar y limpiar las tablas. Trataba a sus compañeros con la misma consideración que a todo el mundo, dándoles conversación, si se terciaba, aunque no era charlatán. Descubrimos así que, además de hablar la lengua castellana y la algarabía moruna, se desenvolvía en la parla turquesca –la había aprendido, supimos más tarde, de los jenízaros de Argel– y en la lengua franca, hecha un poco de todo, que se hablaba de punta a punta del Mediterráneo.

Algunas veces me acerqué a él, empujado por la curiosidad, y tuvimos charla. Conocí de ese modo pormenores de su vida, y también sus deseos de ver mundo y mantenerse cerca del capitán Alatriste. No logré que me explicase a fondo la razón de tan extraña lealtad, pues nunca se mostraba explícito en eso, como si un pudor singular se lo atajara; pero lo cierto es que, en los tiempos que estaban por venir, sus hechos nunca desmentirían la intención, sino al contrario. Me maravillaba, como dije, su facilidad para adaptarse a esa vida –luego comprobé que también a cuantas a nuestro lado le deparó la fortuna–; sobre todo habida cuenta de que a mí mismo, pese a ser mozo de buen ánimo, hacerme a la galera me había costado no poco trabajo:

> *El año que novicio fui, espantome;*
> *quíseme retirar, pero no hay cosa*
> *que el tiempo y la costumbre no la dome.*

A lo que no lograba sobreponerme era al aburrimiento.
Aunque curtido en lo promiscuo de nuestra humanidad, el
hedor, la incomodidad y las zozobras, no conseguía hacerme
al mucho tiempo muerto a bordo, que en el reducido espacio
de aquellas maderas flotantes se perdía por completo, hasta
el punto de que llegué a saludar con alborozo cualquier vela
avistada como la posibilidad de una caza y un combate, o a
felicitarme cuando el cielo se ensombrecía, el viento aumen-
taba su aullido en la jarcia y la mar se tornaba gris, con la proa
dando machetazos y el temporal acosándonos; en esos momentos en que todos a bordo rezaban y se persignaban o en-
comendaban a Dios, y hacían promesas piadosas que luego,
una vez a salvo y en tierra, se guardaban mucho de cumplir.

Para entretener el tedio seguía aplicándome a la costumbre de la lectura, que el capitán Alatriste me había inculcado
con tanto esmero y de la que él daba frecuente ejemplo; pues,
aparte las charlas conmigo, con Sebastián Copons o con los
camaradas, el capitán solía acomodarse en una ballestera con
algún libro de los dos o tres que, como siempre, cargaba en su
mochila. Uno que recuerdo con gratitud, pues estuve leyén-
dolo y releyéndolo en aquella travesía, era un grueso volumen
con las *Novelas exemplares* de don Miguel de Cervantes –el
coloquio de los perros Cipión y Berganza o los personajes de
Rinconete y Cortadillo me hacían reír a carcajadas, para asombro de marineros, soldados y chusma en general–. Otro que
también leí con agrado, aunque me pareció más agrio de estilo
y seco de conceptos, era uno muy viejo y ajado, impreso en

Venecia en el siglo anterior, por título *Retrato de la lozana andaluza*; que al ser de índole escabrosa, el capitán tardó algún tiempo en poner en mis manos; y aun así lo hizo a regañadientes, tras comprobar que yo lo hojeaba a hurtadillas.

–Después de todo –concluyó, resignado– si tienes edad para matar y que te maten, también la tienes para leer lo que se te antoje.

–Amén –rubricó Copons, que ni había leído esos libros ni los iba a leer, como ningún otro, en todos los días de su vida.

Seis o siete leguas antes de llegar al cabo Pájaro, bogando a cuarteles, nuestra galera cambió el rumbo. Nos habíamos cruzado con una tartana dálmata que llevaba dátiles, cera y cueros de las Querquenes a Ragusa. Y sus tripulantes, una vez puestos a la voz, nos contaron que una saetía corsaria de tres palos y otra embarcación pequeña estaban despalmando en la isla Lampedusa, que las habían avistado al amanecer del día anterior cuando se acercaban para hacer aguada, y que la saetía tenía aspecto de ser una tal de ingleses que corría el mar entre el cabo Bono y el cabo Blanco desde hacía un mes, robando a toda ropa, sin que ni las galeras de Malta ni las de Sicilia hubieran dado con ella todavía. Siguió adelante la tartana, celebrose consejo de guerra en la carroza de nuestra nave, y en vista de que el viento se afirmaba en próspero levante, yendo de perlas para que la *Mulata* largara las dos grandes velas latinas e hiciera una buena legua cada hora, tomamos la vuelta de mediodía cuarta a lebeche, que era la derrota de Lampedusa, dispuestos a dar un gentil Santiago a aquellos hideputas, si es que seguían allí.

No era extraño en aquel tiempo, como ya dije, ver a ingleses y holandeses aventurarse cada vez más por aguas mediterráneas, frecuentando los puertos de Berbería y aun del Turco, pues de acosar a España y a las naciones católicas se trataba. Menester al que los de la rubia Albión se aplicaban con ansia, contrabandeando y pirateando, salvo cortas treguas, desde los tiempos de su reina virgen Isabel –lo de virgen lo digo por epíteto al uso, no por sentencia probada–. Me refiero a esa zorra bermeja en la que todos nuestros poetas dieron como en real de enemigos, entre ellos el cordobés Góngora:

> *Mujer de muchos, y de muchos nuera,*
> *¡oh reina torpe, reina no, mas loba*
> *libidinosa y fiera!*

... A la que también Cristóbal de Virués dedicó un elocuente recuerdo:

> *Ingrata reina, de tal nombre indigna,*
> *maldita Jezabel descomulgada.*
> *¿Qué turbas la divina paz armada?*
> *¿Qué turbas la cristiana paz divina?*

... Y cuya muerte –a cada cual toca su hora, gracias al Cielo– saludó el gran Lope, nuestro Fénix de los ingenios, con adecuado epitafio:

Aquí yace Jezabel,
aquí la nueva Atalía,
del oro atlántico arpía,
del mar incendio cruel.

Y pues de ingleses hablamos, debo señalar que quienes se conducían en el Mediterráneo con menos vergüenza y más desafuero no eran los turcos o los berberiscos, que solían ser puntuales en cumplir los acuerdos entre naciones, sino aquellos perros de agua venidos de mares fríos, desalmados y borrachos, que con el pretexto hipócrita de hacer guerra contra los papistas, se comportaban no como corsarios sino como piratas, comprando complicidades en puertos como Argel o Salé. Tal era su calaña que hasta los mismos turcos los miraban con poca simpatía, pues de tapadillo saqueaban a todos sin reparo de carga ni bandera, amparados por sus reyes y comerciantes; que mientras disimulaban en público, fomentaban en privado sus correrías, embolsándose los beneficios. He dicho piratas, y ésa es la palabra que les cuadra; pues, según la vieja usanza, el corso era ocupación antigua, tradicional y respetable: unos particulares asociados y provistos de su patente –el permiso real para saquear a enemigos de la corona– armaban una nave para el lucro privado, comprometiéndose a pagar su quinto al rey y a regirse por leyes concertadas entre las naciones. A este respecto, los españoles, salvo unos pocos corsarios mallorquines, del Cantábrico y de Flandes, apenas practicábamos otro corso que el militar: cruel y despiadado, cierto, pero siempre bajo bandera del rey católico y según las ordenanzas; castigándose con rigor cualquier violación de tratados, exceso o demasía contra neutrales. Por cuestiones de reputación y formas, y porque hacía siglos lo sufríamos en nuestras costas, en España el corso tenía mala fama; se consideraba tolerable –guerra, a fin de cuentas, por otros medios– cuando lo hacían soldados y marinos, pero turbio y poco hidalgo en manos de particulares. Dándose el infortunio de que, mientras los enemigos recurrían a todo cuanto nos sangrara en los mares y en tierra firme, los corsarios españoles –excepto nuestros intrépidos católicos de Dunquerque, azote de ingleses y holandeses– languidecieron hasta casi desaparecer por falta de tripulaciones, por dificultad o inconveniencia de obtener permisos reales, o porque, cuando éstos llegaban, el beneficio era mínimo, esquilmado por una maraña burocrática de impuestos, funcionarios corruptos y parásitos diversos. Sin olvidar el triste final del duque de Osuna, virrey de Sicilia y luego de Nápoles –amigo íntimo de don Francisco de Quevedo, y sobre quien volveremos más adelante–, verdugo de turcos y de venecianos, padre de corsarios españoles y espumador implacable de los enemigos, cuyos triunfos y fortuna despertaron envidias que le costaron el descrédito, la prisión y la muerte. Y claro. Con tales antecedentes, cuando por imperio de la política y la guerra nuestro cuarto Felipe y el conde-duque de Olivares quisieron otra vez armar corsarios –incluso con reparto de botín al tercio vizcaíno, renunciando el rey a su quinta parte–, muchos particulares escarmentados, escépticos o arruinados, procuraron no meterse en camisas de once varas.

Lampedusa es una isla de tierra baja, despoblada y cubierta de matorrales, situada quince o dieciséis leguas hacia poniente cuarta a jaloque de Malta. Nuestros vigías, desde cuyas gatas descubrían cosa de quince millas, la avistaron a media tarde; y para evitar que los corsarios, de seguir allí, nos viesen a su vez –el piloto dijo que había una torre por la parte de mediodía–, ordenó el capitán Urdemalas abatir los dos árboles y tenderlos en cubierta, siguiendo camino mochos y a boga reposada, a fin de arrimarnos inadvertidos, sin llegar antes de la noche. Mientras así lo hacíamos, tomando las disposiciones adecuadas para caerle a la saetía corsaria sin que se nos fuera de las manos, el piloto, plático en aquellas aguas, contó que esa isla era lugar de recalada tanto para musulmanes como para cristianos, pues de ambas partes solían acogerse allí esclavos fugitivos, y que tenía una cueva pequeña donde se entraba a paso llano, con una imagen antigua de Nuestra Señora con el Niño en brazos, pintada en tela sobre tabla, donde la gente dejaba limosnas de bizcocho, queso, tocino, aceite y algún cuarto. Lo notable es que cerca de esa cueva estaba el sepulcro de un morabito que los turcos tenían por gran santo suyo, donde ponían la misma limosna que los nuestros a la Virgen, salvo el tocino. Todo eso para que cuando los esclavos huidos llegaran a la isla tuviesen qué comer, pues el agua la daba un pozo que, aunque salobre y ruin, hacía el avío. Dándose la particularidad de que, fuera cristiano o mahometano quien allí arribase, nadie rompía o tocaba lo de la otra religión, respetándose mucho la fe y la necesidad de cada cual. Que en el Mediterráneo, a fin de cuentas, hoy por ti y mañana por mí, a todos cuadraban aquellos versos de Lope:

> *Porque en esto de los padres*
> *hay descuidos más o menos.*
> *Todos de Adán somos hijos.*
> *Sólo es cierto el padrenuestro.*

El caso, como digo, es que así, desarbolados y a boga lenta, nos fuimos llegando a Lampedusa por la parte de tramontana a levante mientras el sol se ponía por el través de la banda diestra y la noche nos ayudaba en el empeño. Lo último que vimos antes de que cerrase el horizonte fue una columna de humo, indicio de que, fuera o no la saetía, alguien estaba en la isla. Y con la noche casi entablada y la claridad reducida a una fina línea rojiza en el horizonte, alcanzamos a ver alguna hoguera en tierra. Eso nos alentó mucho, y empezamos a prepararnos para la acción, a tientas, pues ya faltaba luz y el capitán Urdemalas había dado orden de no encender ninguna a bordo, ni dar voces o gritos; ni siquiera el cómitre usaba su silbato. Íbamos de ese modo, callados y a oscuras por el mar negro donde aún no despuntaba la luna, y los únicos sonidos eran el resuello ronco, gutural –una especie de pro-

longado uuuh, uuuh, uuuh–, de nuestros galeotes bogando
a buen ritmo, y el chapaleo de cuarenta y ocho remos batiendo el agua.

–¡El trozo de desembarco, a sus puestos!... ¡Armas des-
cargadas y pena de vida para quien se le escape un tiro!

Cuando la orden llegó con un murmullo, los veinte hombres que aguardaban acuclillados en el corredor de cada banda
anduvieron hacia popa, camino de las escalas. Ya habían sido
arriadas las dos embarcaciones ligeras –el esquife y el bote pequeño– que iban a llevarlos a tierra. Nos habíamos acercado
en la oscuridad con mucho tiento, en boga lenta y silenciosa,
árboles y entenas estibados encima de la crujía para no recor-
tarnos en el cielo nocturno, el piloto tumbado boca abajo en
el espolón, junto al marinero que iba salmodiando la profun-
didad que daban los nudos del escandallo. Las galeras españolas, de poco calado, sutiles y ligeras como el viento, podían
acercarse hasta poner a la gente en tierra a calzón enjuto, aunque aquél no fuera el caso. Por precaución, el último tramo lo
harían los nuestros en el esquife y el bote. El punto de desembarco resultaba angosto, y además no era caso de chapu-
zones que mojasen las cuerdas de los arcabuces y la pólvora.

–Ten cuidado, Íñigo –susurró el capitán Alatriste–. Y buena suerte.

Sentí que su mano se posaba en mi hombro, y que la de Copons me daba un suave pescozón, antes de que se alejaran de

mí y bajaran al esquife por la escala de la banda diestra. Distraído poniéndome un coselete de acero, balbucí un tardío «buena suerte» que ya no escucharon. El piquete, todo de arcabuceros, iba partido en dos mangas, al mando una del alférez Muelas y la otra con el capitán Alatriste de cabo; quedando el sargento Albaladejo para regir a los sesenta soldados que permaneceríamos a bordo. A medida que los hombres se acomodaban en las embarcaciones, oíamos sus palabras en voz baja, juramentos ahogados cuando se empujaban o pisaban unos a otros, el sonido de los remos encajándose en los toletes y el roce metálico de las armas, amortiguado por los trapos que las envolvían. El plan era que los arcabuceros desembarcasen en la playita de una cala minúscula que, según el piloto, estaba allí mismo, en línea recta ante nuestra proa, a la parte de levante de la isla, y cuya boca era de apenas ciento cincuenta pasos de anchura, aunque el saco resultara limpio y sin escollos ni piedras sueltas que embarazasen en la oscuridad. El piquete pisaría allí tierra para, luego de atravesar la isla en dirección sudoeste, desplegarse en torno al lugar donde estaban los corsarios, a fin de escopetearlos y estorbarles, además de la fuga al campo, el acceso a la torre y al único pozo de agua, cuando con la primera luz del día la *Mulata*, bogando a la sorda hasta rodear la isla, cerrase la salida por mar y, tras cañonear un poco, diera el abordaje. Entre el cuarto de prima y el cuarto de media, aprovechando el filo de la luna y dos marineros muy buenos nadadores que teníamos a bordo –uno de ellos cierto Ramiro Feijoo, bravo buzo de galera, luego famoso por dar barreno a un bajel turco en el asedio de La Mámora–, se había hecho con el bote pequeño un reconocimiento de la cala grande o puerto, situado al mediodía de la isla. Asomándose a su punta de levante, nuestros hombres confirmaron que eran dos las embarcaciones que allí estaban, que una era saetía y la otra más pequeña, tal vez tartana o feluca, y que la saetía no parecía en condiciones de hacerse a la mar, pues estaba escorada, como si hubiera dado al través o estuviese despalmando.

–Al remo la gente –dijo el capitán Urdemalas, cuando el esquife y el bote desaparecieron en la oscuridad–. Zafarrancho sin un ruido ni un grito... Que preparen y artillen batayolas.

Se movieron los remos en el agua mientras encajábamos colchonetas, paveses y pedreros de borda en los filaretes de ambas bandas, y el maestre artillero y sus ayudantes disponían, a proa, las tres piezas de la corulla. A poco, en cuanto regresaron las embarcaciones y quedaron a remolque, nuestro capitán de mar y guerra dio nuevas órdenes, el timonero metió la caña a una banda, y siempre a la sorda, sin voces ni silbatos, la *Mulata* hizo ciaboga, remando de un lado y aguantando del otro. Así, con todo el silencio posible, hicimos moverse muy despacio la estrella polar hasta dejarla a nuestra espalda, poniendo proa a una punta rocosa, no muy alta, cuya masa oscura se perfilaba cerca. Y de ese modo, barajando la isla, pendiente el piloto del escandallo y con resguardo a la orilla para no encontrarnos con un seco o una piedra imprevista, rodeamos Lampedusa hacia el sur.

Había un conejo a seis o siete pasos. Asomaba la cabeza
por la boca de la madriguera, enhiestas las orejas, mirando
alrededor. Y mientras observaba al conejo en la luz indecisa del amanecer, Diego Alatriste apoyó la barbilla en el mocho
del arcabuz, que tenía cargado con pólvora y una bala en el
caño. El arma estaba mojada, como los arbustos, las piedras y
la tierra sobre la que llevaba tumbado más de una hora, mientras el último relente de la noche le caía encima, humedeciendo
su ropa. Sólo la cazoleta y la llave, cubiertas con un trapo encerado, así como la mecha que guardaba enrollada en la escarcela, permanecían secas. Alatriste se movió un poco para
desentumecer las piernas y apretó los dientes, dolorido. La
antigua herida de la cadera, vieja de cuatro años –Gualterio
Malatesta junto a la Plaza Mayor, en Madrid–, se resentía
cuando estaba mucho rato inmóvil con humedad. Por un
instante se entretuvo en la idea de que ya no estaba para aguantar relentes ni amaneceres al sereno; siendo el caso que, en
los últimos tiempos, de unos y otros llevaba unos cuantos.
Bellaco oficio, tuvo la tentación de pensar, pero alejó la idea
y no lo hizo. Lo habría pensado de conocer algún otro oficio. Mas no era el caso.

Miró a los camaradas emboscados cerca, tan quietos como él –de Sebastián Copons, agazapado tras unos arbustos,
veía sólo las alpargatas–, y observó luego la torre de piedra
que se recortaba en el cielo gris, de nubes bajas. Habían
llegado allí tras el desembarco, caminando una milla con

mucha cautela, sin ser sentidos. Había dos centinelas en la torre, uno dormido y otro adormilado; pero no pudo averiguarse si eran ingleses o no, porque Sebastián Copons y el alférez Muelas los degollaron silenciosamente en la oscuridad, ris, ras, sin darles tiempo a abrir la boca para decir nada, ni en la parla inglesa ni en ninguna otra. Después, con prohibición de moverse, hablar o encender cuerdas de arcabuces hasta que llegase el momento –el terral podía llevar su olor hasta la playa–, los veinte hombres se habían desplegado alrededor de la cala grande que hacía de puerto de la isla, y que ahora podía verse con la primera luz: una ensenada o puerto capaz de acoger con holgura ocho o diez galeras, con boca ancha de casi media milla, que dentro se dilataba a manera de trébol en tres caletas amplias. Y en la del centro, que era la más grande y arenosa, había una saetía algo tumbada hacia tierra, con gúmenas tendidas a tres anclas, a la playa misma y a las rocas de la parte de levante. Era de cubierta corrida, grande, sin bancos y levantada de popa, de las que ya no usaban remos sino que lo fiaban todo a la vela, dejando espacio a la artillería en los costados. Tenía tres palos, el mayor de vela cuadra a manera de bajel, y las otras dos latinas, con las entenas bajas y aferradas en cubierta. También artillaba cuatro cañones en cada banda, aunque ahora estuvieran trincados en la parte escorada hacia tierra. Era evidente que le despalmaban el casco por la banda de afuera, a fin de reparar las tracas por avería, necesidad de calafate o podredumbre, o librarlas del caracolillo que allí se adhería; detalle principal en una embarcación corsaria, necesitada de velocidad y limpieza de líneas para atacar y huir sin trabas.

La saetía no estaba sola. Cerca de ella y a poniente de la misma cala había una feluca fondeada, su proa apuntando a la brisa suave que le llegaba de tierra. Era más pequeña que la saetía y de velas latinas, con la típica inclinación del trinquete hacia proa. No tenía aspecto corsario y estaba desprovista de artillería; quizás se trataba de una presa. Las cubiertas de las embarcaciones parecían desiertas, pero en la playa humeaba una pequeña fogata en torno a la que se movían algunos hombres. Un torpe descuido, pensó Alatriste, aquel humo y la luz visible por la noche. Típica arrogancia de ingleses, si de veras eran tales. Se hallaban cerca, aunque sus voces apenas podían oírse con la brisa contraria. Los distinguía bien, a ellos y a los cuatro que estaban al extremo de la cala, en una punta rocosa de poca elevación, junto a uno de los sacres o moyanas de la saetía, desembarcado para defender allí la entrada de visitantes inoportunos. Pero el mar se veía desierto hasta el horizonte, y la *Mulata*, estuviera donde estuviese –acercándose a la cala, esperaba Alatriste por su bien y el de sus diecinueve compañeros–, todavía no daba señales de vida.

El conejo salió de la madriguera, inmovilizándose ante una tortuga de tierra que se arrastraba, flemática, y luego siguió camino de un salto, hasta desaparecer en los arbustos. Diego Alatriste cambió de postura, frotándose la cadera dolorida. Lástima de conejo correteando, se dijo, y no espetado en un asador. Tenía frío y un hambre de mil diablos, concluyó malhumorado, atento a los corsarios que desayunaban a gusto. Miró hacia la derecha, donde el alférez Muelas estaba escondido junto al brocal del único pozo de la isla, y cambió con él una silenciosa ojeada. El alférez encogió los hombros y miró el mar vacío. Por un momento, Alatriste consideró la idea de que la galera no apareciese y el piquete quedara allí, a su suerte. La idea lo hizo torcer el mostacho. No habría sido la primera vez. Contó los corsarios que podía ver en la playa: quince en total, aunque tal vez quedaran otros fuera de su vista, sin contar los cuatro del cañón y los que hubiese a bordo de las embarcaciones. Demasiados para tenerlos a raya con los arcabuces –habían desembarcado con seis cargas por hombre, lo justo para la escopetada– durante mucho rato. Disparado aquello, todo sería conversación de espada y daga. Así que más valía, concluyó, que el capitán Urdemalas cumpliera como los buenos.

Fijó la vista, inquieto, en dos hombres que se destacaban del grupo junto al fuego y ascendían por la pendiente que llevaba a la torre y al pozo. Mala papeleta, comprobó. Relevo de los centinelas degollados o enviados en busca de agua, daba lo mismo: venían derechos hacia él. Eso complicaba las cosas, o las precipitaba. Y la galera, sin aparecer. Sangre de Dios. Miró hacia el alférez Muelas en busca de instrucciones. Éste, que también había visto a los que subían, frotó un puño cerrado sobre el dorso del otro, y luego inclinó un dedo en forma de gancho sobre su propio arcabuz: la señal de encender y calar cuerdas. Así que Alatriste metió una mano en la escarcela, sacó pedernal, eslabón y mecha, y prendió ésta. Mientras retiraba el paño encerado, soplaba la cuerda y la fijaba en el serpentín, atornillándola con su palometa, comprobó que sus compañeros hacían lo mismo, y que la brisa llevaba los hilillos de humo acre hacia los corsarios que subían la cuesta. A esas alturas daba igual. Puso un poco de pólvora en la cazoleta y encaró el arcabuz con calma, apoyado en una piedra grande y plana, apuntando entre los dos hombres que se aproximaban, sin buscar a uno en concreto. Por el rabillo del ojo comprobó que Muelas hacía lo mismo, y a éste, como jefe del piquete, correspondía elegir con quién empezaba el baile. De modo que aguardó, el dedo fuera del guardamonte, respirando despacio para no perder el pulso, hasta que los dos corsarios estuvieron tan cerca que pudo verles las caras. Uno era de pelo largo y barba leonada, y el otro corpulento, con un morrioncillo forrado de cuero en la cabeza. Al menos el de la barba parecía inglés de aspecto y traía calzones por los tobillos, a la manera de esa gente. Llevaban un mosquete y alfanjes, conversando sin recelar nada. Algunas palabras dichas en lengua extranjera llegaron a oídos de Alatriste; mas de pronto cesó la parla, porque el de la barba se había detenido a quince pasos, olfateando el aire mientras miraba alrededor, alarmado. Entonces el alférez Muelas le disparó un pelotazo que le arrancó media cabeza, y Alatriste, aclaradas las cosas, movió el cañón de su arcabuz a la izquierda, apuntó al grandullón, que había dado media vuelta para echar a correr, y lo derribó de un tiro.

Los otros dieciocho españoles eran gente escogida, plática en lo suyo. Por eso estaban allí. Sin que el alférez tuviese que dar órdenes ni hacer señas, mientras él y Alatriste recargaban sus arcabuces –la operación requería el tiempo de dos avemarías o dos paternóster, y había quien los rezaba–, Copons y los demás hicieron retumbar la cala y alrededores con una traca de escopetazos muy bien dirigidos, tanto a los hombres que estaban en la playa como a los del cañón situado en la punta. De estos cuatro, tres cayeron allí mismo y otro se tiró al agua. En cuanto a los de la playa, al estar un poco retirados, Alatriste sólo vio derribar a dos, mientras otros corrían poniéndose a cubierto. A poco reaccionaron y empezaron a devolver el fuego con arcabuces y mosquetes, tanto ellos como algunos que aparecieron en la cubierta de la saetía; aunque estos tiros llegaban sin fuerza, y por suerte los cañones estaban trincados en la cubierta escorada, de modo que no podían usarse ni contra la gente de tierra ni por la banda del mar. Como sus camaradas, que administraban el fuego sin arrimar brasa a la cazoleta hasta estar seguros de cada disparo, Alatriste procuró emplear bien las cinco pelotas de plomo que le quedaban, administrándolas a medida que los corsarios, desplegados por la playa –un bote con gente de refuerzo se acercaba desde la saetía–, tras calcular, sin duda, el número de atacantes emboscados, se aventuraban en la pendiente, protegidos a saltos por las peñas y los arbustos. Alatriste contó más de treinta: pocos, si la galera llegaba a tiempo, o muchos, si terminaban los tiros de arcabuz y había que reñir al arma blanca. Por eso hizo fuego espaciándolo cuanto pudo; derribó a otro corsario, que cayó fuera de su vista, y al cabo, cuando vació el postrer apóstol e hizo el último disparo contra un enemigo que se había acercado hasta ocho o diez pasos, tronchándole una pierna –sonó como el chasquido de una rama rota–, dejó el arcabuz en el suelo, requirió la espada y aguardó, resignado, a que llegaran hasta él. Con una ojeada comprobó que el alférez Muelas yacía muerto junto al brocal del pozo. Y no era el único. También vio que los arbustos donde se encontraba Sebastián Copons se agitaban con violencia, mientras subía y bajaba, entre sonoros golpes, chasquidos e imprecaciones, el mocho de su arcabuz: lamentando quizás no haberse quedado en Orán, el aragonés vendía cara su piel. Se oían voces cerca, y casi todas gritaban en inglés. Poco cuartel había que esperar allí, de modo que Alatriste miró el cielo gris, respiró hondo tres o cuatro veces y apretó los dientes. Me cago en la puta galera, concluyó, incorporándose con la espada en una mano y la vizcaína en la otra. Entonces vio que por la punta de levante de la cala, remando a boga arrancada, asomaba el espolón de la *Mulata*.

La galera se deslizaba veloz por el agua tranquila de la ensenada hacia la saetía. Los toques de silbato del cómitre acompasaban el ritmo de los galeotes, que, relucientes los torsos de sudor, se dejaban el espinazo en la remada, ora de pie apoyados sobre el remiche, ora dejándose caer sentados en el banco, dándole al madero con toda su alma, punteado su compás por el charniegueo metálico de calcetas y manillas y los culebrazos del látigo, que restallaba mosqueando espal-

... Y lo derribó de un tiro.

das sin distinguir entre moros, turcos, herejes o cristianos. El ronco rumor de gargantas, mezcla de gemido y resuello de los forzados, parecía de gente que echase el ánima por la boca. Y mientras, sesenta soldados y cincuenta marineros armados hasta los dientes y con ganas de brega nos apelotonábamos en las arrumbadas y sobre la corulla, impacientes por llegar a las manos. Pues lo cierto es que, aun seguros de que la jornada traía más honra que provecho, ni siquiera la más zaina gallofa quería verse atrás. Y hasta los cuatro caballeros de Malta que llevábamos como pasaje –uno de la lengua francesa, otro de la italiana y dos de la de Castilla– habían pedido licencia al capitán Urdemalas para unirse a la tropa, y allí estaban, armados de punta en blanco, con sus cruces sobre las elegantes sobrevestes de tafetán rojo que se ponían para entrar en combate; ridículos de puro lindos, de no saberlos toda la Cristiandad tan temibles guerreros.

–¡Boga! ¡Boga! ¡Boga! –gritábamos a una, encelados, coreando el compás del silbato y el látigo–... ¡Acosta, acosta!

Íbamos calientes por pesadas razones, no siendo poca la probabilidad de que los enemigos fueran ingleses, gente cruel e insolente; pues no satisfecha con piratearnos en las Indias, pretendía meterse con fieros y desconsideración en el patio de nuestra casa. También oíamos la escopetada de tierra, conociendo que cada tiro podía llevarse la vida de un camarada. Por eso alentábamos la boga a gritos, y yo mismo –que Dios disimule, si atiende a tales cosas– habría cogido un rebenque para arrizarles el lomo a los forzados, obligándolos a remar aún con más brío.

–¡Acosta!... ¡Acosta!

Le fuimos entrando de ese modo a la saetía corsaria, sin bordos ni protocolos, rectos desde que doblamos la punta y el timonero puso rumbo a su costado, con el capitán Urdemalas gritándole órdenes y maldiciones en el cogote. Desde la bocana, según nos acercábamos, veíamos a la saetía atravesada al viento a causa de sus amarras; y por su popa y algo más lejos, a la izquierda, la feluca fondeada en perpendicular, su proa orientada de modo natural hacia la playa. Lo cierto es que según llegábamos, acercándonos de enfilada, la saetía nos habría hecho algún daño de tener dispuestos los cañones de la banda que daba al mar; pero la escora que descubría varias tracas de su obra viva, y el estar aguantada por gúmenas con anclas y por cabos a tierra, le impedía, para nuestra suerte, jugar de artillería. Así, inmóvil e indefensa, la veíamos aumentar de tamaño ante nuestra proa, más allá del humillo de los botafuegos del maestre artillero y sus ayudantes agachados tras el cañón y las moyanas de proa, y de los marineros que servían los pedreros situados sobre la corulla y en las bandas. Apenas quedaban arcabuces a bordo, pues casi todos estaban en tierra; pero íbamos erizados de pistoletes, chuzos, medias picas y espadas. Y como digo, con gana de menearlos. Yo, que había tomado la costumbre de anudarme, como tantos soldados, un pañuelo en la cabeza para que no me estorbara el pelo en la brega o para tocarme con un morrión si se terciaba, vestía mi coselete sencillo sujeto en los costados con correas que permitían desembarazarme de él si caía al mar, y llevaba una rodela pequeña de madera forrada de cuero, mi daga atravesada atrás en el cinto y mi espada ancha y corta del perrillo en su vaina, con lo que no había más que pedir. De tal guisa, cerca de la proa –nadie pasaba al espolón hasta que no disparasen el cañón y las otras piezas–, apretado entre mis compañeros en el corredor de la borda diestra, pensé en Angélica de Alquézar, como siempre que entraba en danza, y después me persigné lo mismo que casi todos, dispuesto al abordaje.

–¡Ahí asoman esos perros!

Ahora sí. Sobre la borda de la saetía apareció una docena de hombres, que en un Jesús nos dieron linda rociada de mosquetazos. Las balas, tiradas con precipitación, zurrearon sobre nuestras cabezas, chascaron en las tablas o fueron al mar; pero antes de que los enemigos se cubrieran para recargar, nuestro artillero y sus ayudantes les asestaron en tiro raso el cañón de crujía, cargado con un talego de clavos, eslabones de cadena vieja y bala suelta; de manera que la borda saltó picada de astillas, entre un estrépito terrible de obenques cortados y crujir de madera rota, con los de los mosquetazos a medio agacharse, haciéndoles no poco daño. Y aún no se habían recuperado del desconcierto cuando ocurrió lo que los ingleses, buenos maniobreros y mejores artilleros, temían siempre como al diablo: el abordaje de la infantería española, que enclavijadas las embarcaciones resolvía al arma blanca con tal ferocidad que parecía en tierra. Exactamente así les caímos encima desde que nuestro cómitre y nuestro timonero, muy bien concertada la boga con la maniobra, apoyaron el espolón de la galera en el casco de la saetía con tanta suavidad que apenas dañaron un par de tracas. Y ahí fue, o fuimos, la mitad de la gente, cincuenta hombres apresurándonos por los angostos dos pies de tabla del espolón, antes de que, gobernada con otra buena maniobra, la *Mulata* retrocediese unas remadas y, contorneando la popa de la saetía, pasara entre ésta y la feluca –cuya cubierta barrió con los pedreros de la banda zurda, por si acaso–, y con mucha presteza, al llegar ante la playa, guiñase en ciaboga para disparar los pedreros de la otra borda contra los corsarios que allí estaban, antes de echar en tierra al resto de los nuestros; que, esguazando con la mar en la cintura, se lanzaron gritando «¡Santiago, España, cierra, cierra!», a la manera del viejo dicho:

> *A espada, vizcaína, daga, estoque,*
> *a cuchillo a cualquiera que me tope.*

Lo cierto es que a esa parte de la maniobra no pude prestarle atención, pues para entonces había saltado del espolón al casco escorado de la saetía, y resbalando de mala manera en el sebo y ensuciándome la ropa con el calafateado de las tracas, pasé a la cubierta. Allí saqué la espada, y revuelto con mis compañeros reñí lo mejor que supe. Desde luego eran ingleses, o lo parecían. Había tres o cuatro rubios hechos cecina por nuestra metralla, y algún herido que se arrastraba dejando sangre que la escora llevaba en regueros a la otra banda. Un grupo intentó hacerse fuerte tras el árbol de mesana, donde había muchas velas y rollos de cabo; pero en cuanto nos descargaron encima sus pistoletazos, dándole a algún ca-

marada, les caímos encima de romanía, sin reparo de sus voces y baladronadas, pues agitaban las armas con mucha arrogancia, desafiándonos a que llegásemos hasta ellos. Y llegamos, en efecto, enloquecidos de cólera por su desvergüenza,
ganándoles el árbol y acuchillándolos sin piedad contra el coronamiento de popa, por donde alguno llegó a arrojarse al
ver que apenas se daba cuartel. Íbamos tan sedientos de sangre
que no había carne para tanto diente; de manera que no pude
habérmelas con nadie en particular, salvo con un patilludo de
ojos azules, armado con un hacha de carpintero, que de un
golpe se llevó media rodela de mi brazo izquierdo como si
fuera de cera, y de barato me dejó una abolladura en el coselete y un moratón en el costillar. Tiré la rodela y rehíceme
como pude, dispuesto a entrarle agachado, buscándole la
tripa –era incómodo reñir en aquella cubierta escorada–; pero
uno de los caballeros de Malta, que andaba cerca, le hendió
media cabeza de un espadazo, sobre las cejas, dejándome a mí
sin adversario y al patilludo con los sesos fuera, el alma al infierno y el cuerpo a la mar. Eché una ojeada en busca de otro a
quien llevarme al filo de la sierpe, pero aquello era cosa hecha;
de modo que bajé con unos cuantos que escudriñaban las bodegas, haciendo galima mientras cazaban a los que allí se escondían. Y tuve la negra satisfacción de que uno de aquellos
perros de mar, un inglés grande, pecoso y de nariz larga, al
que descubrí entanándose tras unas pipas de agua, saliese
demudado de color y cayera sentado al suelo, como si las piernas le fallasen, mientras suplicaba *nou*, *nou*, y pedía *quarter*,
quarter. Que muchos de esa nación, lejos de la fuerza que

sacan del número de los suyos y del ánimo gregario que el vino o la cerveza suelen darles, cuando sale el cochino mal capado se tragan la arrogancia con humildad franciscana; mientras que el español, si se encuentra solo, acorralado y sobrio, es cuando más peligro tiene, pues como animal rabioso se vuelve loco y acomete ciego, sin razón ni esperanza, dándole igual San Antón que la Purísima Concepción. Pero volviendo al inglés de la bodega, el caso era que, como pueden imaginar vuestras mercedes, yo no estaba de humor para letuarios de almíbar; así que fuile a envasar la espada en el gaznate, y santas pascuas. Ya levantaba la del perrillo, resuelto a enviar al bellaco con Satanás y la anglosajona meretriz que lo parió, cuando recordé algo que me había dicho en cierta ocasión el capitán Alatriste: nunca pidas la vida a quien te venció, ni la niegues a quien te la pida. Y bueno. Cada cual es cada cual. De modo que, conteniéndome como buen cristiano, me limité a pegarle al inglés una patada en la cara que le rompió la nariz. Croc, hizo. Luego lo empujé escala arriba, hasta cubierta.

Encontré al capitán Alatriste en la playa, con los supervivientes del piquete, Copons entre ellos: sucios, agotados, maltrechos, pero vivos. Lo que no era ramita de hinojo, porque además del alférez Muelas y de cuatro muertos más, habían tenido siete heridos –dos murieron después, en la galera–, prueba de hasta qué punto había sido empeñado el combate en tierra. A esas pérdidas hubo que sumar otros tres muertos y cinco heridos del abordaje, incluido nuestro maestre artillero, al que un escopetazo le había llevado media quijada, y el sargento Albaladejo, cegado por la quemadura de un mosquetazo a bocajarro. No era ligero precio por una saetía que no valía tres mil escudos, mas lo templaba haber degollado a veintiocho piratas, casi todos de nación inglesa con algunos turcos y moros tunecinos, y apresado a diecinueve. También habíamos represado la feluca, de cuya carga, según las ordenanzas reales, nos correspondía un tercio a la gente de cabo y guerra. Ésta era una embarcación siciliana que los ingleses habían capturado cuatro días atrás; de su bodega liberamos a ocho tripulantes, que contaron lo suficiente para reconstruir la historia. El capitán de la saetía, un tal Roberto Scruton, de nación inglesa, había pasado el estrecho de Gibraltar con un bajel redondo y tripulación de su tierra, resuelto a hacer fortuna con el contrabando y el corso desde los puertos de Salé, Túnez y Argel. Como el bajel era pesado y lento para las ventolinas mediterráneas, se habían hecho con una saetía grande, más rápida y adecuada para el oficio, con la que llevaban ocho semanas espumando el mar, aunque sin hacer presa de importancia como codiciaban. La feluca, que cargaba trigo de Marsala para Malta, había conocido que la saetía era corsaria por el modo de barloventear, mas no pudo eludir la caza y tuvo que amainar vela. Por desgracia para los apresadores, la fuerte marejada y un error de gobierno hicieron que abordasen de mala manera, llevando la saetía, aunque más grande, la peor parte; pues en la banda diestra se abrió el calafateado, con vía de agua. Por eso, ante la cercanía de la isla, los ingleses decidieron hacer allí las reparaciones; que ya estaban concluidas cuando los atacamos, y aquel mismo día pensaban hacerse de nuevo a la mar, para vender a los ocho sicilianos y la feluca con su carga en Túnez.

Oídos los testigos, averiguada la información y hecho el proceso, estaba clara la sentencia. Allí no había de por medio patentes de corso, ni nada de lo que se observaba entre naciones honradas. Cosa que ocurría, por ejemplo, con los holandeses; a quienes, aunque enemigos por la guerra de Flandes, cuando eran capturados en las Indias o en el Mediterráneo, los tratábamos como prisioneros en buena guerra, dejando regresar a su patria a los que se rendían, poniendo al remo a los que peleaban después de arriar bandera, y ahorcando, eso sí, a los capitanes que intentaban volar la embarcación por no entregarla. Usos estos de buena crianza entre naciones civilizadas, que hasta los turcos cumplían sin reparo. Pero en los días que narro no estábamos en guerra con Inglaterra –la feluca era de Zaragoza de Sicilia, isla tan nuestra como Nápoles o Milán–, así que sus marinos no tenían derecho a proclamarse corsarios y saquear a súbditos del rey de España: eran simples piratas. De modo que las alegaciones del capitán Scruton, sobre que en Argel tenía patentes y acuerdos que lo autorizaban a correr aquellas aguas, no hicieron mella en el hosco tribunal que lo miraba, tomándole con ojo plático la medida del gaznate, mientras el cómitre de la *Mulata* preparaba, en atención a que el inglés resultó ser nada menos que de Plymouth, su mejor soga. Y cuando a la mañana siguiente la feluca y la saetía, marinada ésta por nuestra gente de cabo,

izaron velas alargándose de la ensenada gracias a un maestral
que amenazaba lluvia, el tal Roberto Scruton, súbdito de su
majestad británica, colgaba de una cuerda en la torre de Lampedusa, con un cartel a los pies –escrito en castellano y turco– con las palabras: *inglés, ladrón y pirata.*

Los otros dieciocho hombres, once ingleses, cinco moros y
dos turcos, fueron echados al remo y allí permanecieron, boga
que boga para el rey de España, hasta que los azares del mar y
de la guerra los fueron acabando. Según supe, aún quedaba alguno vivo cuando la *Mulata*, once años después, se fue a pique durante el combate naval de Génova contra los franceses,
con los galeotes encadenados a sus bancos, pues nadie se entretuvo en desherrarlos. Para entonces ninguno de nosotros
estábamos ya a bordo; y tampoco el moro Gurriato, quien
de momento, con el refresco de los nuevos remeros,
tuvo más tiempo libre, dándome ocasión de
mantener con él conversaciones que
contaré en el siguiente
capítulo.

VI. LA ISLA DE LOS CABALLEROS

alta, la isla de los caballeros corsarios de San Juan de Jerusalén, me impresionó por su aspecto y por su historia reciente. Las temibles galeras de la Religión, que así las llamábamos, eran azote de todo Levante, pues corrían el mar haciendo presas de turcos, ganando ricas mercaderías y numerosos esclavos. Odiada por cuantos profesaban la fe de Mahoma, la de San Juan era la última de las grandes órdenes militares de las Cruzadas, y sus miembros sólo debían obediencia al papa. Tras la caída de Tierra Santa se instalaron en Rodas; pero expulsados de allí por los turcos, nuestro emperador Carlos V les donó Malta a cambio del pago simbólico de un halcón cada año. Aquella cesión, el hecho de que fuésemos la nación católica más poderosa del mundo, y la cercanía de

nuestros virreinatos de Nápoles y Sicilia –de esta última llegó el socorro durante el gran asedio del año mil quinientos sesenta y cinco–, anudaban fuertes lazos entre la Orden y España; y era frecuente que nuestras galeras navegasen juntas. Además, gran número de caballeros de Malta eran españoles. Todos tenían voto de atacar a los musulmanes allá donde estuviesen: duros, espartanos, seguros de no obtener cuartel en caso de ser apresados, despreciaban al enemigo hasta el punto de que cada una de sus galeras estaba obligada a atacar mientras la proporción fuese de una contra cuatro. En tales circunstancias es fácil comprender por qué la Orden de Malta miraba a España como principal valedor y sostén, pues éramos la única potencia que no daba tregua a turcos y berberiscos, mientras otras naciones católicas pactaban con ellos o buscaban con descaro su alianza. Las más desvergonzadas eran Venecia, siempre ambigua, y en especial Francia, que en la pugna con España había llegado a permitir que sus galeras navegaran en conserva con las turcas, y que la flota corsaria de Jaradín Barbarroja, con gran escándalo de toda Europa, invernase en puertos franceses mientras saqueaba las costas españolas e italianas, cautivando a miles de cristianos.

Consideren vuestras mercedes, por tanto, mi estado de ánimo cuando, tras haber pasado frente a la punta de Dragut y la formidable fortaleza de San Telmo, la *Mulata* echó el áncora en el puerto grande, entre el castillo de San Ángel y la península Sanglea. Desde allí podíamos divisar el escenario del espantoso asedio sufrido hacía sesenta y dos años;

episodio que hizo el nombre de la isla tan inmortal como el de los seiscientos caballeros de diversas naciones y los nueve mil soldados españoles, italianos y ciudadanos de Malta que durante cuatro meses pelearon con cuarenta mil turcos, de los que mataron a treinta mil, disputándoles cada palmo de tierra y perdiendo fuerte tras fuerte en sangrientos combates cuerpo a cuerpo, hasta no quedar más que los reductos del Burgo y Sanglea, donde resistieron los últimos supervivientes.

Como soldados viejos que eran, tanto el capitán Alatriste como Sebastián Copons contemplaban aquellos lugares con el respeto de quienes imaginaban bien, por oficio, la tragedia que allí se había vivido. Tal vez por eso observé que permanecían silenciosos todo el tiempo, desde que una falúa nos llevó a través del brazo de agua del puerto grande hasta el pie de la puerta del Monte, y bajo sus dos torreoncillos entramos en la ciudad nueva de La Valetta —llamada así en memoria del gran maestre que la había construido tras dirigir la defensa de Malta durante el asedio—. Recuerdo el recorrido por la ciudad de calles polvorientas aunque bien alineadas y casas con miradores de celosía y azoteas, que hicimos guiados por un botero maltés al que dimos una moneda. Mirándolo todo con recogimiento casi religioso, seguimos primero la muralla en línea recta hasta la iglesia mayor, torciendo luego a la derecha hacia el suntuoso palacio del maestre de la Orden y su bella plaza contigua, con la fuente y la columna. Después llegamos a la cortadura del foso de San Telmo, al otro lado del cual se alzaba la impresionante arquitectura estrellada del fuerte. Y junto al puente levadizo sobre el que ondeaba la bandera roja con la cruz de ocho puntas de la Religión, el botero, cuyo padre había peleado en el asedio, nos contó en su mezcla de italiano, español y lengua franca, cómo aquél había intervenido, junto con otros marineros del Burgo, en el transporte de caballeros voluntarios españoles, franceses, italianos y alemanes desde San Ángel hasta el asediado San Telmo, y cómo cada noche rompían en botes y a nado el bloqueo turco para cubrir las terribles bajas de la jornada, sabiendo que el camino era sólo de ida e iban a una muerte segura. También nos contó que la última noche fue imposible pasar las líneas turcas, y los voluntarios tuvieron que volverse; y cómo al amanecer, desde los fuertes de Sanglea y San Miguel, los allí sitiados con el maestre La Valette vieron anegarse San Telmo bajo una marea de cinco mil turcos, lanzados al postrer asalto contra los doscientos caballeros y soldados, casi todos españoles e italianos, que maltrechos, llagados y heridos tras cinco semanas peleando día y noche, batidos por dieciocho mil disparos de cañón, resistían entre los escombros. Remató el botero su relato detallando cómo los últimos caballeros, heridos y sin fuerzas para sostenerse un punto más, se retiraron sin volver espaldas hacia el último reducto de la iglesia, matando y muriendo como leones acorralados; pero al ver que los turcos, furiosos por el precio de la victoria, no respetaban vida de ninguno de cuantos alcanzaban, salieron de nuevo a la plaza para morir como quienes eran; de manera que seis de ellos –un aragonés, un catalán, un castellano y tres italianos–, abriéndose paso a cuchilladas entre la turba de enemigos, aún pudieron arrojarse al mar queriendo ganar a nado el Burgo, mas fueron en el agua presos. Y que la cólera de Mustafá bajá fue tanta –había perdido seis mil hombres sólo en San Telmo, incluido el famoso corsario Dragut– que mandó crucificar en maderos los cadáveres de los caballeros, y haciéndoles una cruz en el pecho con dos tajos de cimitarra, dejó que la corriente los llevara al otro lado del puerto, donde seguían resistiendo Sanglea y San Miguel, y luego compró todos los cautivos y los hizo degollar sobre las murallas. Bárbaro acto al que el gran maestre correspondió matando a los prisioneros turcos, y lanzando sus cabezas con los cañones al campo enemigo.

Ésa fue la historia que nos contó el botero. Y cuando hubo terminado nos quedamos en silencio, pensando en lo que acabábamos de escuchar. Hasta que, al rato, Sebastián Copons, que apoyado en el antepecho de piedra arenisca miraba ceñudo el foso que circundaba el fuerte a nuestros pies, miró al capitán Alatriste.

–Lo mismo algún día terminamos igual, Diego... Crucificados.

–Puede. Pero te aseguro que vivos, no.

–Ridiela. Eso te lo firmo ya.

Me sobresaltó aquello, pero no exactamente de miedo ante la idea, por poco grata que fuese. Yo entendía bien de qué

hablaban Copons y el capitán, y sabía de sobra, a tales alturas de mi vida, que casi todos los hombres somos capaces de
lo peor, y de lo mejor. Mas era verdad que allí, en la incierta
frontera de aquellas aguas levantinas, la crueldad humana –y
nada es más humano que la crueldad– se dilataba en inquietantes posibilidades, y no sólo por parte turca. Había renco-
res difíciles de explicar, enquistados en la memoria: viejos
odios, asuntos de familia que aquella luz, sol y aguas azules
mantenían calientes. Para nosotros, españoles venidos de
razas antiguas, con una historia reciente de muchos siglos
de matar moros o matarnos entre nosotros, no era igual degollar a ingleses forasteros que vérnoslas con turcos, berberiscos o gente propia de las naciones que orillábamos aquellas aguas. Al capitán Roberto Scruton y sus piratas nadie
había dado vela en nuestro entierro; aquellos forasteros intru-
sos estaban de más, y acogotarlos en Lampedusa no había sido
más que un trámite, un acto de higiene familiar, un despiojarnos de garrapatas antes de seguir con nuestras verdaderas
cuentas pendientes: turcos, españoles, berberiscos, franceses,
moriscos, judíos, moros, venecianos, genoveses, florentines,
griegos, dálmatas, albaneses, renegados, corsarios. Vecinos del
mismo patio mestizo. Gente de idéntica casta, entre la que no
era descabellado compartir un vaso de vino, una carcajada, un
insulto rotundo y pintoresco, una broma macabra, antes de
crucificarse o intercambiar cabezas a cañonazos con imagina-
ción y saña. Con buen, viejo y sólido odio mediterráneo.
Pues nadie se degüella mejor y más a gusto que quien harto
se conoce.

Regresamos al Burgo al atardecer, cuando el polvo suspendido en el aire y los últimos rayos de sol teñían de rojo los muros de la fortaleza de San Ángel como si fueran de hierro incandescente. Antes de embarcar habíamos paseado otro largo rato por las calles rectas y empinadas de la ciudad nueva, visitando el puerto de Marsamucetto, que está por el lado de poniente, y los albergues o cuarteles famosos de Aragón y de Castilla, este último con su bella escalinata; que en la ciudad cada uno tiene su albergue según las siete len guas, pues así las llaman ellos, en que se reparten los caballeros de la Orden: los citados Aragón y Castilla —que son de nación española—, Auvernia, Provenza y Francia —las tres de nación francesa—, Italia y Alemania. El caso es que, regresando, echamos pie a tierra en la marina junto al foso del Burgo, donde están las tabernas de marineros y soldados de la ciudad vieja. Y como quedaba más de media hora para la oración, momento en que debíamos recogernos a la galera, decidimos soslayar la mazamorra de a bordo remojando la gorja por nuestra cuenta y masticando algo cristiano en un bodegoncillo. Y allí nos instalamos, en torno a un barril que hacía de mesa, con una mano de carnero en vinagre, chuletas de puerco, un pan de bazar de dos cuartales y un golondrino de vino tinto de Metelín valiente como un Roldán; que, por cierto, nos recordó el de Toro. Mirábamos el vaivén de gente: los hombres morenos de piel y con carácter y costumbres a la siciliana, hablando su lengua mezclada con palabras viejas que venían de los cartagineses; y las mujeres, que allí son bellas aunque rehúyen por honestidad la compañía masculina, y salen de casa cubiertas con mantos negros y pardos a causa de sus parientes y maridos, que son celosos como los españoles, y aún más; costumbre que nos viene a todos de los moros y sarracenos. En ésas estábamos los tres, flojo el arnés, cuando unos soldados y gente de cabo de un bajel veneciano, que bebían cerca, compraron a un santero, que paseaba con su caja de mercancía colgada al cuello, unas piedras de San Pablo, que en Malta son de mucha devoción —es leyenda que el santo naufragó allí— porque tienen fama de curar mordeduras de alacranes y serpientes.

Entonces fui imprudente. Yo no era mozo descreído, pero sí sobrio en cuestiones de fe, como me había enseñado a ser el capitán Alatriste. Y con la insolencia de mi juventud no pude evitar una sonrisa cuando vi que uno de los venecianos mostraba a sus compañeros, muy satisfecho, una de tales piedras engarzada en un cordón; con tan mala fortuna que advirtió mi gesto, mortificándose. No debía de ser hombre sufrido, pues torciendo la boca se me encaró con mal talante, viniéndose a mí con una mano apoyada en el pomo de la temeraria y sus compañeros haciéndole espaldas.

—Discúlpate —me aconsejó entre dientes el capitán Alatriste.

Lo miré de reojo, asombrado de su tono áspero y de que me hiciese tragar el desafuero; aunque, reflexionando en frío, concluí que tenía razón. No por miedo a las consecuencias –aunque eran seis, y nosotros tres–, sino porque el filo de las avemarías resultaba hora menguada para meterse en querella, y porque tener cuestión con venecianos, y en Malta, podía traer consecuencias. Las relaciones entre nosotros y la Serenísima de San Marcos no eran buenas, los incidentes en el Adriático por cuestiones de preeminencia y soberanía resultaban frecuentes, y cualquier chispa quemaba pólvora. De modo que, tragándome el orgullo, sonreí forzado al veneciano para quitarle hierro al asunto, diciendo, en la lengua franca que usábamos los españoles por aquellos mares y tierras, algo así como mi escusi, siñore, no era cuesto con voi. Pero el veneciano no amainó vela, sino al contrario. Envalentonado por lo que creyó mansedumbre, y por la diferencia numérica, se echó el pelo hacia atrás –lo llevaba largo como columpio de liendres, a diferencia de los españoles, que lo usábamos corto desde tiempos del emperador Carlos– y me maltrató de palabra con mucha bellaquería, llamándome ladrón ponentino, cosa que escuece a cualquiera, y más a un guipuzcoano. Y ya iba a ponerme en pie, desatinado, metiendo mano para desatar la sierpe, cuando el capitán, que seguía impasible, me sujetó por un brazo.

—El mozo es joven y no conoce las costumbres –dijo en castellano y con mucha calma, mirando al veneciano a los ojos–. Pero con mucho gusto pagará a vuestra merced una jarra de vino.

Por segunda vez, el otro interpretó mal la cosa. Pues, creyendo que también mis dos acompañantes se arrugaban, y crecido por la presencia de los suyos, hizo como que no había oído las palabras del capitán; y sin renunciar a su presa, que era yo, afirmose en los estribos, soltando con mucha demasía:

—Xende, españuolo marrano, ca te volio amazar.

Y seguía manoseando la empuñadura de su espada. Con lo cual, sin alterarse, el capitán Alatriste retiró la mano de mi brazo. Luego, mientras se pasaba dos dedos por el mostacho, miró a Copons. Y éste, que había permanecido, como solía, mudo y sin perder de vista a los camaradas del fanfarrón, se puso despacio en pie.

—Pantalones come-hígados —masculló.

—¿Qué cosa diche? —preguntó el veneciano, descompuesto.

—Dice —respondió el capitán, levantándose a su vez— que vas a amazar a la señora putana que te parió.

Y así fue —tienen vuestras mercedes mi palabra— como se inició el incidente entre españoles y venecianos que la historia de Malta y las relaciones de aquellos años recuerdan como el motín de Birgu, o del Burgo; sobre el que, para escribir por menudo los sucesos, no habría suficiente papel en Génova. Porque apenas dicho eso, el capitán metió mano, y metimos Copons y yo con tanta diligencia que, aunque el veneciano tenía el puño en la espada y sus compañeros andaban prevenidos, el pantalón come-hígados, como lo había llamado Copons, se fue para atrás dando saltos, con una mejilla cortada por la daga que, como un relámpago, saltó de la vaina a la mano izquierda del capitán, y con ella a la cara del veneciano. Y en menos tiempo del que tardo en contarlo, el que estaba más cerca de Copons viose con el molledo de un brazo trinchado por la espada del aragonés, mientras yo, ligero de pies, le daba de punta a un tercero; y aunque éste se echó a un lado, no pudo esquivar un buen piquete que, pese a darle sobre el coleto sin hacer carne, lo hizo irse lejos y en respeto.

A partir de ahí empezaron a desaforarse las cosas. Porque en ese momento, salido de no sé dónde, apareció el moro Gurriato –luego supe que nos esperó todo el día sentado a la sombra, desde que subimos al bote para ir a la ciudad nueva–, y yéndose al veneciano que vio más cerca, lo tajó sin decir esta boca es mía con un jiferazo en los riñones. Entonces, como el bodegoncillo estaba en el arranque de la calle que sube de la explanada de la marina hasta la iglesia que hay cerca del foso de San Ángel, lugar en extremo concurrido, y además era la hora de recogerse a las naves acostadas allí o fondeadas cerca, aquello hormigueaba de soldados y marineros. Por lo que a gritos de los heridos y de sus acompañantes, que habían desenvainado pero no osaban acercársenos, acudieron más venecianos, apretándonos con no poco peligro. Y pese a que hicimos rueda a manera de tercio viejo, cubiertos con taburetes y tapas de tinaja a modo de rodelas y dándoles como diablos estocadas y tajos, habríamos acabado de mala manera si muchos camaradas de la *Mulata*, que también esperaban el momento de embarcar, no desnudaran temerarias, poniéndose a nuestro lado sin preguntar el motivo de la querella. Que al no ser la gente de galeras muy de llevarse bien con la Justicia, era costumbre acudir en socorro de los compañones, hoy por ti y mañana por mí, con razón o sin ella, lo mismo contra alguaciles y corchetes que contra naturales o extranjeros; siendo punto de honra amparar a todo soldado, marinero o galeote que tras cualquier tropelía se refugiase a bordo, cual si a iglesia se llamara, no respondiendo éste sino ante su capitán de mar y guerra.

Y claro. En vista de la clase de gente que alistábamos a bordo –lo mejor de cada casa, como quien dice–, en un suspiro el Burgo fue Troya. Entre el barullo y los gritos de taberneros y comerciantes que veían sus muebles y mercancías tirados por el suelo, revuelo de curiosos y alborozo de chiquillos, terminamos viniendo a las manos medio centenar de venecianos y otros tantos españoles. De tal modo se desbordó la algarada, que vino a reforzarla gente de uno y otro bando; pues, enterados de la refriega, muchos desembarcaron espada en mano, y hasta mosquetazos hubo desde alguna nave. Pero como los españoles éramos apreciados en Malta, siendo los de la Serenísima, por su carácter codicioso, artero y despectivo –sin contar sus connivencias con el Turco–, odiados hasta por los italianos mismos, no pocos malteses se unieron al tumulto, atacando con palos y piedras a los venecianos, dando con algunos en el agua y teniendo que arrojarse muchos a ella para escapar. Con el resultado de muertes y descalabros, pues en toda la ciudad vieja, y ya sin conocerse el motivo original de la querella, se

... Acudieron más venecianos, apretándonos con no poco peligro.

desencadenó la caza de cuanto oliese a Venecia, corriéndose la voz –argumento siempre eficaz en tales motines– de que varios de esa nación habían ofendido la honestidad de ciertas mujeres. Y así fueron saqueadas por el populacho tiendas de venecianos y se ajustaron cuentas pendientes, en jornada que su compatriota el cronista Julio Bragadino, pese a barrer para casa, resumió con propiedad diecisiete años más tarde:

> *Quedaron muy maltratados toda la noche los súbditos de la Serenísima con quebranto de sus personas y bienes (...) Fue necesaria la autoridad del gran maestre de Malta y los capitanes de galeras y baxeles para que sosegaran los ánimos, ordenando en evitación de mayores hechos recogerse la gente de cabo y guerra en unas y otras naves, con pena de vida para quien fuese a la ciudad (...) Indagados los responsables del tumulto, no se hubieron éstos, pues sospechándose a los españoles culpables de incitar el daño, echose tierra por no removello.*

Aun así, cuando a la mañana siguiente se hizo muestra de soldados y marineros en la *Mulata*, nadie nos libró de una descomunal bronca del capitán Urdemalas, que la espetó –aunque algunos juraban sentirlo reír para sus adentros– muy a sus anchas y dando zancadas de proa a popa, con todos formados en los corredores de las bandas, obligándonos a estar revestidos de peto fuerte, que pesaba treinta libras, y morrión en la cabeza, que pesaba otras treinta, para mortificarnos bien, pues tanto acero quemaba bajo la solana del puerto, donde nos tuvo buen rato tras abatir la tienda de lona de la galera, pese a que caía plomo fundido y no soplaba brizna de brisa. Y era espectáculo digno de pintarse el de todas aquellas caras patibularias, contritas, sudando a chorros y con la mirada en las alpargatas –no era modestia, sino prudencia– cuando Urdemalas pasaba fulminándonos uno tras otro. Vuestras mercedes son unos animales, decía bien alto para que se oyera desde el Burgo. Unos delincuentes matasietes que me van a buscar la ruina; pero antes de que eso ocurra los ahorcaré a todos, a fe mía y por el siglo del que se pudre, como no me berree alguien quién empezó la sarracina. Cagoenmismuelas y en las lámparas de Peñaflor. Y juro a mí, y a Satanás, y a la madre que me engendró, que a doce cuelgo hoy de una entena. Todo eso decía a gritos y muy engallado nuestro capitán de mar y guerra, sin cortarse un pelo de la barba, de manera que su vozarrón resonaba en el puerto hasta las murallas. Mas, como iba de oficio y el propio Urdemalas esperaba de nosotros, callábamos todos igual que en el potro, dándonos de ojo mientras sosteníamos a pie firme la escopetada. Sabiendo que tarde o temprano escamparía. Y era cosa de vernos allí formados, muchos con cardenales y moratones, unos con tafetanes, parches y vendas, el de acá con el brazo en cabestrillo y el de allá con un ojo a la funerala. Que más que de estirar las piernas por Malta, francos de servicio, parecíamos venir de abordar una galera turca.

Disparado el tiro de leva un día más tarde, aunque ya no se permitió bajar a nadie a tierra, zarpamos ferro sin más incidentes, tomando la vuelta del griego para bordear Sicilia hasta Mesina. La mitad del camino se hizo con buen tiempo y la chusma regalada, pues el viento era próspero y apenas hubo boga. Fue aquella misma noche, mientras divisábamos por el través siniestro, lejana, una luz que podía ser tanto el cabo Pájaro como la linterna de Zaragoza –que los sicilianos llaman Siracusa–, cuando tuve parla con el moro Gurriato. Las dos velas crujían en sus árboles, y galeotes, soldados y gente de cabo, excepto quienes estaban de guardia, dormían a pierna suelta sobre remiches, bancos y ballesteras con el habitual rumor de ronquidos, gruñidos, regüeldos y otros ruidos nocturnos que ahorro a vuestras mercedes. Me dolía la cabeza, sin poder conciliar el sueño; de modo que, levantándome con cuidado de no molestar a nadie, anduve pisando curianas por el corredor de la banda diestra hacia popa, en la esperanza de que la brisa nocturna me aliviara algo; y a la altura del banco del espalder di con una silueta familiar, recortada en la claridad del fanal encendido en el coronamiento, que iluminaba un poco la espalda de la galera. El moro Gurriato estaba apoyado en la batayola, contemplando el mar oscuro y las estrellas que el cortinaje de las velas cubría y descubría con el balanceo de la nave. Él tampoco podía dormir, dijo en respuesta a mi pregunta. No había navegado nunca antes de embarcarse con nosotros en Orán, todo le parecía nuevo y extraño, y cuando no iba al remo pasaba muchas noches así, los ojos bien abiertos. Milagro le parecía que algo tan grande, pesado y complejo pudiera moverse con seguridad por el mar en tinieblas. Queriendo averiguar el secreto, permanecía atento al movimiento de la galera, a cualquier lucecita que despuntase en el horizonte, al rumor del agua invisible que destellaba fosforescente en el costado de la embarcación. Sonaba a palabras mágicas, añadió, como ensalmo u oración, lo que cada media hora canturreaba la voz monótona del marinero que, de guardia junto al escandelar donde estaba la aguja, daba vuelta a la ampolleta de arena:

> *Buena es la que va,*
> *mejor la que viene.*
> *La guarda es tomada,*
> *la ampolleta muele.*
> *Buen viaje haremos*
> *si Dios quiere.*

Fue entonces cuando le pregunté por la cruz tatuada en la mejilla, y por aquella leyenda de que su gente había sido cristiana en otro tiempo, incluso mucho después de la llegada de los musulmanes al norte de África y la caída de España cuando los visigodos, con Tariq, Muza y la traición del conde don Julián. De esos nombres nada sabía, respondió tras un breve silencio. Pero sí era verdad que su abuelo y su padre le habían contado que su tribu, los azuagos Beni Barrani, era diferente a las otras, pues nunca había llegado a convertirse a la fe de Mahoma. Luego de mucho guerrear en las montañas perdieron casi todas las costumbres cristianas, quedando como gente sin dios y sin patria. Por eso los otros moros siempre desconfiaron de ellos.

–¿Y por eso lleváis una cruz en la cara?

–No estoy seguro. Mi padre decía que era señal de cuando los godos, para distinguirnos de otras tribus paganas.

–El otro día hablaste de una campana escondida en las montañas...

–*Tidt*. Verdad. Una campana grande, de bronce, en una cueva. Yo nunca la vi, aunque me contaron que llevaba escondida ocho o diez siglos, desde que llegaron los musulmanes... También había libros muy antiguos que ya nadie podía leer, del tiempo de los vándalos, o de antes.

–¿Escritos en latín?

–No sé qué es el latín. Pero nadie podía leerlos ya.

Sobrevino un silencio. Yo imaginaba a aquellos hombres aislados en las montañas, fieles a una fe que, con el paso de los siglos, se les escapaba entre los dedos. Repitiendo símbolos y gestos cuyo significado habían olvidado hacía mucho tiempo. Beni Barrani, recordé, significaba sin patria. Hijos de extranjeros.

–¿Por qué vienes con nosotros?

El moro Gurriato se removió un poco en el contraluz suave del fanal de popa. Parecía incómodo con la pregunta.

–Suerte –dijo al fin–. Un hombre debe caminar mientras pueda. Ir a lugares que estén lejos y volverse sabio... Quizá así comprenda mejor.

Me apoyé en un filarete, realmente interesado.

–¿Qué es lo que debes comprender?

–De dónde vengo. Pero no hablo de las montañas donde nací.

–¿Y qué importa eso?

–Saber de dónde vienes ayuda a morir.

Hubo otro silencio, roto por las voces de rutina cambiadas entre el proel de guardia y el timonero, señalando aquél que todo estaba limpio delante. Después volvimos a oír sólo el crujido de las entenas y el rumor del agua bajo la galera.

–Pasamos la vida al filo de la muerte –añadió al poco el moro Gurriato–, pero mucha gente no lo sabe. Sólo los *assen*, los hombres sabios, lo saben.

–¿Tú eres sabio?... ¿O quieres serlo?

–No. Sólo soy un Beni Barrani –la voz de mi interlocutor sonaba serena, sin reticencias–. Y ni siquiera vi con mis ojos la campana de bronce, ni los libros que nadie era capaz de leer... Por eso necesito otros hombres que me señalen el camino, como esa aguja mágica que tenéis ahí.

Hizo un movimiento hacia popa, sin duda para señalar el escandelar, donde en la penumbra se adivinaba el rostro del marinero de guardia iluminado desde abajo por la caja de marear. Asentí.

–Ya veo... Ésa es la razón de que eligieras al capitán Alatriste para hacer tu viaje.

–Verdad.

–Pero él sólo es un soldado –objeté–. Un guerrero.

–Un *imyahad*, sí. Por eso te digo que es sabio. Él mira su espada cada día al abrir los ojos, y la mira cada día antes de cerrarlos... Sabe que morirá y está preparado. ¿Comprendes?... Eso lo hace distinto a otros hombres.

Antes del alba, la palabra morir adquirió significados inmediatos. El viento, que hasta entonces había sido moderado y favorable, sopló con fuerza, entablándose un griego fuerte que amenazaba arrimarnos demasiado a la costa. Así que se despertó a la chusma a puros anguilazos, calose la palamenta, y con todo el mundo al remo fuimos adentrándonos poco a poco en la mar picada y revuelta, mientras los rociones saltaban sobre la corulla mojando a la gente de los bancos, que era gran lástima verla empapada y medio desnuda, echando los bofes sobre el remo. Tampoco marineros y grumetes paraban de un lado a otro, blasfemando y rezando a partes iguales, mientras, excepto algunos privilegiados que pudieron instalarse en los pañoles, la enfermería y la cámara, la gente de guerra nos arrebujábamos tumbados en las ballesteras como Dios daba a entender, apretados unos con otros y agarrándonos durante las arfadas, entre vómitos y peseatales, cuando la galera hundía el espolón en el seno de una ola y el agua nos entraba de parte a parte. Poco servicio hacían las ruanas y lonas que nos echábamos por encima, pues a la mucha mar terminó sumándose una lluvia fría y fuerte que acabó de calarnos a todos, y el viento impedía extender el toldo de la galera.

De tal modo, a fuerza de remo –se rompieron cinco o seis ese día–, nos adentramos en el mar cosa de una legua, esfuerzo en que empleamos toda la mañana. Y fue curioso observar cómo, cuando el cómitre comentó la posibilidad de que algunos soldados echásemos una mano en la boga en caso de que todo fuese a más, para evitar ser empujados por el viento contra la costa, elevose un coro de protestas de quienes eso oyeron, arguyendo que ellos eran gente de armas y por tanto hidalgos, y que ni en sueños pondrían las manos en un remo mientras el rey nuestro señor no los rematase a galeras y Dios quisiera evitarlo. Que antes preferían, dijo alguno, ahogarse como gatos recién paridos, pero con la honra intacta, que salvarse con menoscabo de ella; y que los hijos de sus madres mejor se dejarían hacer rodajas que verse reducidos, siquiera un rato, a la bellaca condición de galeotes. Con lo que de momento no hubo más que hablar, y todo siguió como estaba: la gente de guerra agrupada en las ballesteras, tiritando empapada, revesando, orando y renegando del universo, y los forzados a lo suyo, boga que boga, dejándose la piel bajo los culebrazos del cómitre y su ayudante.

A media tarde, por suerte para todos, roló el griego a jaloque; de modo que pudimos trincar los remos, y con la lona maestra aferrada y el viento largo se izó una vela pequeña en el árbol de trinquete, haciendo una buena marcha de vuelta al rumbo adecuado. El problema era que seguía cayendo un agua recia, tormentosa, cual si se hundiera el mundo; y así, alternándose lluvia y rachas de viento duro, con relámpagos a lo lejos, íbamos por la fosa de San Juan de orza larga y con toda la gente en popa para no clavar el espolón, acercándonos al estrecho de Mesina a una velocidad, según calculó el piloto, de cuatro millas por cada vuelta de ampolleta. Para agravar el negocio, cerró negra la noche y dificultó averiguar nuestra posición, de manera que teníamos por delante, a ciegas, las peligrosas Scilla y Caribdis; que desde Ulises eran, con mal tiempo, el peor sitio del mundo y espanto de los navegantes. Pero la mucha mar y el cansancio de la chusma no permitían barloventear ni mantenernos lejos. En ésas estábamos, embocado el embudo del estrecho y sin poder ya volvernos, aunque quisiéramos, cuando algunos hombres aseguraron ver una luz en tierra; y el piloto y el capitán Urdemalas, tras mucho conciliábulo, decidieron jugársela a cara o cruz sobre si aquél era el fuego de la torre de la ciudad de Mesina o el del faro, que dista casi dos leguas a tramontana. Por lo que, dejando arriba la vela pequeña, calose de nuevo palamenta, pitó el cómitre intentando hacerse oír por encima del aullido del viento en la jarcia, y nuestros forzados, moro Gurriato incluido, bogaron mientras el timonero, luchando con las guiñadas del mar que nos entraba de popa, procuraba mantener el espolón apuntado a la lejana luz. Arribamos en la oscuridad y mucho más aprisa de lo que deseábamos, con el paternóster en la boca, agarrados a donde podíamos, confiando en no toparnos con un seco o una piedra y dar al través. Y así hubiera sido de no

ocurrir lo que muchos dijeron milagro y otros fortuna de
mar; y fue que, apagada de pronto, quizás por la mucha
agua, la luz de la torre que nos guiaba cuando ya estábamos
cerca de la que, según el piloto, era ciudad de Mesina, y habiendo rolado de nuevo el viento al griego, nos vimos a oscuras, aunque algo más sosegado el mar, buscando la bocana
del puerto. Y de no ser porque en ese instante un relámpago
nos descubrió el fuerte de San Salvador a tiro de pistola
por la proa, dando lugar a meter el timón a la
banda, habríamos ido a él sin remedio,
perdiéndonos cuando teníamos
la salvación en la punta
de los dedos.

VII. VER NÁPOLES Y MORIR

 a noche era bermeja, con el Vesubio tiñén-
dolo todo desde la distancia con aquella luz
indecisa, fantasmal, que volvía rojiza hasta
la claridad de la luna que se alzaba en el
lado opuesto de la ciudad. El relieve y las
sombras de Nápoles, sus edificios, alturas
y torres, la tierra y el mar, quedaban así extrañamente iluminados desde dos puntos distintos, desquiciadas las sombras,
creando un paisaje tan irreal como el de los lienzos que Diego Alatriste había visto arder, fuego real sobre el fuego pintado, durante los saqueos de Flandes.

Respiró con deleite el aire tibio y salino mientras se ajustaba en la cintura, sin prisa, el cinturón con la espada y la
daga. No llevaba capa. Pese a lo avanzado de la hora –pasaba la de las ánimas–, la temperatura permanecía agradable.

Eso, con la singular claridad nocturna, daba a la ciudad un gentil aspecto, propicio a la melancolía. Un poeta como don Francisco de Quevedo habría sacado algunos versos buenos o malos de aquello; pero Alatriste no era poeta, y sus únicos versos propios eran cicatrices y una docena de recuerdos. Así que se caló el sombrero, y tras mirar a uno y otro lado –las noches en lugares apartados como aquél no eran seguras ni para el diablo– echó a andar oyendo el ruido de sus pasos, primero sobre las piedras oscuras del empedrado y luego amortiguados en la tierra arenosa de Chiaia. Mientras caminaba sin prisa, atento a las sombras que podían esconderse entre las barcas de pescadores varadas junto al mar, veía recortarse negro sobre rojo, al extremo de la larga playa, la colina de Pizzofalcone y la fortaleza del Huevo que se adentraba en el mar tranquilo. No había ni una sola luz en las casas, ni un hacha encendida en las calles. Tampoco un soplo de brisa. La antigua Parténope dormía embozada en fuego, y Alatriste sonrió ensimismado bajo el ala ancha del chapeo, recordando. Aquella misma luz, propia de cuando el viejo volcán removía un poco las entrañas, iluminó en otro tiempo buenos lances de su juventud soldadesca.

Hacía ya diecisiete años, reflexionó. En el año diez del siglo había conocido Italia por vez primera, tras el abismo de horror de la cuestión morisca en las montañas y playas de España. Soldado de galeras corsarias –leventes, los llamaban los turcos–, con los ricos botines de las islas griegas y la costa otomana al alcance de todo hombre con arrestos para ir a buscarlos, los seis años del primer servicio en el tercio de

Nápoles se contaban entre los mejores de su existencia: bolsa repleta entre viaje y viaje, hosterías y tabernas de Mergelina y del Chorrillo, comedias españolas en el corral de los Florentinos, buen vino, mejor comida, clima sano, vida de guarnición en los pueblos de los alrededores bajo emparrados y árboles frondosos, en compañía de gentiles camaradas y hermosas mujeres. Allí había conocido a un futuro grande de España que prestaba servicio en las galeras napolitanas como aventurero –los jóvenes nobles adquirían así reputación–: el conde de Guadalmedina, hijo del otro, el viejo, que fue general suyo en Flandes cuando lo de Ostende.

Guadalmedina, nada menos. Mientras caminaba por la orilla del mar, Alatriste se preguntó si, allá en su palacio de Madrid, Álvaro de la Marca sabría que él estaba de nuevo en Nápoles. Eso, suponiendo que al señor conde, amigo y confidente del rey Felipe Cuarto, se le diera un ardite la suerte del hombre que en el año catorce, en las Querquenes, lo cargó a la espalda, herido, llevándolo de vuelta a las naves con el agua por la cintura y los alarbes acosándolos como perros. Pero se daban demasiadas cosas entre aquel momento y éste, incluidas cuchilladas nocturnas ante cierta casa de Madrid y algunos golpes junto al río Manzanares.

«Mierda de Cristo.»

La blasfemia brotó en sus adentros, vuelto el rostro a un lado tras chasquear la lengua con desazón. El recuerdo de Guadalmedina, a quien no había vuelto a ver desde la escaramuza de El Escorial, le enturbiaba el seso y el orgullo. Para aclararlos, mudó el pensamiento a cosas más agradables. Estaba en Nápoles, qué diablos. En plenas delicias de Italia, con salud y con ruido de armas reales en la bolsa. Allí tenía finos camaradas, Sebastián Copons aparte –se holgaba de haber recobrado al aragonés–, de los de buen mascar y mejor sorber, con los que un hombre que se vistiera por los pies podía, sin reparo, partir la capa. Uno de los tales era también Alonso de Contreras: el más antiguo de todos, pues con él, apenas cumplidos trece años, se había alistado como paje tambor en los tercios que iban a Flandes. Alatriste y Contreras habían vuelto a encontrarse en Italia diez años después, luego en Madrid y ahora, de nuevo, en Nápoles. El bravo Contreras seguía como siempre: valeroso, locuaz y algo fanfarrón; punto este engañoso y de mucho peligro para quien no lo conociera a fondo. Conservaba el empleo de capitán, tenía buena reputación desde que Lope de Vega escribiera una comedia famosa sobre él –*El rey sin reino*–, y había estado yendo con las galeras de Malta a incursiones por la costa de Morea y el Egeo, nunca del todo rico, pero tirando con buena pólvora. El duque de Alburquerque, virrey de Sicilia, acababa de darle el mando de la guarnición de Pantelaria, isla a medio camino de Túnez, con una fragatilla para hacer corso si se aburría. Lo que, dicho en palabras de Contreras, no era hacerlo más rey que Lope, pero sí darle un mando pagado, ameno y de confianza.

Siguió camino Alatriste por la playa. Antes de llegar a las alturas y murallas de Pizzofalcone subió por la cuesta de la izquierda. Al cabo, y tras cruzar un portillo que permanecía franco toda la noche cerca de la puerta de Chiaia, se aden-

tró, con las cautelas de rigor, en las calles de la ciudad. Entre
dos esquinas, la entrada de una bayuca lo iluminó al pasar.
Dentro se oía el rasgueo de una guitarra, voces españolas e
italianas y risas de hombres y mujeres. Sintió la tentación de
vérselas con medio azumbre, pero continuó camino. Era
tarde, estaba cansado y mediaba un trecho hasta el cuartel
llamado de los españoles, extenso barrio donde tenía posada. Además, ya había bebido suficiente para apagar la sed
–no era lo único apagado, pese a Dios–, y él sólo escurría el
jarro hasta el fondo cuando los demonios danzaban en su
corazón y su memoria, lo que esa noche no era el caso. Sus
recuerdos recientes estaban más cerca del paraíso que del infierno. La idea lo hizo sonreír de nuevo, y al pasarse dos
dedos por el mostacho sintió en ellos el aroma de la mujer
cuya casa dejaba atrás. Era bueno, pensó, seguir vivo y hallarse otra vez en Nápoles.

–Non e vero –dijo el italiano.

Jaime Correas y yo cambiamos una mirada. Por suerte
ninguno de nosotros llevaba armas –en el garito obligaban a
desherrarse a la entrada–, porque habríamos acuchillado allí
mismo al insolente. Aunque entre italianos ésas no eran palabras ofensivas, ningún español se las dejaba decir sin meter mano en el acto. Y aquel tahúr sabía muy bien de dónde
éramos.

–Sois vos –dije– quien mentís por la gola.

Y me puse en pie, desatinado por verme en entredicho, agarrando una jarra y resuelto a rompérsela al otro en la cara al menor gesto. Correas hizo lo mismo y nos quedamos así uno junto al otro, encarando yo al tahúr y mi camarada a los ocho o diez individuos de pésima catadura que llenaban la pequeña casa de tablaje. No era la primera vez que nos veíamos en tales pasos, pues, como apunté en otra parte, Correas no era de los que incitan a la piedad ni al sosiego, pues se jugaba el sol en la pared antes de que amaneciera. Hecho a las malas mañas de mochilero en Flandes, mi antiguo camarada se había vuelto apicarado, burlanga y putañero, amigo de rondar garitos y manflas; uno de esos mozos perdidos, inclinados a moverse por el filo de las cosas, que al cabo de su vida, de no enmendarse, solían acabar en el filo de un cuchillo, apaleando sardinas por cuenta del rey o con tres vueltas de cordel en el pescuezo. En cuanto a mí, qué quieren vuestras mercedes que diga: contaba la misma edad, era su amigo y no tenía media astilla de madera de santo. Y de ese modo íbamos hechos dos Bernardos, espadas en gavia y sombreros arriscados a lo valiente, por aquella Italia donde los españoles éramos dueños, o casi, desde que los viejos reyes de Aragón habían conquistado Sicilia, Córcega y Nápoles, y primero los ejércitos del Gran Capitán y luego los tercios del emperador Carlos echaron a los franceses a patadas en el culo. Todo eso a despecho de los papas, de Venecia, de Saboya y del diablo.

—Mentís y rementís —apostilló Correas, para acabar de arreglarlo.

Se había hecho un silencio de los que nada bueno presagian, y eché cuentas a ojo militar: mala pascua nos daba Dios. El brujulero era de los de mucha boca de lobo, florentín, y los otros, napolitanos, sicilianos o de donde su madre los trajo; pero ninguno, que yo alcanzara, de nuestra nación. Además, estábamos en un sótano de techo ahumado de la plaza del Olmo, frente a la fuente, lejos del cuartel español. Lo único bueno es que todos, en apariencia, estaban tan desarmados como nosotros, salvo que saliese a relucir algún desmallador o filosillo oculto en la ropa. Maldije en mis adentros a mi amigo, que una vez más y con su poco seso, empeñándose en jugar unas quínolas en boliche tan infame como aquél, nos había metido en el brete. Que no era el primero en que nos veíamos, desde luego. Pero arriesgaba ser el último.

Por su parte, el tahúr no perdía la calma. Era doctor de la valenciana y estaba hecho a tales chubascos de su digno oficio. El aspecto era poco tranquilizador: disimulaba la calvicie con ruin pelo postizo, era escurrido de carnes, llevaba gruesos anillos de oro en los dedos, y el bigotillo engomado de vencejo le llegaba a los ojos. Habría valido para figurón de entremés de no mediar su mirada peligrosa. Y así, con aire taimado y sonrisa más falsa que romero gascón, se dio el ojo con los otros malsines y luego señaló las cartas desparramadas sobre la mesa sucia de vino y esperma de velas.

—Voacé a fato acua —dijo con mucha flema—. A perduto.

Miré a mi vez los bueyes puestos boca arriba, más picado de que nos tomara por bobos que por la trampa en sí. Los reyes y los sietes con que pretendía darnos garatusa tenían más alas de mosca que un pastelero y más cejas que Bartolo Cagafuego. Hasta un niño habría descornado la flor, pero aquel bergante, viéndonos chapetones, nos tomaba por menos que niños.

–Coge nuestro dinero –le susurré a Correas–. Y a Villadiego.

Sin hacérselo decir dos veces, mi compañero se metió en la faltriquera las monedas que antes habíamos alijado como pardillos. Yo, siempre con la jarra en la mano, no le quitaba la vista de encima al tahúr, ni de soslayo a sus consortes. Seguía haciendo cálculos de ajedrez, como tanto me aconsejaba el capitán Alatriste: antes de meter mano, piensa cómo vas a irte. Había diez pasos y una docena de peldaños hasta la puerta donde estaban las armas. Teníamos a nuestro favor que, para evitar al dueño del garito problemas con la Justa, los parroquianos habituales no solían caerte encima allí, sino en la calle. Eso nos despejaba el terreno hasta la plaza. Hice memoria. De todas las iglesias cercanas para acogerse en caso de estocadas, Santa María la Nueva y Monserrate eran las más próximas.

Salimos sin que nos inquietaran, lo que pese a todo me sorprendió, aunque el silencio podía cortarse con navaja. Arriba de la escalera cogimos nuestras espadas y dagas, dimos una moneda al mozo y salimos a la plaza del Olmo mirando por encima del hombro, pues sentíamos pasos detrás. La aurora de rosáceos dedos despuntaba, con todas sus metáforas, tras la montaña coronada por el castillo de San Martín, e iluminó nuestros rostros demacrados y soñolientos, de perdularios tras una noche de harto vino, harta música y harto darle a la descuadernada. Jaime Correas, que no había crecido mucho en estatura desde Flandes, pero sí en anchura de hombros y en catadura soldadesca —ahora llevaba una barbita casi espesa, prematura, y una tizona tan larga que arrastraba la punta por el suelo—, señaló con un movimiento de cabeza al tahúr y a tres de sus consortes, que venían detrás, preguntándome por lo bajini si echábamos a correr o desnudábamos temerarias. Lo cierto es que lo noté más partidario de calcorrear que de otra cosa. Eso me desalentó, pues tampoco yo andaba con el pulso fino para compases de esgrima. Aparte que, según las premáticas del virrey, andar a mojadas en plena calle y a la luz del día era viático infalible para la cárcel de Santiago, si eras soldado español, y para la de Vicaría, si italiano. Y allí estaba yo, en fin, con el fullero florentín y sus secuaces pegados a la chepa, dudando, como miles gloriosus que era, entre la táctica del rebato sus y a ellos, en plan cierra España, o la de la velocísima liebre —que el valor no ofusca lo prudente—, cuando a Correas y a mí se nos apareció la Virgen. O, para ser más exactos, se nos apareció en forma de piquete de soldados españoles que venía de hacer el relevo en la garita del muelle pícolo y embocaba la calle de la Aduana. De manera que, sin dudarlo un instante, nos acogimos a la patria mientras los malandrines, frustrado el intento, se mantenían quietos en su esquina. Mirándonos mucho, eso sí, para quedarse con nuestras señas y caras.

Yo adoraba Nápoles. Y todavía, cuando echo la vista atrás, el recuerdo de mis años mozos en aquella ciudad, que era un mundo abreviado, grande como Sevilla y hermosa como el paraíso, me arranca una sonrisa de placer y nostalgia. Imagínenme joven, gallardo y español, bajo las banderas de la famosa infantería cuya nación era mayor potencia y azote del orbe, en tierra deliciosa como aquélla: Madono, porta manjar. Bisoño presuto e vino, presto. Bongiorno, bela siñorina. Añadan a eso que en toda Italia, salvo en Sicilia, las mujeres iban de día sin manto por la calle, en cuerpo y mostrando el tobillo, el cabello en redecilla o con mantilla o pañuelo ligero de seda. Además, a diferencia de los mezquinos franceses, los sórdidos ingleses o los brutales tudescos, los españoles aún teníamos buen cartel en Italia; pues aunque arrogantes y fanfarrones, también se nos conceptuaba de disciplinados, valientes y escotados de bolsa. Y pese a nuestra natural ferocidad –de la que daban fe los mismos papas de Roma– en aquel tiempo solíamos entendernos de maravilla con la gente italiana. Sobre todo en Nápoles y Sicilia, donde se hablaba la parla castellana con facilidad. Muchos eran los tercios de italianos –los habíamos tenido con nosotros en Breda– que derramaban su sangre bajo nuestras banderas, y a quienes su gente e historiadores nunca consideraron traidores, sino servidores fieles de su patria. Fue más adelante cuando, en vez de capitanes y soldados que tuvieran a raya a franceses y turcos, llovieron de España recaudadores, magistrados, escribanos y sanguijuelas sin recato, y las grandes hazañas dieron paso a la dominación sin escrúpulos, los andrajos, el bandidaje y la miseria, que abonarían disturbios y sublevaciones sangrientas como la del año cuarenta y siete, con Masaniello.

Pero volvamos al Nápoles de mi juventud. Que como dije, próspero y fascinante, era escenario perfecto de mi mocedad. Y añádanle, como dije, la agitada compañía del camarada Jaime Correas; pues hasta conventos rondábamos en plan galanes de monjas, aparte viernes y sábados campando de garulla en la marina, baños nocturnos en el muelle los días de calor, o rondas a cuanta reja, balcón o celosía con unos ojos de mujer detrás se nos ponía a tiro, sin perdonar ramo de taberna –en Italia eran de laurel–, muestra de garito ni puerta de mancebía. Aunque en estas últimas me condujese tan comedido como arrojado mi camarada; pues, por reparo de las enfermedades que mochan parejo salud y bolsa, mientras Jaime iba y venía con cuanta acechona le espetaba ojos lindos tienes, yo solía quedar aparte, bebiendo tazas de lo fino y en educada conversación, limitándome a escaramuzas periféricas, gratas y sin mucho riesgo. Y como, merced al capitán Alatriste, mi crianza era de garzón discreto y liberal de bolsa, y más estimado es reloj que da la hora que el que la señala, nunca tuve mala ejecutoria en los ventorros elegantes de la playa de Chiaia, en las manflas de la vía Catalana o en las ermitas del Mandaracho o del Chorrillo: las daifas me querían bien, conmovidas por mi discreción y juventud, y hasta alguna me planchaba –y almidonaba– vueltas, valonas y camisas. También la amontonada valentía que frecuentaba tales pastos solía tratarme de voacé y buen camarada; aparte que, como consta a vuestras mercedes, y gracias a la experiencia junto al capitán, yo tenía oficio en lo de meter mano y desatar la sierpe, siendo vivo de espada, rápido de daga y ligero de pies. Cosas que, junto con monedas para gastar, siempre dan buena reputación entre Sacabuches, Ganchosos, Maniferros, Escarramanes y otra gente del araño.

—Tienes una carta —dijo el capitán Alatriste.

Por la mañana, al salir de guardia en Castilnuovo, había pasado por la posta de la garita de Don Francisco, recogiendo el pliego doblado y lacrado que, con mi nombre en el sobrescrito, estaba ahora sobre la mesa de nuestra habitación de la posada de Ana de Osorio, en el cuartel español. El capitán me miraba sin más palabras, de pie junto a la ventana que le iluminaba en contraluz medio rostro y el extremo del mostacho. Me acerqué despacio, como a territorio enemigo, reconociendo la letra. Y voto a Dios que, pese al tiempo transcurrido, a la distancia, a mis años, a las cosas que habían pasado desde aquella noche intensa y terrible de El Escorial, la cicatriz de la espalda se me contrajo casi imperceptiblemente, cual si acabara de sentir en ella unos labios cálidos tras el frío de un acero, y mi corazón se detuvo antes de latir de nuevo, fuerte y sin compás. Al fin alargué la mano para tomar la carta, y entonces el capitán me miró a los ojos. Parecía a punto de decir algo; pero en vez de eso, transcurrido un instante, cogió sombrero y talabarte, pasó por mi lado y me dejó solo en el cuarto.

Señor don Íñigo Balboa Aguirre
Bandera del capitán don Justino Armenta de Medrano
Posta militar del Tercio de infantería de Nápoles

Señor soldado:

No ha sido fácil dar con vuestro paradero, aunque, pese a hallarme lejos de España, mis parientes y conocidos mantienen comunicación constante con cuanto allí ocurre. He sabido así de vuestras andanzas de vuelta a lo militar en compañía de ese capitán Batistre, o El-triste, comprobando que, no ahíto con la antigua experiencia de degollar herejes en Flandes, dedicáis ahora vuestros ímpetus al Turco, siempre en sostén de nuestra universal monarquía y de la verdadera religión, detalle que os honra como valiente y esforzado caballero.

Si consideráis mi vida aquí como un destierro, erraréis el cálculo. Nueva España es un mundo nuevo y apasionante, lleno de posibilidades, y los apellidos y relaciones de mi tío don Luis son tan útiles aquí como en la Corte, e incluso más, por lo espaciado de la comunicación con ésta. Baste deciros que su posición no sólo no ha sufrido menoscabo, sino que se acrecienta en seguridad y fortuna pese a los falsos argumentos que le levantaron el año pasado, relacionándolo con el incidente de El Escorial. Tengo esperanzas de verlo pronto rehabilitado ante el rey nuestro señor, pues conserva en la Corte buenos amigos y deudos que lo favorecen. Hay además con qué alentarlos, pues aquí sobra pólvora para la contramina, como diríais en vuestra jerga de soldadote. En Taxco, donde vivo, producimos la mejor y más gentil plata del mundo, y buena parte de la que llevan las flotas a Cádiz y España pasa por manos de mi tío, lo que viene a ser por las mías. Como diría fray Emilio Bocanegra, ese santo hombre de Dios al que recordaréis, sin duda, con el mismo afecto que yo, los caminos de Dios son inescrutables, y más en nuestra católica patria, baluarte de la fe y de tantas y acrisoladas virtudes.

En lo que se refiere a vuestra merced y a mí, han pasado mucho tiempo y muchas cosas desde nuestro último encuentro, del que recuerdo cada momento y cada detalle como espero lo recordaréis vos. He crecido por dentro y por fuera, y deseo contrastar de cerca tales cambios; así que confío sobremanera en encontraros cara a cara en día no lejano, cuando este tiempo de inconvenientes, viajes y distancias sólo sea memoria. Aunque ya me conocéis: sé esperar. Mientras tanto, si aún albergáis hacia mí los sentimientos que os conocí, exijo una carta inmediata de vuestro puño y letra asegurándome que el tiempo, la distancia y las mujeres de Italia o Levante no os han borrado la huella de mis manos, mis labios y mi puñal. De lo contrario, maldito seáis, porque os desearé los peores males del mundo, cadenas en Argel, remo de galeote y empalamientos turcos incluidos. Pero si permanecéis fiel a la que se alegra de no haberos matado todavía, juro recompensaros con tormentos y felicidad que no imagináis siquiera.

Como podéis ver, creo que aún os amo. Pero no tengáis certeza de eso, ni de nada. Sólo podréis comprobarlo cuando estemos de nuevo cara a cara, mirándonos a los ojos. Hasta entonces, manteneos vivo y sin mutilaciones enojosas. Tengo interesantes planes para vos.

Buena suerte, soldado. Y cuando asaltéis la próxima galera turca, gritad mi nombre. Me gusta sentirme en la boca de un hombre valiente.

Vuestra

Angélica de Alquézar

Tras dudarlo un momento, bajé a la calle. Encontré al capitán sentado en la puerta de la posada, desabrochado el jubón, puestos sombrero, espada y daga sobre un taburete, viendo pasar a la gente. Yo tenía la carta en la mano y se la mostré con nobleza, pero él no quiso mirarla. Se limitó a mover un poco la cabeza.

—El apellido Alquézar nos trae mala suerte —dijo.

—Ella es asunto mío —respondí.

Lo vi negar de nuevo, el aire ausente. Parecía pensar en cualquier otra cosa. Mantenía los ojos fijos en el cruce de nuestra calle —la posada estaba en la cuesta de los Tres Reyes— con la de San Mateo, donde unas mulas sujetas a argollas de la pared estercolaban de cagajones el suelo, entre una covacha donde se vendía carbón, picón y astillas, y una grasería llena de manojos e hileras de velas de sebo. El sol estaba alto, y la ropa tendida de ventana a ventana, que goteaba sobre nuestras cabezas, alternaba rectángulos de luz y sombra en el suelo.

–No fue sólo asunto tuyo en las mazmorras de la Inquisición, ni cuando lo del *Niklaasbergen* –el capitán hablaba quedo, cual si más que dirigirse a mí pensara en voz baja–. Tampoco lo fue en el claustro de las Minillas, ni en El Escorial... Implicó a amigos nuestros. Murió gente.

–El problema no era Angélica. La utilizaron.

Volvió el rostro hacia mí, lentamente, y se quedó mirando la carta que yo aún tenía en la mano. Bajé los ojos, incómodo. Luego doblé el pliego, guardándolo en el bolsillo. Había quedado lacre del sello roto en mis uñas, y parecía sangre seca.

–La amo –dije.

–Eso ya lo escuché una vez, en Breda. Habías recibido una carta como ésa.

–Ahora la amo más.

El capitán permaneció callado otro rato largo. Apoyé un hombro en la pared. Mirábamos pasar a la gente: soldados, mujeres, mozos de posada, criados, esportilleros. El barrio entero, construido por particulares desde el siglo anterior a iniciativa del virrey don Pedro de Toledo, albergaba a buena parte de los tres mil soldados españoles del tercio de Nápoles, pues sólo un corto número cabía en los barracones militares. El resto se alojaba allí, como nosotros. Ortogonal, homogéneo y promiscuo, aquél no era un lugar bello sino práctico: carente de edificios públicos, casi todo eran posadas, hospederías y casas de vecinos con cuartos en alquiler, en inmuebles de cuatro y hasta cinco pisos que ocupaban todo el espacio posible. Era, en realidad, un inmenso recinto militar urbano poblado por soldados de paso o de guarnición, donde convivíamos —algunos se casaban con italianas o con mujeres venidas de España y tenían hijos allí— con los vecinos que alquilaban alojamientos, nos procuraban de comer y se sostenían, en suma, de cuanto la milicia gastaba, que no era poco. Y aquel día, como todos, mientras el capitán y yo charlábamos en la puerta de la posada, sobre nuestras cabezas había mujeres parlando de ventana a ventana, viejos asomados y fuertes voces resonando dentro de las casas, donde se mezclaban los diversos acentos españoles con el cerrado acento napolitano. En ambas lenguas gritaban también unos chicuelos desharrapados que martirizaban con mucha bulla a un perro, calle arriba: le habían atado un cántaro roto al rabo y lo perseguían con palos, al grito de perro judío.

—Hay mujeres...

Eso empezó a decir el capitán, pero calló de pronto, fruncido el ceño, como si hubiera olvidado el resto. Sin saber por qué, me sentí irritado. Insolente. Hacía doce años, en aquel mismo cuartel de los españoles, con harto vino en el estómago y harta furia en el alma, mi antiguo amo había matado a su mejor amigo y marcado, con un tajo de daga, la cara de una mujer.

—No creo que vuestra merced pueda darme lecciones sobre mujeres —dije, alzando un punto el tono—. Sobre todo aquí, en Nápoles.

Al maestro, cuchillada. Un relámpago helado cruzó sus ojos glaucos. Otro habría tenido miedo de aquella mirada, pero yo no. Él mismo me había enseñado a no temer a nada, ni a nadie.

–Ni en Madrid –añadí–, con la pobre Lebrijana llorando mientras María de Castro...

Ahora fui yo quien dejó la frase a la mitad, algo fuera de temple, pues el capitán se había levantado despacio y me seguía mirando fijo, muy de cerca, con sus ojos helados que parecían agua de los canales de Flandes en invierno. Pese a sostenerle la mirada con descaro, tragué saliva cuando vi que se pasaba dos dedos por el mostacho.

–Ya –dijo.

Contempló su espada y su daga, que estaban sobre el taburete. Pensativo.

–Creo que Sebastián tiene razón –dijo tras un instante–. Has crecido demasiado.

Cogió las armas y se las ciñó a la cintura, sin prisa. Lo había visto hacerlo mil veces, pero en esa ocasión el tintineo del acero me erizó la piel. Al cabo, muy en silencio, cogió el chapeo de anchas alas y se lo caló, ensombreciéndose el rostro.

–Eres todo un hombre –añadió al fin–. Capaz de alzar la voz y de matar, por supuesto. Pero también de morir... Procura recordarlo cuando hables conmigo de ciertas cosas.

Seguía mirándome como antes, muy frío y muy fijo. Como si acabara de verme por primera vez. Entonces sí que tuve miedo.

Las ropas tendidas arriba, de lado a lado de las calles estrechas, parecían sudarios que flotaran en la oscuridad. Diego
Alatriste dejó atrás la esquina empedrada de la amplia vía Toledo, iluminada con hachas en los cantones, y se adentró en el
barrio español, cuyas calles rectas y empinadas ascendían en
tinieblas por la ladera de San Elmo. El castillo se adivinaba
en lo alto, aún vagamente enrojecido por la luz amortiguada y
lejana del Vesubio. Tras el desperezo de los últimos días, el
volcán se adormecía de nuevo: ya sólo coronaba el cráter una
pequeña humareda, y su resplandor rojizo se limitaba a un
débil reflejo en las nubes del cielo y en las aguas de la bahía.

Apenas se sintió a resguardo entre las sombras, dejó de con-
tenerse y vomitó gruñendo como un verraco. Permaneció así
un rato, apoyado en la pared, inclinada la cabeza y el sombrero
en una mano, hasta que las sombras dejaron de balancearse alrededor y una agria lucidez sustituyó los vapores del vino; que
a esas horas resultaba mescolanza mortal de greco, mangiague-
rra, latino y lacrimachristi. Nada de extraño había en ello, pues
venía de pasar la tarde y parte de la noche solo, de taberna en
taberna, rehuyendo a los camaradas que topaba en el viacrucis,
sin abrir la boca para otra cosa que no fuese pedir más jarras.
Bebiendo como un tudesco, o como quien era.

Miró atrás, hacia la embocadura iluminada de la vía Toledo,
en busca de testigos importunos. Después de ásperas repri-
mendas, el moro Gurriato había dejado de seguirlo a cada
paso, y a esas horas debía de estar durmiendo en el modesto
barracón militar de Monte Calvario. No había un alma a la
vista, de manera que sólo el ruido de sus pasos lo acompañó

cuando se puso el sombrero y anduvo de nuevo, orientándose
por las calles en sombras. Cruzó la vía Sperancella, desem-
barazada la empuñadura de la espada, buscando el centro de
la calle para evitar algún mal encuentro en un soportal o una
esquina, y siguió camino arriba hasta cruzar bajo los arcos
donde se estrechaba el paso. Torciendo a la derecha, anduvo
hasta rebasar la plazuela con la iglesia de la Trinidad de los Españoles. Aquel barrio de Nápoles le traía recuerdos buenos y
malos, y estos últimos habían sido removidos de mala manera esa misma tarde. Pese al tiempo transcurrido seguían ahí,
vivos y frescos, cual mosquitos negándose a perecer en el vino.
Y toda la sed del mundo no bastaba para acabarlos.

No era sólo matar, ni marcar la cara de una mujer. No era
cuestión de remordimientos, ni de achaques que pudiera aliviar entrando en una iglesia para arrodillarse ante un cura, en
el caso improbable de que Diego Alatriste entrase en ellas para otra cosa que no fuera acogerse a sagrado con la Justicia a
las calcas. En sus cuarenta y cinco años de vida había matado
mucho, y era consciente de que aún mataría más antes de que
llegase la vez de pagarlas todas juntas. No. El problema era
otro, y el vino ayudaba a digerirlo, o vomitarlo: la certeza he-
lada de que cada paso que daba en la vida, cada cuchillada a
diestra o siniestra, cada escudo ganado, cada gota de sangre
que salpicaba su ropa, conformaba una niebla húmeda, un
olor que para siempre se pegaba a la piel como el de un incendio o una guerra. Olor de vida, de años transcurridos sin
vuelta atrás, de pasos inciertos, dudosos, alocados o firmes,
cada uno de los cuales determinaba los siguientes, sin modo

–Eres todo un hombre –añadió al fin–...

de torcer el rumbo. Olor de resignación, de impotencia, de
certeza, de destino irrevocable, que unos hombres disimulaban con fantásticos perfumes, mirando hacia otro lado, y
otros aspiraban a pie firme, cara a cara, conscientes de que no
había juego, ni vida, ni muerte, que no tuviera sus reglas.

Antes de llegar a la iglesia de San Mateo, Diego Alatriste
tomó la primera calle a la izquierda. A pocos pasos, la posada de Ana de Osorio siempre estaba iluminada de noche por
las palomillas y candelas encendidas ante las tres o cuatro
hornacinas con vírgenes y santos que había allí. Al llegar a la
puerta alzó el rostro bajo el ala del sombrero, mirando el
cielo fosco entre las casas y la ropa tendida. El tiempo muda
unos lugares y respeta otros, concluyó. Pero siempre te cambia el corazón. Luego, tras mascullar un juramento, subió
despacio y a oscuras las escaleras de madera que chirriaban
bajo las botas, empujó la puerta de su habitación, tanteó en
busca de yesca, eslabón y pedernal, y encendió un candil de
garabato colgado de un clavo en una viga. Al desceñirse el
talabarte arrojó las armas al suelo con furia, sin importarle
despertar a quienes durmieran cerca. Buscó una pequeña
damajuana con vino que tenía en un rincón y blasfemó de
nuevo, en voz queda, al encontrarla vacía. La sensación de serenidad que le producía estar de nuevo en Nápoles se había
esfumado aquella tarde, con sólo unos minutos de conversación abajo, en la calle. Con la certeza, una vez más, de que
nadie caminaba impunemente por la vida, y de que, con dos
palabras, un mozo de diecisiete años podía convertirse en espejo donde ver el propio rostro, las cicatrices nunca olvida-

das, el desasosiego de la memoria, sólo imposibles en quienes no vivían lo suficiente. Alguien había escrito en alguna parte que frecuentar caminos y libros llevaba a la sabiduría. Eso era cierto, quizás, en otra clase de hombres. En Diego Alatriste, donde llevaba era a la mesa de una taberna.

Un par de días más tarde me vi envuelto en un incidente curioso, que cuento a vuestras mercedes para que vean hasta qué punto, pese a mis fieros y fueros, y a todo lo corrido en aquellos años, yo seguía siendo un mozo al que se le adivinaba la leche en la boca. Sucedió que a prima rendida venía de cumplir con mi turno de guardia junto al torreón que llamábamos de Alcalá, cerca del castillo del Huevo. Aparte el vago resplandor rojizo hacia el otro extremo de la ciudad, sobre el volcán, y su espejear en las aguas de la bahía, era la noche oscura casi a boca de sorna; y al subir por Santa Lucía, pasada la iglesia, cerca de las fuentes y junto a la capillita que hay allí, cubierta de exvotos de cera y latón con figuras de niños, de piernas, de ojos, ramos de flores secas, medallas y todo lo imaginable, vi a una mujer sola y rebozada, medio tapada de mantilla. A esas horas, deduje, o era mucha devoción la suya o era fina industria en el arte de calar redes; de manera que refrené el paso, procurando espulgarla lo mejor que pude a la luz de las torcidillas de aceite que ardían en el altar; pues halcón joven a toda carne se abate. Pareciome hembra de buen talle, y al arrimarme oí crujir seda y olí a ámbar. Eso descartaba, concluí, descosida de baja estofa; de manera que puse más interés, queriendo atisbarle la cara, que la mantilla ocultaba mucho. Mirándola en partes parecía bien, y en todo, mucho mejor.

–Svergoñato anda il belo galán –dijo con mucho donaire.

–No es desvergüenza –repuse con calma– sino a lo que obligan tan lindos bríos.

Me animó a ello su voz, que era joven y de buen metal. Italiana, claro. No como la de tantas lozanas, andaluzas o no, compatriotas nuestras, que hacían las Italias dándoselas de Guzmanes y Mendozas para arriba, y te echaban el garfio en limpio castellano. El caso es que yo estaba parado enfrente y seguía sin verle la cara a la mujer, aunque el contorno, que mucho me agradaba la vista, quedaba recortado por las luces del altarcito. La mantilla parecía de seda, de las de a cinco en púa. Y por la muestra del paño, tentaba comprar toda la pieza.

–¿Tan sicura crede tener la caccia? –preguntó, garbosa.

Yo era joven, pero no menguado. Al oír aquello no me cupo duda: habíamelas con cisne del arte aviesa, aunque de buen paramento y con pujos de calidad. Nada que ver con las putas de todo trance, grofas, bordoneras y abadejos que acechaban por los cantones; de esas que decían desmayarse de ver salir un ratón, pero se holgaban de ver entrar media compañía de arcabuceros.

–No voy de caza, sino que salgo de servicio –dije con sencillez–. Y con más ganas de dormir que de otra cosa.

Me estudió al resplandor del altarcillo, calibrando la pieza. Imagino que los pocos años se mascaban en mi aspecto y mi voz. Casi pude oírla pensar.

–Españuolo y soldato bisoño –concluyó, despectiva–. Piu fanfarria que argento.

Ahí me tocó el puntillo. Bisoño era el apodo de los soldados españoles nuevos y pobres, que llegaban a Nápoles ingenuos como indios caribes, sin hablar la lengua, sabiendo sólo decir bisogno –necesito– esto o lo otro. Y no me canso de repetir que yo era muy joven. Así que, algo picado, sin abrir la boca, me di un golpecito en la faltriquera, donde mi bolsa encerraba tres carlines de plata, un real de a ocho y algún charnel menudo. Olvidando, por cierto, un sabio consejo de don Francisco de Quevedo: de damas, la más barata.

–Me piaze il discorso –dijo la corsaria con mucho aplomo.

Y sin más protocolos me asió de la mano, tirando de mí con suavidad. La mano era cálida, pequeña, juvenil. Eso alivió el recelo de posibles embelecos de la voz, disipando el miedo a habérmelas, bajo el embozo, con un callonco piltrofero dándoselas de corderilla de virgo rehecho con aguja y dedal. Aunque seguía sin verle la cara. Entonces quise desengañarla, diciéndole que no tenía propósito de llegar tan lejos como ella ofrecía; pero estuve algo ambiguo, temiendo –imbécil de mí– ofenderla con una negativa brusca. Por eso, al decirle que seguía camino a mi posada, ella se lamentó de mi incivilitá por desacompañarla el trecho hasta su casa, que estaba allí mismo, en Pizzofalcone, sobre las escaleras cercanas. Para evitar malos encuentros, añadió, de una mujer sola y a tales horas. Y a fin de rematar el redoble, como al descuido, deslizó la mantilla a media cara y dejó entrever

una boca muy bien dibujada, una piel blanca y un ojo negro
de los que asestan y matan en menos de un Jesús. Así que no
hubo más que decir, y caminamos del bracete, yo respirando el ámbar y sintiendo el crujir de la seda mientras pensaba
a cada paso, pese a lo que llevaba corrido hasta esa fecha,
que sólo acompañaba a una mujer por las calles de Nápoles,
y que nada malo podía venirme del lance. Hasta llegué a
dudar, en mi bisoñez, de que realmente me las hubiera con
una bachillera del abrocho. Quizá una mocita de caprichos,
llegué a pensar. Un extraño milagro de la noche o algo así.
Aventura juvenil y todo eso. Figúrense vuestras mercedes
hasta qué punto yo era menguado.

–Vieni quá, galatuomo.

El tuteo, en un susurro, vino acompañado de una caricia en
mi mejilla. Que no me desagradó, por cierto. Estábamos ya
ante su casa, o de lo que yo pensaba que tal era; y la miñona,
sacando una llave de bajo el manto, abría la puerta. La cabeza
y el buen seso me abandonaban por momentos; pero advertí
lo sórdido del lugar, poniéndome la mosca tras la oreja. Entonces quise despedirme, mas ella me tomó de nuevo por la
mano. Habíamos subido por la escalinata que va de Santa
Lucía a las primeras casas de Pizzofalcone –aún no estaba
construido arriba el gran cuartel de tropas que conocí años
más tarde– y ahora, franqueada la puerta, nos adentramos
en un zaguán profundo y oscuro que olía a moho; donde,
tras llamar ella con dos palmadas, acudió con lumbre una
sirvienta vieja y legañosa que nos condujo, más escaleras
arriba, a un cuarto mezquinamente amueblado con una es-

tera, dos sillas, una mesa y un jergón. El sitio acabó por disi-
parme del todo las quimeras, pues nada tenía de casa particular y mucho de lonja para compraventa de carne, de esas
donde abundan madres postizas, tenderas de sus sobrinas y
primos todos carnales, en plan:

> *Y que la viuda enlutada*
> *les jure a todos por cierto*
> *que de miedo de su muerto*
> *duerme siempre acompañada.*

De manera que cuando la daifa retiró la mantilla y dejó ver
una cara razonable, cierto, pero con afeites y menos joven de
lo que me había parecido en la oscuridad, y empezó a contar-
me una historia de las de nunca en tal me vi, sobre cierta joya
de una amiga que había empeñado, del tal primo o hermano de
una u otra, de ciertos dineros que por lo visto precisaba para
salvar el honor de ambas, y de no sé cuántas historias más,
todas muy al uso, yo, que ni siquiera me había sentado y aún
tenía el sombrero en la mano y la espada en el cinto, sólo
aguardaba a que terminara de hablar para dejarle unos menu-
dos sobre la mesa, por la pérdida de tiempo, e irme por donde
había venido. Pero antes de que pudiera unir acción y pensamiento, la puerta se abrió de nuevo, y exactamente igual que si
de una jácara de Quiñones de Benavente se tratara, en el cuarto
hizo su entrada –y lo de *hacer su entrada* bien define acto, momento y personaje– el rufián del entremés.

—¡Vive Dios y la puta que lo engendró! –voceaba el engibacaire.

Era español y vestía a lo soldado, muy fiero, aunque de mílite no tuviese ni las puntas, y lo más cerca que hubiese visto luteranos o turcos fuera en corrales de comedias. Por lo demás era como de libro, arroldanado y bravoso de los de Cristo me lleve, sin ahorrar cierto deje andaluz postizo que le aligeraba las sílabas como si acabaran de trasplantarlo desde el patio de los Naranjos de Sevilla. Lucía los inevitables bigotazos de gancho propios de la gente de la hoja, andaba escocido y se paraba muy crudo con las piernas abiertas, un puño en la cintura y otro en la cazoleta de una herrusca de siete palmos, pronunciaba las ges como haches y las haches como jotas –señal inequívoca de valentía a más no pedir– y era, en suma, la viva estampa del rufo hecho a colar ermitas gastando el fruto de los sudores de su gananciosa mientras alardeaba de matar a medio mundo, dar antuviones en ayunas y bofetones a putas estando presentes sus jaques, hacer rodajas de corchetes, decir nones en las ansias del potro, y ser, por sus asaduras, bravo a quien los camaradas de la chanfaina respetaban, prestaban y convidaban. Y no había, cuerpo de Dios, más que decir.

—¡Qué no se viera en mil años! –mascullaba desaforado de ceño, con voces que atronaban el cuarto–. ¿Pues no le tengo dicho, señora, que no meta a nadie en casa, por mi honra?

Y así estuvo el jaque un rato largo, echando verbos como en un púlpito y asegurando a truenos que maldita fuese su campanada y el badajo que la diera, que tales desafueros no los sufría él ni cautivo en Argel, y que mucho ojo con su temeraria, pardiez, que asaban carne. Pues cuando le subía la cólera al desván y hacíanle cagar el bazo, por vida del rey de copas que igual le daba espetar a dos que a doscientos; que a un jeme estaba de borrajarle el mundo a la pencuria con un signum crucis, para que aprendiera de una vez que marineros de Tarpeya y tigres de Ocaña como él no toleraban demasías, y que cuando abusando de su buena fe querían dárselas con queso de Flandes, se le alborotaba el bodegón, y mala pascua le diera el Turco si no era león con hígados para despachar hombres de siete en siete, tales que no los remendara un cirujano. Por el Sempiterno y la madre que lo parió, etcétera.

Mientras aquella joya de la braveza enhebraba su negocio, yo, que con la primera sorpresa me había quedado como estaba, sombrero en mano y acero en vaina, seguía callado, prudente y con la espalda en la pared, atento a ver cuándo íbamos de veras al turrón. Y de ese modo observé que la pecatriz, muy en su papel y tomando, como quien conocía bien música y letra, un aire turbado, contrito y temeroso, retorcíase las manos con mucha pesadumbre e interponía excusas y ruegos mientras su respeto, de vez en cuando y sin amainar la granizada, alzaba la mano de la cadera para amagar un bofetón, haciéndole merced de la vida. Todo eso, sin mirarme.

—De manera —concluyó el rufo, yendo por fin al asunto— que esto habrá que arreglarlo de alguna forma, o no quedará de mí pedazo.

Seguía yo pensativo, inmóvil y callado, estudiándolo mientras discurría qué habría hecho el capitán Alatriste de estar en mi situación y mi pellejo. Y al cabo, en cuanto oí lo del arreglo y lo del pedazo, sin decir esta boca es mía retiré la espalda de la pared y le tiré al jaque una cuchillada tan rápida que, entre verme meter mano, desabrigar doncella y sentirla en la cabeza, no le dio espacio a decir válgame Dios. Del resto de la escena no alcancé a ver mucho; sólo, de soslayo, al valentón derrumbándose con un lindo tajo encima de una oreja, a su marca socorriéndolo con un grito de espanto, y luego, fugaces bajo mis pies, los peldaños de la escalera de la casa y los de la bajada a Santa Lucía, que franqueé de cuatro en cuatro y a oscuras, arriesgando partirme la crisma, mientras me ponía en cobro con la velocidad de mis años mozos. Que, como dice –y dice harto– el antiguo refrán, más vale salto de mata que ruego de hombres buenos.

VIII. LA HOSTERÍA DEL CHORRILLO

aciendo cuenco con las manos, el capitán Alonso de Contreras bebió agua de la fuente. Luego, secándose el fiero mostacho con la manga del jubón, miró hacia el Vesubio, cuyo penacho de humo se fundía con las nubes bajas al extremo de la bahía. Aspiraba, satisfecho, el aire fresco que corría a lo largo del muelle grande, donde su fragata, aparejada para hacerse a la mar, seguía amarrada junto a dos galeras del papa y un bajel redondo francés. Diego Alatriste bebió también, a su lado, y luego ambos militares prosiguieron su paseo hacia las imponentes torres negras de Castilnuovo. Era mediodía, y el sol y la brisa secaban, bajo sus botas, los regueros de sangre, todavía visibles en el empedrado del muelle, de ocho corsarios moriscos despedazados allí mismo a pri-

mera hora de la mañana; apenas bajaron, maniatados, de las galeras que los habían capturado cinco días antes frente al cabo Columnas.

–Me fastidia dejar Nápoles –dijo Contreras–. Lampedusa es demasiado pequeña, y en Sicilia tengo a mi virrey encima de la chepa... Aquí me siento libre de nuevo, y hasta más mozo. Juro a Dios que esta ciudad rejuvenece a cualquiera. ¿No os parece?

–Supongo que sí. Aunque hace falta algo más para rejuvenecernos a nosotros.

–¡Ja, ja!... Por las cinco llagas, o las que tuviera Cristo, que tenéis razón. Se nos va el tiempo como por la posta... Por cierto, hablando de postas: vengo de la garita de Don Francisco, y alguien dijo que tenéis correo... Yo acabo de recibir carta de Lope de Vega. Nuestro ahijado Lopito viene a Nápoles a finales de verano. Pobre chico, ¿verdad?... Y pobre Laurita... Apenas seis meses de gozar el matrimonio, por culpa de aquellas fiebres. ¡Cómo pasa el tiempo!... Parece que ayer mismo dimos la cencerrada a su tío, y ha pasado un año.

Alatriste callaba, distraído. Seguía mirando las manchas pardas del suelo, que se extendían desde el muelle hasta la esquina de la Aduana. Los hombres cuyos cuerpos envasaron aquella sangre habían bajado a tierra con el resto de cautivos, un total de veintisiete corsarios de Argel, todos moriscos, capturados a bordo de un bergantín después de hacer algunas presas corriendo las costas de Calabria y Sicilia; entre ellas, un bajel napolitano cuya tripulación, por llevar bandera española, fue pasada a cuchillo de patrón a paje. Algunas viudas y huérfanos recientes estaban en el muelle con la multitud que solía congregarse a la llegada de galeras, cuando el desembarco de los apresados; y era tanto el furor popular, que tras una consulta rápida con el obispo, el virrey consintió en que quienes decidiesen morir como cristianos fuesen ahorcados sin más ultraje en tres días; pero los que se negaran a reconciliar con la verdadera religión, se pusieran en manos de la gente que los reclamaba a gritos para hacer justicia allí mismo. Ocho de los moriscos –tagarinos todos, vecinos de un mismo pueblo aragonés, Villafeliche– rechazaron a los religiosos que aguardaban su desembarco, persistiendo en la fe de Mahoma; y fueron los chicuelos napolitanos, los golfillos de las calles y el puerto, quienes con palos y piedras se encargaron de ellos. A esas horas, tras haber sido expuestos en la linterna del muelle y en la torre de San Vicente, sus despojos estaban siendo quemados, con mucha fiesta, al otro lado del muelle pícolo, en la Marinela.

–Se prepara otra incursión a Levante –Contreras había adoptado un aire confidencial–. Lo sé porque me han pedido a Gorgos, el piloto, y también llevan días consultando mi famoso *Derrotero Universal*, donde se detallan palmo a palmo, o casi, aquellas costas... Detalle ese que me honra, pero me revienta. Desde que el príncipe Filiberto pidió mi obra magna para copiarla, no he vuelto a verla. Y cuando la reclamo, esas sanguijuelas vestidas de negro, semejantes a cucarachas, me dan largas... ¡Mala vendimia les dé el diablo!

–¿Irán galeras o bajeles? –se interesó Alatriste.

Con un suspiro resignado, Contreras olvidó su derrotero.

–Galeras. Nuestras y de la Religión, tengo entendido… La *Mulata* es una de ellas. Así que tenéis campaña a la vista.

–¿Larga?

–Razonable. Dicen que un mes o dos, más allá del brazo de Mayna. Quizá hasta las bocas de Constantinopla… Donde, si mal no recuerdo, vuestra merced no necesita piloto.

Hizo una mueca Alatriste, correspondiendo a la ancha sonrisa de su amigo, mientras dejaban atrás el muelle grande y embocaban la explanada entre la Aduana y el imponente foso de Castilnuovo. La última vez que Alatriste había estado frente a los Dardanelos, el año trece, su galera fue apresada por los turcos cerca del cabo Troya, llena de muertos y asaeteada hasta la entena; y él, herido grave en una pierna, se había visto liberado con los supervivientes casi a la altura de los castillos, cuando la nave turca que lo capturó fue apresada a su vez.

–¿Sabe vuestra merced quién más va?

Se llevaba una mano al ala del sombrero, a fin de saludar a unos conocidos, tres arcabuceros y un mosquetero, que estaban de facción en el portillo de la rampa del castillo. Contreras hizo lo mismo.

–Según Machín de Gorostiola, que es quien me lo ha contado, hay previstas tres galeras nuestras y dos de la Religión. Machín embarca con sus vizcaínos, y por eso lo sabe.

Llegaron a la explanada, donde hacia la plaza de palacio y Santiago de los Españoles aún rodaban coches, pasaban caballerías y caminaban grupos de vecinos de vuelta de la quema de moriscos, comentando las incidencias con mucha animación. Una docena de chicuelos desfiló junto a ellos con paso militar. Llevaban en alto, en la caña de una escoba, la aljuba ensangrentada y rota de un corsario.

–La *Mulata* –prosiguió Contreras– la reforzarán con más gente... Creo que embarcan Fernando Labajos y veinte arcabuceros buenos, gente vieja, todos de vuestra bandera.

Alatriste asintió, satisfecho. El alférez Labajos, teniente de la compañía del capitán Armenta de Medrano, era un veterano duro y eficaz, muy hecho a las galeras, con el que tenía buena relación. En cuanto al capitán Machín de Gorostiola, mandaba una compañía integrada exclusivamente por naturales de Vizcaya: gente muy sufrida, cruel y recia en el combate. Lo que pintaba incursión seria.

–Me acomoda –dijo.

–¿Llevaréis al mozo?

–Supongo.

Contreras se retorcía el mostacho, con manifiesta melancolía.

–Daría cualquier cosa por acompañaros, porque echo en falta los buenos tiempos, amigo mío... Leventes del rey católico, nos llamaban los turcos. ¿Os acordáis?... Sombreros llenos de monedas de plata hasta la badana, lances famosos, lindas quiracas... Vive Dios que daría Lampedusa, mi hábito de San Juan y hasta la comedia que me hizo Lope, por tener otra vez treinta años... ¡Qué tiempos, pardiez, los del gran Osuna!

La mención del infeliz duque los puso serios a los dos, y ya no abrieron la boca hasta llegar a la calle de las Carnicerías, frente a los jardines del palacio virreinal. El gran Osuna había sido don Pedro Téllez Girón, duque de Osuna, con quien Alatriste había coincidido en los tiempos de Flandes, cuando el asedio de Ostende. Más tarde virrey de Nápoles y luego de Sicilia, el duque había sembrado el terror en los mares de Italia y Levante con las galeras españolas durante el reinado del tercer Felipe, haciéndolas respetar por turcos, berberiscos y venecianos. Escandaloso, alocado, estrafalario en su vida privada, pero estadista eficaz, guerrero afortunado en sus empresas, siempre ávido de gloria y de botín que luego derrochaba a manos llenas, supo rodearse de los mejores soldados y marinos, enriqueciendo a muchos en la Corte, monarca incluido; mas el ascenso fulgurante de su estrella le ocasionó, como era de rigor, resentimientos, envidias y odios que terminaron con su ruina y prisión tras la muerte del rey. Sometido a un proceso que nunca pudo concluirse, negándose a defenderse pues sostenía que para ello bastaban sus hazañas, el gran duque de Osuna había muerto de modo miserable en la cárcel, enfermo de achaques y tristeza, para aplauso y regocijo de los enemigos de España; en especial Turquía, Venecia y Saboya, a quienes había tenido a raya cuando las banderas negras con sus armas ducales asolaban victoriosas el Mediterráneo; siendo sus últimas palabras: *«Si cual serví a mi rey sirviera a Dios, fuera buen cristiano»*. Como epitafio, don Francisco de Quevedo, que había sido íntimo suyo –su amistad con Diego Alatriste databa de aquel tiempo en Nápoles– y uno de los pocos que le fueron fieles en la desgracia, escribió algunos de los más her-

mosos sonetos salidos de su pluma, entre ellos el que empezaba:

> *Faltar pudo su patria al grande Osuna,*
> *pero no a su defensa sus hazañas.*
> *Diéronle muerte y cárcel las Españas,*
> *de quien él hizo esclava la Fortuna.*

... Y aquel otro cuyos versos reflejaban, mejor que un libro de Historia, el pago que la mezquina patria de don Pedro Girón daba de ordinario a sus mejores hijos:

> *Divorcio fue del mar y de Venecia,*
> *su desposorio dirimiendo el peso*
> *de naves, que temblaron Chipre y Grecia.*
> *¡Y a tanto vencedor venció un proceso!*

–Por cierto –dijo de pronto Contreras–. Hablando de vuestro joven compañero, tengo noticias.

Alatriste se había detenido a mirar a su amigo, sorpren-
dido.

–¿De Íñigo?

–Del mismo. Pero dudo que os gusten.

Y dicho aquello, Contreras puso a Diego Alatriste en antecedentes. Casualidades de la vida napolitana: cierto conocido
suyo, barrachel de Justicia, había interrogado por otro asunto
a un malandrín de los que frecuentaban el Chorrillo. Y a la
primera vuelta de cordel, el fulano, que no tenía mucho cuajo

y era de verbo fácil, había soltado la maldita y empezado a derrotar sin respiro de todo lo divino y lo humano. Entre otros pormenores, el suprascrito había referido que un tahúr florentín, habitual de tales pastos y más bellaco que jugar al abejorro, andaba reclutando esmarchazos para cobrarse, en carne y con cuchillada de catorce, una deuda de juego contraída en la plaza del Olmo por dos soldados jóvenes; uno de los cuales posaba donde Ana de Osorio, en el cuartel de los españoles.

—¿Y está vuestra merced seguro de que se trata de Íñigo?

—Pardiez. Seguro sólo estoy de que un día tendré ciertos verbos cara a cara con el Criador... Pero la descripción y el detalle de la posada encajan como un guante.

Alatriste se pasó dos dedos por el mostacho, sombrío. Instintivamente apoyaba la mano izquierda en la empuñadura de la espada.

—¿El Chorrillo, decís?

—Equilicuá. Al parecer, el florentín frecuenta consolatorias en el barrio.

—¿Y sopló ese fuelle su nombre?

—Un tal Colapietra. Por nombre Giacomo. Tunante y atravesadillo, dicen.

Siguieron caminando, en silencio Alatriste, fruncido el ceño bajo el ala del sombrero que le echaba sombra en los ojos glaucos y fríos. A los pocos pasos, Contreras, que lo observaba de reojo, soltó una carcajada.

—A fe de quien soy, amigo mío, que lamento zarpar ferro a la noche, con el terral... ¡O no os conozco, o el Chorrillo va a ponerse interesante uno de estos días!

Lo que se puso interesante aquella tarde fue nuestro cuarto de la posada, cuando, disponiéndome a salir para dar un bureo antes de las avemarías, entró el capitán Alatriste con una hogaza de pan bajo un brazo y una damajuana de vino bajo el otro. Yo estaba acostumbrado a adivinarle el talante, que no los pensamientos; y en cuanto vi el modo en que arrojaba el sombrero sobre la cama y se desceñía la espada, comprendí que algo, y no grato, le alborotaba la venta.

—¿Sales? —preguntó al verme vestido de calle.

Yo iba, en efecto, muy galán: camisa soldadesca con cuello a la valona, almilla de terciopelo verde y jubón abierto de paño fino —comprado en la almoneda de ropa del alférez Muelas, muerto en Lampedusa—, greguescos, medias y zapatos con hebillas de plata. En el sombrero estrenaba toquilla de seda verde. Y respondí que sí; que Jaime Correas me esperaba en una hostería de la vía Sperancella, aunque ahorré detalles sobre el resto de la singladura, que incluía un garito elegante de la calle Mardones, donde se jugaba fuerte a bueyes y brochas, y terminar la noche con un capón asado, una torta de guindas y algo de lo fino en casa de la Portuguesa, un lugar junto a la fuente de la Encoronada donde había música y se bailaba el canario y la pavana.

—¿Y esa bolsa? —preguntó, al verme cerrar la mía y meterla en la faltriquera.

—Dinero —respondí, seco.

–Mucho parece, para salir de noche.

–Lo que lleve es cosa mía.

Se me quedó mirando pensativo, una mano en la cadera, mientras digería la insolencia. Lo cierto es que nuestros ahorros mermaban. Los suyos, puestos en casa de un platero de Santa Ana, bastaban para pagar la común posada y socorrer al moro Gurriato, que no poseía otra plata que los aros que llevaba en las orejas: aún no había cobrado su primera paga y sólo tenía derecho, soldado nuevo, a alojarse en barracón militar y al rancho ordinario de la tropa. En cuanto a mi argén, del que nunca el capitán pidió cuentas, había sufrido sangrías de estocada; tales que, de no soplar buen viento en el juego, de allí a poco iba a verme más seco que mojama de almadraba.

–Que te apuñalen en una esquina también es cosa tuya, imagino.

Me quedé con la mano, que alargaba para coger mi espada y daga, a medio camino. Eran muchos años a su lado, y le conocía el tono.

–¿Os referís a las posibilidades, capitán, o a algún puñal concreto?

No contestó enseguida. Había abierto la damajuana para servirse tres dedos de ella en una taza. Bebió un poco, miró el vino, atento a la calidad de lo que le había vendido el tabernero, pareció satisfecho y volvió a beber de nuevo.

–Uno puede hacerse matar por muchas cosas, y nada hay que objetar a eso... Pero que te despachen de mala manera y por deudas de juego, es una vergüenza.

Hablaba tranquilo y con mucha pausa, mirando todavía el vino de la taza. Quise protestar, pero alzó una mano interrumpiéndome la intención.

—Es —concluyó— indigno de un hombre cabal y de un soldado.

Amohiné el semblante. Que en un vascongado, aunque la verdad adelgace, nunca quiebra.

—No tengo deudas.

—Pues no es eso lo que me han dicho.

—Quien os lo haya dicho —repuse, fuera de mí— miente como Judas mintió.

—¿Cuál es el problema, entonces?

—No sé a qué problema os referís.

—Explícame por qué quieren matarte.

Mi sorpresa, que debió de pintárseme en el sobrescrito, era del todo sincera.

—¿A mí?... ¿Quién?

—Un tal Giacomo Colapietra, fullero florentín, habitual del Chorrillo y la plaza del Olmo... Anda alquilándote cuchilladas.

Di unos pasos por el cuarto, desazonado. De pronto sentía un calor enorme bajo la ropa. No esperaba aquello.

—No es una deuda —dije al fin—. Nunca las tuve hasta hoy.

—Cuéntamelo, entonces.

Le expliqué, en pocas palabras, cómo Jaime Correas y yo le habíamos descornado al tahúr la flor a media partida, cuando pretendía darnos garatusa con naipes de puntas dobladas, y cómo nos habíamos ido sin dejarle el dinero.

—Y no soy un niño, capitán —concluí.

Me estudió de arriba abajo. El relato no parecía mejorar su opinión del asunto. Si era cierto que, a menudo, mi antiguo amo no hacía asco a sorber cuanto se le escanciaba delante, no lo era menos que apenas lo habían visto con una baraja. Despreciaba a quienes ponían al azar el dinero que, en su oficio, pagaba una vida o el acero que la quitaba.

—Tampoco eres un hombre todavía, por lo que veo.

Aquello me puso fuera de filas.

—No todos pueden decir eso —opuse, picado—. Ni yo lo consentiría.

—Puedo decirlo yo.

Me miraba con el mismo calor que lo que crujía bajo nuestras botas en los inviernos de Flandes.

—Y a mí —añadió tras una pausa densa como el plomo— me lo consientes.

No era un comentario, sino una orden. Buscando una respuesta digna que no me rebajase, miré mi espada y mi daga cual si apelara a ellas. Mostraban, como las armas del capitán, marcas en hojas, guardas y cazoleta. Y aunque no tantas como él, yo también tenía cicatrices en la piel.

—He matado...

A varios hombres, quise añadir, pero me contuve. Empecé a decirlo y callé de pronto, por pudor. Sonaba a bernardina tabernaria, de valentón.

—¿Y quién no?

Torcía el mostacho en una mueca irónica, despectiva, que me revolvió los bofes.

—Soy soldado —protesté.

–Soldado se dice cualquier tornillero... En los garitos, las tabernas y las manflas los hay a patadas.

Aquello me indignó casi hasta las lágrimas. Era injusto y atroz. Quien decía tal me había visto a su lado en el portillo de las Ánimas, en el molino Ruyter, en el cuartel de Terheyden, en el *Niklaasbergen*, en las galeras corsarias y en veinte lugares más.

–Vuestra merced sabe que no soy de ésos –balbucí.

Inclinó a un lado la cabeza y miró el suelo, como si fuera consciente de haber ido demasiado lejos. Luego, bruscamente, bebió un sorbo de vino.

–Muy dispuesto está a errar quien no admite el parecer de otros –dijo, la taza entre los dientes–... Aún no eres el hombre que crees ser, ni tampoco el que debes ser.

Eso terminó por añublarme del todo. Desatinado, volviéndole la espalda, me ceñí toledana y vizcaína y cogí el sombrero, camino de la puerta.

–No el hombre que yo desearía que fueras –añadió todavía–. O el que le habría gustado a tu padre.

Me detuve en el umbral. De pronto, por alguna extraña razón, me sentía por encima de él, y de todo.

–Mi padre...

Repetí. Después señalé la damajuana que estaba sobre la mesa.

–Al menos, él murió a tiempo de que yo nunca lo viera borracho, cogiendo zorras por las orejas y lobos por la cola.

Dio un paso hacia mí. Uno sólo. Con ojos de matar. Yo aguardé a pie firme, haciéndole cara, pero se quedó en ese lugar, mirándome muy fijo. Entonces cerré despacio la puerta a mi espalda y salí de la posada.

A la mañana siguiente, mientras el capitán estaba de guardia en Castilnuovo, dejé el cuarto y fui con mi baúl al barracón de Monte Calvario.

De don Francisco de Quevedo
a don Diego Alatriste y Tenorio
Bandera del señor capitán Armenta de Medrano
Posta militar del Tercio de Nápoles

Queridísimo capitán:
Aquí sigo, en la Corte, bienquisto de los grandes y consentido de las damas, con buen favor de todos cuantos conviene, aunque el tiempo no pasa en balde y me encuentro cada vez más tartamudo de zancas y achacoso de portante. Mi único lunar es el nombramiento del cardenal Zapata como inquisidor general, al que mi viejo enemigo el padre Pineda calienta las orejas para incluir mis obras en el Índice de libros prohibidos. Pero Dios proveerá.

El rey sigue bueno y doctrinándose en el ejercicio de la caza (de toda clase de caza), cosa natural a sus floridos años; y el conde-duque se aúpa con cada escopetazo de nuestro segundo Teodosio; con lo que todos contentos. Pero el sol sale para reyes y villanos: mi anciana tía Margarita está en trance de pasar a mejor vida, y mucho me sorprendería que por sus últimas voluntades no quedara yo también aupado para buen trecho. Por lo demás no hay acá otra novedad, tras la bancarrota de enero, que estar cercada la casa del Tesoro por los de siempre, que son todos y alguno más, sin contar genoveses, y esos judíos portugueses a los que el conde-duque tan aficionado se muestra; que si malo es cuando el Turco baja, peor es cuando un banquero sube. Pero mientras los galeones de Indias lleguen puntuales con plata y rubio galán en sus bodegas, en España todo seguirá resumiéndose en traigan acá esa bota, fríanme retacillos de marranos, sorba yo, y ayunen los gusanos. Lo de siempre.

Del barrizal flamenco no os digo nada, porque en Nápoles, entre gente del oficio, gozaréis de información suficiente. Baste decir que aquí los catalanes siguen negando al rey subsidios para la guerra, y se enrocan en sus fueros y derechos; que mal futuro auguran algunos para tanta contumacia. De cara a una futura guerra, que con Richelieu amo del Louvre parece inevitable tarde o temprano, a Francia le irían bien alborotos por esa parte; pues es notorio que el diablo mete la cola donde no puede meter las manos. Respecto a vuestras correrías por el vinoso piélago, cada vez que aquí se publica alguna relacioncilla sobre si nuestras galeras han hecho esto o lo otro, imagino que vuestra merced anduvo en esa danza escabe-

chando turcos, y me place. Muerda el polvo el otomano, gane vuestra merced laureles y botines, y yo que lo vea, lo goce y lo beba.

Como duelos y serenos con libros son menos, os mando con esta carta un ejemplar de mis Sueños para distraer vuestros bélicos reposos. Es tinta fresca, pues acaba de enviármelo de Barcelona el impresor Sapera. Dádselo a leer a nuestro joven Patroclo, a quien edificará su lectura; pues nada contiene, según el censor fray Tomás Roca, contrario a la fe católica y a las buenas costumbres; de lo que supongo os holgáis tanto como yo. Confío en que Íñigo se conserve sano a vuestro lado, prudente ante vuestro consejo y disciplinado bajo vuestra autoridad. Abrazadle de mi parte, diciéndole que sus negocios en la Corte navegan con próspero viento, y que si nada nos hace dar al través, su ingreso en los correos reales será cosa hecha en cuanto regrese acreditado de miles gloriosus. Encarecedle no descuide, aparte adornarse con mis letras, las de Tácito, Homero o Virgilio; pues aunque se revista con el arnés del mismo Marte, en el tráfago del mundo la pluma sigue siendo más poderosa que la espada. Y de harto más consuelo a la larga, que al cabo no son iguales cisnes que patos.

Hay más asuntos en curso que no puedo contaros por carta, pero todo se andará, y amanecerá Dios y medraremos. Baste decir que se me consultan experiencias italianas que tuve en tiempos del grande y llo-

rado *Osuna. Pero el negocio es delicado y requiere mucho tiento para contároslo, aparte hallarse todavía en agraz. Por cierto, circula el rumor de que un viejo y peligroso amigo vuestro, al que dejasteis en manos de la Justicia, no fue ejecutado secretamente como se dijo. Más bien (os lo expongo con reservas y sin confirmación ninguna) habría comprado su vida al precio de ciertas informaciones valiosas sobre razones de Estado. Ignoro el punto en que se halla tal negocio, pero no estará de más que echéis un vistazo a vuestra espalda de vez en cuando, por si oís silbar.*

Tengo más cosas que contaros, pero esperaré a mi siguiente carta. Termino ésta con recuerdos de la Lebrijana, a cuya taberna acudo de vez en cuando para honrar vuestra ausencia con unas migas de las que con tan buena mano adoba, y una jarra de San Martín de Valdeiglesias. Sigue gallarda, de buen talle y mejor cara, y devota de vuestra merced hasta las trancas. También envían saludos los habituales: el dómine Pérez, el licenciado Calzas, el boticario Fadrique y Juan Vicuña, que por cierto ha sido abuelo. Martín Saldaña parece repuesto al fin, tras casi un año indeciso entre éste y el otro barrio por la estocada que le disteis en el Rastro; y ya vuelve a pasear su vara de teniente de alguaciles como si nada. A Guadalmedina me lo encuentro en Palacio, pero siempre evita hablar de vuestra merced. Estos días suena mucho para embajador en Inglaterra, o Francia.

Cuidaos mucho, querido capitán. Y preservad al
chico para que goce de largos y bienaventurados años.
Os abraza con afecto vuestro amigo

Francisco de Quevedo

Era media tarde y el Chorrillo empezaba a animarse, como solía. Diego Alatriste recorrió la plazuela en forma de arco mientras observaba a la gente sentada ante las tabernas, abundantes al socaire del establecimiento que daba nombre al lugar: una hostería famosa que le traía muchos y viejos recuerdos. El nombre del Chorrillo era una españolización del italiano Cerriglio, que así se llamaba en verdad la hostería situada bajo Santa María la Nueva; y cuyo buen cartel, en lo tocante a vino, comida y vida alegre, databa del siglo viejo. Desde los tiempos legendarios de Pavía y el saco de Roma, o casi, el lugar era frecuentado por soldados y por gente en espera de enrolarse, o que tal decía, contándose entre semejante cáfila numerosos pícaros, buscavidas y fanfarrones de la hoja; hasta el punto de que el mote de *chorrillero* o *churullero* era usual en Nápoles y toda España para referirse al militar español, o que de tal se las daba, que ponía más empeño en clavar unos dados y escurrir pellejos de vino que en clavar una espada en un turco o acuchillar el cuero de un luterano. Gente, en suma, a la que se oía decir «qué trances hemos pasado, camarada, y qué tragos», y sólo lo de los tragos era de creer.

Sin detenerse, Alatriste saludó a algunos conocidos. Pese a que la temperatura era agradable, llevaba un herreruelo de paño pardo puesto sobre el jubón, a fin de disimular la pistola que cargaba atrás, metida en el cinto. A esa hora y con sus intenciones, la precaución no estaba de más, aunque el detalle de la pistola no estuviese directamente relacionado con las cataduras de algunos desuellacaras de los que por allí se movían. Quedaban un par de horas de luz, momento en que cada tarde empezaba a darse cita gente de toda broza: valentones y bravos de la chanfaina, habituales de la cárcel de Vicaría o de la prisión militar de Santiago, que solían pasar la mañana en las gradas de Santa María la Nueva, viendo ir a misa a las mujeres, y los atardeceres y las noches acogidos al sagrado de las tabernas mientras discutían las condiciones de tal o cual alistamiento; y sacando el capitán general que cada español llevaba dentro, discutían estratagemas y tácticas, afirmando cómo debió ganarse tal batalla o por qué llegó a perderse aquella otra. Casi todos eran compatriotas que la milicia o el buscar la vida llevaban a Nápoles, y muchos con tales fieros que, aunque en su tierra hubieran sido zapateros de viejo, allí blasonaban de linaje; lo mismo que tantas meretrices españolas que, por carretadas, llegaban apellidándose Mendozas y Guzmanes, y por cuya causa hasta sus colegas italianas exigían el tratamiento de señoras. Todo eso daba pie a que *spañolata* fuese vocablo usual en lengua italiana para designar la pomposidad o la fanfarronería:

Yo tengo muchos dineros
en las Córdubas, Sivilias.
Mios patres, cavalieros
siñores de las Castillas.

Tampoco faltaban en el paraje naturales de la tierra, amén de sicilianos, sardos y gente de otras partes de Italia; todos ellos en florida jábega de cortadores de bolsas, monederos falsos, tahúres, capeadores, desertores, rufianes y otra morralla que en tal patio de Monipodio se congregaba entre blasfemias, perjurios y desatinos. De manera que el nombre del Chorrillo de Nápoles podía citarse, sin menoscabo de reputación, junto a lugares ilustres como las gradas de Sevilla, el Potro de Córdoba, La Sapienza de Roma o el Rialto de Venecia.

Por tan honrado lugar, y dejando la hostería a la espalda, tomó Alatriste la calleja llamada de los escalones de la Piazzeta, tan estrecha que apenas podían pasar al mismo tiempo dos hombres con espadas. El olor a vino de los tugurios que allí tenían su entrada, de donde salía ruido de conversación y cantos de borrachos, se mezclaba con el de los orines y las inmundicias. Y llegando casi arriba, al apartarse para no pisar lo que no debía, el capitán estorbó, sin pretenderlo, el paso a dos soldados que bajaban. Vestían a la española, aunque moderados: sombreros, espadas y botas.

—Váyase enhoramala a incomodar a otra parte —rezongó uno de ellos, en castellano y malhumorado, con ademán de seguir adelante.

Alatriste se pasó despacio, casi pensativo, dos dedos por el mostacho. Era gente cuajada, militar sin duda. En la treintena larga. El que había hablado era bajo y fornido, con acento gallego. Llevaba guantes de precio, y la ropa, aunque cortada sobria, parecía buen paño. El otro era alto y escurrido, de aire melancólico. Los dos lucían mostachos en caras muy bien rasuradas, y calaban chapeos con plumas.

–Lo haría con mucho gusto –respondió con sencillez–, y en vuestra compañía, además, si no tuviera otras ocupaciones.

Los dos hombres se habían detenido.

–¿En nuestra compañía?... ¿Para qué? –preguntó desabrido el más bajo.

Encogió los hombros Alatriste, como si la respuesta fuera de oficio. En realidad, se dijo, no quedaba otra. Siempre la perra reputación.

–Para discutir un par de puntos de esgrima... Ya saben: compás, líneas rectas, vuelta de puño y todo eso.

–A fe mía –murmuró el más bajo.

No dijo a fe de caballero, que era lo usual en quienes estaban lejos de serlo. Alatriste advirtió que los dos lo estudiaban con mucho detenimiento y no pasaban por alto la buena toledana que llevaba en la cintura, la daga cuya empuñadura asomaba tras el riñón izquierdo –su mano correspondiente la rozaba como al descuido–, ni las cicatrices que tenía en la cara. La pistola no podían verla, oculta como estaba por el faldón del herreruelo, pero también estaba allí. Suspiró en sus adentros. Aquello no estaba previsto, pero

–Para discutir un par de puntos de esgrima...

las cosas eran lo que eran. Y no había más. En cuanto a la pistola, esperaba no verse obligado a dispararla. Más amigo de prevenir que de ser prevenido, la llevaba encima para otro menester.

–Mi amigo está de mal talante –terció el soldado alto, conciliador–. Acaba de tener un problema ahí arriba.

–Lo que yo tenga es cosa mía –dijo el otro, hosco.

–Pues lamento decir a vuestra merced –respondió Alatriste con mucha flema– que si no cambia de modales, tendrá un problema más.

–Mire vuestra merced lo que habla –repuso el más alto– y no se engañe por cómo viste mi compañero... Le sorprendería saber cómo se llama.

Alatriste, que escuchaba sin apartar los ojos del más bajo, encogió los hombros.

–Entonces, para evitar confusiones, vístase como se llama, o llámese como se viste.

Se miraron los otros, indecisos, y Alatriste apartó unas pulgadas la mano izquierda de la empuñadura de la vizcaína. Aquellos dos, se convenció, tenían maneras de gente cabal. No parecían apunaladores de callejón, o por la espalda. Y desde luego, tampoco de los que hacían cola, los días de paga, para cobrar cuatro escudos en el tarazanal. Bajo las ropas de soldados se olfateaba gente fina: limpios, serios; entretenidos de algún noble o general, ventureros de buena familia que servían un tiempo en la milicia para darse brillo. Flandes e Italia estaban llenos de ellos. Se preguntó cuál habría sido el conflicto que malhumoraba al más bajo y fuerte. Una mujer, tal vez.

O mala racha en el juego. Aun así, el motivo se le daba un ardite: cada cual tenía sus propios fastidios.

–En cualquier caso –añadió, ofreciendo una salida honorable–, tengo un asunto urgente que atender ahora.

El más alto pareció aliviado al oír aquello.

–Nosotros entramos de servicio dentro de dos horas –comentó.

Su acento también era peninsular de allá arriba, aunque más seco. Asturiano, quizás. Y el tono era veraz, sin que sonara a excusa. Digno. Todo podía haber terminado allí, pero su compañero no compartía ese ánimo conciliador. Miraba a Alatriste con la oscura tenacidad de un perro de presa que, furioso tras perder un zorro, se atreviera con un lobo:

–Hay tiempo de sobra.

Alatriste volvió a acariciarse el mostacho. Aquélla no era feria de ganancia. Enredarse a mojadas con uno de esos individuos, o con los dos, podía ocasionarle disgustos. Le habría gustado dejar las cosas como estaban, mas ya no era fácil. Complicaba las cosas el puntillo de honra de cada cual. Y él mismo empezaba a irritarse por la contumacia del fulano.

–Pues no malgastemos verbos –dijo, resuelto.

–Considere vuestra merced –apuntó el alto, todavía comedido– que no puedo dejar solo a mi compañero. También tendría que batirse conmigo... Después, claro. En caso de que...

–Basta de palabras –lo interrumpió el otro, encarándose con Alatriste–. ¿Adónde vamos?... ¿A Piedegruta?

Lo miró Alatriste muy fijo, tomándole la medida. Ahora sentía reales ganas de meterle al gallito importuno una cuarta de acero en las asaduras. Por la sangre de Dios que, de ahí a poco, sería cosa hecha. Y al acompañante, de barato: dos al precio de uno, campo a través. Así les cobraría, al menos, las molestias.

—La puerta Real está más cerca —propuso—. Y tiene un pradillo discreto, pidiendo a gritos que alguien se tumbe en él.

El más alto suspiró con resignación.

—Este señor soldado necesitará un testigo —dijo a su compañero—... No vayan a decir que lo asesinamos entre dos.

Una sonrisa distraída torció la boca de Alatriste. Aquello era razonable, y considerado. El duelo estaba prohibido en Nápoles por premáticas reales, y quien las transgredía iba a la cárcel, o a la horca si no tenía quien le valiera; pero siempre resultaba descargo atenerse a las reglas, y más si con gente de cierta calidad era el negocio. Todo, concluyó, sería cosa de matar a uno —al más bajo, sin duda— y dejar al otro en condiciones de contar que se habían batido de bueno a bueno. Aunque, sin testigos, igual podía matarlos a los dos, y si te he visto no me acuerdo.

—Podemos arreglarlo de camino, si tienen la hidalguía de aguardar un momento —señaló hacia lo alto de la calleja, donde ésta hacía un codo a la derecha—... Tengo un asunto que resolver ahí.

Asintieron los otros, tras mirarse entre ellos algo desconcertados. Entonces, dándoles la espalda con mucha calma —la vida le había enseñado a quién dársela y a quién no, y confiaba en no errar al respecto–, Alatriste subió los últimos escaloncillos de la cuesta mientras escuchaba los pasos de los españoles venirle detrás. Pasos tranquilos, comprobó satisfecho de habérselas con gente razonable. Tras doblar el codo, cruzó un arco tan angosto como el resto de la calle, donde campeaba la muestra de una taberna. Comprobó las señas antes de pasar el umbral, y sin preocuparse más de sus sorprendidos acompañantes, se arriscó el sombrero y procuró que espada y vizcaína estuvieran como debían estar para salir sin embarazo. Luego se abrochó las presillas del coleto de búfalo que vestía bajo el herreruelo, palpó la pistola y entró en el local. Era una de las malas bayucas del lugar: un patio con porche donde estaban las mesas. Por el suelo de tierra picoteaban gallinas. Los parroquianos eran una veintena y no de buena estampa, italianos de aspecto. En alguna mesa jugaban naipes, con algún mirón de pie que lo mismo podía estar disfrutando de las partidas que haciéndole a los incautos el espejo de Claramonte.

Alatriste se arrimó discreto al tabernero, y en un aparte, ensebándole la palma con un carlín de plata, preguntó por Giacomo Colapietra. Un momento después se hallaba junto a una mesa donde un individuo angosto y de carnes muy a teja vana, con pelo postizo y bigote en cola de vencejo, bebía con un par de esmarchazos de mala catadura, de los de baldeo, rodancho y cuello deshilachado y almidonado con grasa, mientras jugueteaba con una baraja.

–¿Podríamos hablar aparte vuestra merced y yo?

El florentín, que en ese momento separaba reyes y sotas, alzó un ojo guiñando otro, inquisitivo. Después de observar al recién llegado, frunció los labios con recelo.

–Noscondo niente a mis amichis –dijo, señalando a los consortes.

Tenía el habla remostada por un tufillo a lo barato, de vino primero bautizado y después descomulgado. De reojo, Alatriste calibró a los mencionados amichis. Italianos, sin duda. Bravi, pero de pastel. Aquellos guiñaroles no parecían gran cosa, aunque tenían a mano herreruzas cortas. Sólo el tahúr no la llevaba: de su cinto pendía un agujón de palmo y medio.

–Me han dicho que andáis alquilando cuchilladas, señor Giacomo.

–Non bisoño nesuno piu.

La mueca de Alatriste parecía una astilla de vidrio.

–No me explico bien. Las cuchilladas van para un amigo mío.

El tal Colapietra dejó de mover las cartas y miró a sus cofrades. Después observó a Alatriste con más atención. Bajo el bigote engomado mostraba una sonrisa suficiente.

–Me cuentan –prosiguió Alatriste, sin inmutarse– que habéis tarifado un disgusto para cierto joven español a quien aprecio mucho.

Al oír aquello, Colapietra se echó a reír, despectivo.

–Cazzo –dijo.

Luego, marrajo y amenazador, hizo ademán de levantarse al tiempo que sus compañeros; pero el movimiento fue mínimo. El tiempo que tardó Alatriste en sacar la pistola del herreruelo.

–Sentados los tres –dijo, tranquilo y despacio, viendo que le entendían el concepto–. O me voy a cagar en vuestras muy putas madres... ¿Capichi?

Se había hecho el silencio alrededor y a su espalda, pero Alatriste no apartaba la vista de los tres caimanes, que se habían puesto pálidos como cirios.

–Las manos sobre la mesa y las espadas lejos.

Sin mirar atrás por no mostrar incertidumbre, pasó la pistola a la zurda y apoyó la diestra en la empuñadura de la toledana, por si había que tirar de ella para abrirse paso hacia la puerta. Ya lo había calculado al entrar, incluida la retirada calleja abajo. En caso de que las cosas se desbordaran, todo sería llegar a la plazuela del Chorrillo, donde no iba a faltar quien le echara una mano. Podía haber ido acompañado, por supuesto: Copons, el moro Gurriato –que daba el ánima por prestarle esa clase de servicios– o cualquier otro camarada habrían hecho espaldas con sumo gusto. Pero el efecto teatral no era el mismo. Ahí radicaba el arte.

–Ahora escucha, cabrón.

Y arrimando mucho el caño de la pistola a la cara cerúlea del tahúr –a quien se le había caído la baraja al suelo–, sin levantar la voz y con verbos precisos e inequívocos, Alatriste acercó también el mostacho, y estuvo así un buen rato, pormenorizando lo que iba a hacer con Colapietra, con sus menudillos y con quien lo engendró, si algún amigo suyo era incomodado tanto así. Incluso un resbalón en la calle, una caída accidental, bastarían para que viniese a ajustarle cuentas al florentín, como responsable; hasta de diarreas o cuartanas iba a pasarle minuta. Y él, que por cierto se llamaba Diego Alatriste y posaba en el cuartel español, donde Ana de Osorio, no necesitaba alquilar a nadie que diera cuchilladas en su lugar. Entre otras cosas, porque para esos menesteres solían alquilarlo a él. ¿Más capichi?

–Así que oído al parche: me tendrás aquí, o en cualquier esquina oscura, para abrirte una zanja de un palmo... ¿Me explico?

Asintió breve el otro, desencajado. Con aquella cara, el inútil puñal que lucía al cinto acentuaba su aire patético. Los ojos claros y fríos de Alatriste, a sólo unas pulgadas de los suyos, parecían secarle la mojarra. También se le había ladeado un poco el peluquín, y su miedo podía olerse: húmedo y agrio. Descartó el capitán la tentación de torcérselo más con el cañón de la pistola. Nunca era previsible lo que hacía saltar a un hombre.

–¿Está todo claro?

Como el agua, volvió a asentir sin palabras Colapietra. Apartándose un poco, el capitán observó de soslayo a los consortes del florentín: seguían pasmados como estatuas, mantenían las manos sobre la mesa con angelical inocencia, y diríase que aparte robar a sus madres, asesinar a sus padres y prostituir a sus hermanas, no habían hecho nada malo en sus pecadoras vidas. Luego, sin bajar la pistola ni alejar la mano de la empuñadura de la temeraria, en un silencio donde se oía el revolotear de las moscas y el picoteo de las gallinas, Alatriste se retiró de la mesa y anduvo hacia la puerta sin

volver del todo la espalda, atento al resto de los parroquianos, quietos y mudos. En el umbral se topó a los dos españoles, que lo habían seguido y presenciado toda la escena. Le
sorprendió verlos allí. Concentrado en lo suyo, los había olvidado.

—A lo nuestro —dijo, ignorando sus caras de asombro.

Salieron los tres a la calleja, sin que los otros abrieran la
boca, mientras Alatriste bajaba el perrillo de la pistola y se
la metía en el cinto, bajo el herreruelo. Luego escupió al
suelo, entre sus botas, con aire irritado y peligroso. La cólera fría que había ido acumulando desde el encuentro con sus
acompañantes, sumada a la tensión de la taberna, necesitaban desahogar los malos humores, y pronto. Le hormigueaban los dedos de ansia cuando rozó la cazoleta de la espada. Mierda de Cristo, se dijo, estudiando con ojo experto
futuras cuchilladas. A fin de cuentas, quizá no hubiera que
llegarse hasta la puerta Real para tocar los cascabeles y resolver aquello. Al primer mal gesto o mala palabra, decidió,
tiraba de vizcaína —el sitio era angosto para danzas toleda-
nas— y los tajaba como a verracos allí mismo, aunque eso le
echase la Justicia y al virrey mismo encima.

—Pardiez —dijo el más alto.

Miraba a Diego Alatriste como si lo viese por primera
vez. Y el compañero, lo mismo. Ya no fruncía el ceño, y en
su lugar mostraba un talante pensativo, de mal disimulada
curiosidad.

—¿Todavía quieres seguir adelante? —preguntó a éste su
camarada.

Sin responder, el más bajo mantenía los ojos en Alatriste, que le sostuvo la mirada mientras hacía un ademán impaciente, invitándolo a dirigirse a donde resolver la querella. Pero el otro no se movió. En vez de eso, al cabo de un momento se quitó el guante de la mano derecha y la ofreció, desnuda y franca.

—Que me lardeen como a un negro —dijo— si me bato con un hombre así.

IX. LEVENTES DEL REY CATÓLICO

l turco puso bandera de paz y amainó sin lucha. Era un caramuzal negro de casco alargado y popa alta: un barco mercante de dos palos al que la maniobra de nuestras cinco galeras, cortándole al tiempo la tierra y el mar, había impedido servirse de la velocidad de sus velas. Se trataba de nuestra tercera presa desde que nos manteníamos al acecho en el canal entre las islas de Tino y Mikonos, paso muy frecuentado hacia Constantinopla, Xío y Esmirna. Y apenas nos acostamos a él y le metimos dentro un trozo de abordaje de nuestra infantería, vimos que era buen negocio. Tripulado por griegos y turcos, cargaba aceite y vino de Candía, jabón, cordobán de El Cairo y otras cosas de valor, y llevaba de pasajeros a unos judíos de Salónica de los de turbantillo azafrán, bien provistos

de plata acuñada. Aquel día empleamos menos las espadas
que las uñas, pues durante media hora dimos saco franco y
todo se nos pegó a ellas; y hasta un soldado de otra galera, al
echarse o caer al agua con los bolsillos llenos para que no lo
despojaran los oficiales que ponían orden, se ahogó por no
soltar la galima. El caramuzal era propiedad de turcos, así
que como buena presa lo despachamos para Malta con los
tripulantes griegos y algunos soldados nuestros, y pusimos
al remo, repartidos por las cinco galeras, a dos renegados
–en espera de que se las vieran con la Inquisición– y a ocho
turcos, tres albaneses y cinco judíos; de los que uno, por no
ser la gente hebrea de constitución buena para el remo, murió
a los dos días, enfermo o de verse esclavo y no soportar aquella miseria. Los otros fueron rescatados más tarde en menos
de mil cequíes por los monjes de Patmos; que los pondrían
luego en libertad, como solían, cobrándoles los intereses.
Pues allí los monjes hablaban en griego y chupaban dinero en
genovés.

A los dos renegados les tocó en suerte la *Mulata*. Uno
era español, de Ciudad Real; y para mejorar su condición
nos contó algo interesante que después he de referir a vuestras mercedes. Diré antes que nuestra campaña estaba siendo próspera. De nuevo a bordo, aplastado el pelo con pez,
la piel con salitre y la ropa con brea, habíamos dejado atrás
las bocas de Capri tres galeras de Nápoles –la *Mulata*, la
Caridad Negra y la *Virgen del Rosario*–, recién despalmadas y bien provistas de bastimentos y soldados para una incursión de dos meses por el Egeo y la costa de Anatolia, en

cuyas islas viven griegos dominados por turcos; y tras reunirnos en la fosa de San Juan con dos galeras de Malta llamadas la *Cruz de Rodas* y la *San Juan Bautista*, navegamos en conserva hasta las hormigas de Corfú. De allí, hechos carnaje fresco y aguada, bajamos costeando la Morea por Cefalonia y Zante, que son de los venecianos, y luego de rodear la isla de Sapienza y cargar agua en los molinos de Corón –nos tiraba la artillería turca desde la ciudad, pero no alcanzaba–, tomamos la vuelta de levante por el brazo de Mayna y cabo San Ángel, donde nos internamos en las ondas limpias, azules en el golfo y verdes y cristalinas en las orillas, del archipiélago. A fin de hacer nuestro, de nuevo, lo que en *El asombro de Turquía* proclamaba Vélez de Guevara:

> *Surqué el mar de Levante*
> *por buscar la del Turco, que arrogante,*
> *contra España se atreve,*
> *porque castigo su arrogancia lleve.*

En ese viaje fue para mí de especial sentimiento navegar frente al golfo de Lepanto, donde tenían por costumbre nuestras galeras que la gente, puesta a la banda de tierra, rezase una oración en memoria de los muchos españoles que allí murieron, batiéndose como fieras, cuando la flota de la Liga destrozó a la turca en el combate del año mil quinientos setenta y uno. En esos mismos parajes, y en otro orden de cosas, también me conmovió pasar ante las islas de la Sa-

pienza y la ciudad de Modón, que es del Turco; pues recordaba haber leído el nombre de Modón en el relato del Cautivo
que figura en la primera parte del *Quijote*, antes de saber que
un día navegaría como soldado, igual que el propio Cervantes, por aquellas tierras y mares donde él combatió en su mocedad, con muy pocos años más de los que yo contaba;
hasta verse, en Lepanto y a bordo de la galera *Marquesa*, en
la *«más alta ocasión que vieron los siglos pasados, los presentes, ni esperan ver los venideros»*.

Pero quedé en referir a vuestras mercedes lo que confesó
el renegado español capturado en el caramuzal; información
cuyas consecuencias, aunque eso no podíamos saberlo todavía, iban a afectar a nuestro futuro de forma dramática y a
costar la vida de muchos hombres valientes. Fue el caso que,
para aliviarse el negro futuro que le deparaba la Inquisición
y mejorar su condición al remo –lo habían encadenado al
peor sitio de boga, la banda del banco de corulla–, el renegado pidió hablar con el capitán Urdemalas para contarle, en
secreto, algo de suma importancia. Llevado ante él, y tras
pormenorizar su vida con los embustes habituales en tales
casos, apuntó algo que nuestro capitán de mar y guerra
juzgó verosímil: un gran bajel turco se aprestaba para subir
hacia Constantinopla desde Rodas, llevando a bordo ricas
mercaderías y personas de calidad, entre las que se contaba
una mujer que era, de eso no estaba seguro el renegado, familiar o esposa del Gran Turco, o la enviaban para serlo.
Y según supimos pronto –no hay secreto seguro en la promis-
cuidad de una galera–, el de Ciudad Real aconsejó al capitán

Urdemalas que, si deseaba ampliar información, apretara los cordeles al patrón del caramuzal, que era el otro renegado, puesto en el mismo banco: un marsellés que al retajarse había cambiado su nombre cristiano por el de Alí Masilia, y con el que, por lo visto, el español tenía sus más y sus menos, que ahora tan gentilmente se cobraba.

Lo del bajel turco eran palabras mayores; así que el tal Masilia fue puesto a tormento. Pareció algo bravo al principio, sosteniendo que no sabía nada y que a él no le abrían la boca ni cristiano vivo ni madre que lo parió; pero al primer garrotillo que le dio sobre los ojos el alguacil de la galera, amenazándolo con vaciárselos, se mostró tan locuaz y dispuesto a cooperar que el capitán Urdemalas, temeroso de que sus voces fueran oídas por todos, lo llevó abajo, encerrándose con él en el pañol del bizcocho, de donde salió al rato acariciándose la barba y con sonrisa de oreja a oreja. Aquella tarde, aprovechando que el mar estaba sin viento y como aceite, nos pusimos al pairo media legua a tramontana de Mikonos, se echaron los esquifes al agua y hubo consejo de oficiales en la carroza de la *Caridad Negra*; que era nuestra capitana, pues a bordo se encontraba don Agustín Pimentel, sobrino-nieto del viejo conde de Benavente, a quien el virrey de Nápoles y el maestre de Malta habían confiado la expedición. Además de él asistieron su capitán de galera –que lo era también de la infantería embarcada en ella– Machín de Gorostiola, el capellán fray Francisco Nistal y el piloto mayor Gorgos, un raguseo que había navegado con el capitán Alonso de Contreras y era muy plático en aquellas

aguas. De las otras naves acudieron nuestro capitán Urdemalas y el de la *Virgen del Rosario*, un valenciano simpático
y locuaz llamado Alfonso Cervera. Por las de Malta acudieron sus respectivos oficiales: el de la principal de ellas, la
Cruz de Rodas, que era un caballero mallorquín llamado
frey Fulco Muntaner, y el de la *San Juan Bautista*, por nombre frey Vivan Brodemont, de nación francesa. Y al término
de la junta, cuando aún no habían regresado a sus respectivas galeras con los esquifes, ya circulaba por nuestra pequeña escuadra la voz gozosa de que, en efecto, un rico bajel
subía de Rodas a Constantinopla, y que estábamos en buena
situación para darle un Santiago antes de que enfilase las
bocas de los Dardanelos. Eso nos hizo aullar de júbilo, y era
de ver cómo soldados y marineros nos jaleábamos unos a
otros de galera a galera, deseándonos buena fortuna. Con lo
que esa misma tarde, antes de la oración, se mandó regalar a
la gente de remo con vino candiota, queso salado de Sicilia y
unas onzas de tocino, y luego, restallando los corbachos de
proa a popa, las cinco galeras arrumbaron hacia la noche que
venía de levante, a boga arrancada, con la chusma quebrándo-
se el espinazo. Como jauría de lobos olfateando una presa.

El amanecer me encontró donde solía, en la ballestera de
estribor más a popa, viendo la luz asentarse en el horizonte
mientras observaba al piloto hacer su primer ritual del día;
pues, como ya dije, me fascinaba observarlo bendecir la rosa

al reconocer uno u otro cabo si navegábamos cerca de tierra; o, engolfados, tomar la estrella, calar la ballestilla, asestar el norte, ajustar a mediodía el astrolabio y hacer que el sol entrara por sus muescas para tomar el punto. Era muy temprano, y la chusma seguía dormida en sus bancos y remiches, ya que ahora navegábamos velas arriba con suave crujido de lona y jarcia, empujados por un razonable viento griego que, pues la galera podía ceñirlo hasta cinco cuartas, nos llevaba amurados a nuestro rumbo, recogidos los remos y escorada la nave a la banda diestra. También dormía casi toda la gente de cabo y guerra, y los grumetes de guardia, arriba en las gatas, oteaban el horizonte en busca de velas o de tierra, atentos al lugar por donde el sol salía, que con su deslumbre podía ocultar peligrosamente una presencia enemiga. Yo, todavía con mi ruana sobre los hombros –dormía envuelto en ella, amontonado con todos, y si la dejara en el suelo habría caminado sola por los piojos y las chinches–, me apoyaba en un filarete húmedo de relente, viendo los colores rosados y naranjas que adornaban la aurora, y preguntándome si también ese día iba a ser cierto el refrán que, entre muchos otros, había aprendido a bordo: arreboles por la noche, a la mañana son soles; por la mañana, a la tarde son agua.

Eché un vistazo a la banda de la galera. El capitán Alatriste se había despertado ya, y desde lejos lo vi sacudir su manta y doblarla antes de inclinarse sobre la regala y, con un balde atado a un trozo de cabo, subir agua de mar y remojarse la cara –en una galera el agua dulce era un bien precioso–, frotándose luego muy bien con un lienzo para evitar que la sal se quedara en la piel. Después, recostado en la batayola, sacó de la faltriquera un trozo de bizcocho seco, lo remojó con unas gotas del pellejo de vino que llevaba a medias con Sebastián Copons –nunca bebían de golpe su ración, sino que guardaban la mitad, administrándola– y se puso a morderlo, mirando el mar. Al cabo, cuando Copons, que dormía a su lado, empezó a removerse y alzó la cabeza, el capitán partió la mitad del bizcocho y se la dio. El aragonés masticó en silencio, el bizcocho en una mano y quitándose las legañas con la otra, y mi antiguo amo echó un vistazo alrededor. Entonces, cuando reparó en que yo estaba hacia la parte de popa y lo observaba, aparté la mirada.

Habíamos hablado poco desde Nápoles. El escozor de nuestra última conversación me incomodaba todavía, y durante los últimos días en tierra apenas llegamos a vernos, pues yo posaba en los barracones militares de Monte Calvario, junto al moro Gurriato, y para comer o beber evitaba las hosterías y bodegones que el capitán frecuentaba. Eso me sirvió, en cambio, para estrechar relación con el mogataz, que seguía –ahora no como buena boya, sino con soldada de cuatro escudos al mes– a bordo de la *Mulata*, donde ambos compartíamos el mismo rancho; y donde ya habíamos tenido ocasión de pelear juntos, aunque por corto espacio, durante la captura de una de las presas: un sambequín de albaneses y turcos que encontramos cuando hacíamos descubierta a levante de la isla de Milo; y que por estar metido en el canal de Argentera, con peligro de que nuestra galera diese en un seco, tomamos al abordaje con el esquife. Negocio ese de poco fuste, pues no llevaba otra carga que pieles sin curtir, y del que volvimos a bordo con doce hombres para echar al remo, sin pérdida de nuestra parte. En esa ocasión, y consciente de que el capitán Alatriste miraba desde lejos, salté al sambequín de los primeros, seguido por el moro Gurriato, y procuré distinguirme cuanto pude a la vista de todos; de manera que fui yo quien cortó las escotas de la presa para que nadie las cazara, y luego, llegándome al patrón entre los tripulantes que esgrimían chuzos y alfanjes –aunque sin mucho denuedo, pues flaquearon cuando nos vieron abordar–, dile tan buena cuchillada en los pechos que medio expiró el ánima, justo cuando abría la boca para pedir cuartel, o eso me pareció. Con lo que regresé a la galera en buena opinión de mis camaradas, más subido que un pavo real y mirando de soslayo al capitán Alatriste.

–Creo que deberías hablar con él –dijo el moro Gurriato.

Se había despertado y estaba junto a mí, revuelta la barba, brillante la piel por la grasa del sueño y la humedad del amanecer.

–¿Para qué?... ¿Para pedirle perdón?

–No –se desperezó entre bostezos–. Digo hablar, sólo.

Me eché a reír con mala intención.

–Si tiene algo que decir, que venga él y me lo diga.

El moro Gurriato hurgaba entre los dedos de sus pies, minucioso.

–Tiene más años que tú, y más conocimiento. Por eso lo necesitas: sabe cosas que tú y yo no sabemos... *Uah*. Por mi cara que sí.

Me eché a reír, el aire suficiente. Sobrado como gallo a las cinco de la madrugada.

—Te equivocas, moro. Ya no es como antes.

—¿Antes?... ¿Cómo era antes?

—Igual que mirar a Dios.

Me observaba con la curiosidad usual. Una de sus características singulares, y para mí la más simpática, consistía en la atención obstinada que dedicaba incluso a cosas de ínfima apariencia. Todo parecía interesarle: desde la composición de un grano de pólvora hasta los complejos resortes del corazón humano. Preguntaba, acogía la respuesta y opinaba luego, si era oportuno, con total seriedad, ajeno a reservas o preocupación. Sin dárselas de discreto, ingenioso ni valiente. Ecuánime ante la sensatez, la estupidez o la ignorancia de los demás, el mogataz poseía la paciencia infinita de alguien resuelto a aprender de todo y de todos. La vida escribe en cada cosa y cada palabra, le oí decir en cierta ocasión; y hombre de provecho es quien procura leer y escuchar en silencio. Extraña conclusión o filosofía en alguien como él, que no sabía leer ni escribir pese a conocer la lengua castellana, la turquesca y la algarabía moruna, amén de la lengua franca mediterránea, y a quien habían bastado unas semanas en Nápoles para iniciarse de modo razonable en la parla italiana.

—¿Y ahora ya no se parece a Dios?

Seguía observándome con mucha atención. Hice un ademán vago, vuelto hacia el mar. Los primeros rayos de sol nos daban en la cara.

–Veo en él cosas que antes no veía, y ya no encuentro otras.

Movió la cabeza casi con pesadumbre. Tranquilo y fatalista como siempre, iba y venía entre el capitán Alatriste y yo, siendo nuestro único vínculo a bordo, aparte las necesidades del servicio; pues Copons, en su ruda tosquedad aragonesa, carecía de sutileza para mejorar el ambiente: sus torpes intentos de conciliación topaban con la contumacia de mi mocedad. El moro Gurriato, sin embargo, era tan poco instruido como Copons, pero más perspicaz. Me había tomado la medida y era paciente; por eso se mantenía, discreto, entre ambos, cual si facilitar ese contacto fuese un modo de pagar al capitán, que no a mí, una extraña deuda que la complicada cabeza del mogataz creía –y lo creyó toda su vida, hasta Nordlingen– tener pendiente con el hombre al que había conocido en la cabalgada de Uad Berruch.

–Alguien como él merece respeto –comentó, cual si concluyera un largo razonamiento interior.

–Yo también lo merezco, pardiez.

–*Elkhadar* –encogía los hombros, fatalista–. Suerte. El tiempo lo dirá.

Golpeé con un puño el filarete.

–No nací ayer, moro... Soy hombre e hidalgo como él.

Se pasó una mano por el cráneo afeitado, que se rasuraba cada día con navaja y agua de mar.

–Hidalgo, naturalmente –murmuró.

Sonreía. Sus ojos oscuros y dulces, casi femeninos, relucieron como los aros de plata en sus orejas.

–Dios ciega –añadió– a los que quiere perder.

–Al diablo con Dios y con todo.

–A veces damos al diablo lo que el diablo ya tiene.

Y dicho eso, levantándose, cogió un manojo de estoperol y anduvo por la crujía hacia el jardín, junto al espolón, en vez de proveerse como tantos hacían, acuclillado entre los bacalares de las bandas. Pues otra de las señas del moro Gurriato era ser pudoroso como la madre que lo parió.

–Puede que tengamos suerte –dijo el capitán Urdemalas–. Por lo que dicen, hace tres días el bajel aún estaba en Rodas.

Diego Alatriste mojó el mostacho en el vino que el capitán de la *Mulata* había hecho servir en la cámara de la carroza, a popa, bajo el toldo que había sido de rayas rojas y blancas y ahora estaba remendado y descolorido por el sol. El vino era bueno: un blanco de Malvasía parecido al San Martín de Valdeiglesias; y conociendo la avaricia proverbial de Urdemalas, famoso por ser más reacio a soltar un maravedí que el papa su anillo piscatorio, aquello auguraba acontecimientos interesantes. Entre sorbo y sorbo, Alatriste observó con disimulo a los otros. Además del piloto, que era un griego llamado Braco, y del cómitre de la galera, habían sido convocados el alférez Labajos y los tres cabos de tropa designados para regir a los ochenta y siete hombres de infantería que iban a bordo: el sargento Quemado, el caporal Conesa y el propio Alatriste. También se hallaba presente el maestre artillero que sustituía al mutilado en Lampedusa: un tudesco que juraba en castellano y bebía en vizcaíno, pero que manejaba moyanas, sacres, culebrinas y esmeriles con la soltura de un cocinero entre cazuelas.

–Se trata, por lo visto, de un barco grande. Una mahona de las que van sin remos, con aparejo de cruz. Y con alguna artillería... La escolta una galera de fanal guarnecida por jenízaros.

–Hueso duro de roer –dijo el cómitre al oír la palabra jenízaros.

El capitán Urdemalas lo miró con mala cara. Estaba de malhumor porque llevaba una semana sufriendo un dolor de muelas que le partía la cabeza, y no se atrevía a ponerse en manos del barbero de a bordo, ni de ningún otro.

–Peores hemos roído –zanjó.

El alférez Labajos, que ya había despachado su vino, se secaba el mostacho con el dorso de una mano. Era un malagueño joven, flaco y renegrido, competente en su oficio.

–Es de esperar que se defiendan bien. Si pierden a su pasajera, les va la cabeza.

El sargento Quemado se echó a reír.

–¿De verdad es una mujer del Gran Turco?... Creía que no las dejaban salir del serrallo.

–Es la favorita del bajá de Chipre –explicó Urdemalas–. Dentro de un mes termina su mandato allí, y la envía por delante con parte de su dinero, criados, esclavos y ropa.

Quemado hizo amago de aplaudir, con mucha guasa. Era alto y seco, y en realidad se llamaba Sandino. Lo de Quema-

do le venía de cuando, en el pingüe asalto nocturno a la isla
de Longo −saco de la ciudad, incendio de la judería y botín de
casi doscientos esclavos−, un petardo le abrasó la cara mientras intentaba volar la puerta del castillo. Pese a su mal aspecto, o tal vez a causa de él, siempre estaba de broma. También era algo corto de vista, aunque nunca usaba lentes en
público. ¿Cuándo viose Marte con espejuelos?, decía, entre
risueño y fanfarrón.

−Gentil presa, por el siglo de mi abuelo.

−Si nos hacemos con ella, sí −admitió Urdemalas−. Bastaría
para justificar la campaña.

−¿Dónde están ahora? −preguntó el alférez Labajos.

−Han tenido que detenerse un tiempo en Rodas, y siguen
camino, o están a punto.

−¿Cuál es el plan?

El capitán de galera hizo una señal a Braco, el piloto, que
desenrolló una carta de marear sobre la tablazón que hacía
de mesa para trazar la derrota. Estaba dibujada a mano con
mucho esmero, mostrando las islas del Egeo, la Anatolia y
las costas de Europa. Por arriba llegaba hasta el canal de
Constantinopla y por abajo hasta Candía. Con un dedo,
Urdemalas fue recorriendo de abajo arriba la costa oriental
del mapa.

−Don Agustín Pimentel quiere apresarlos antes de que
pasen el canal de Xío, para no causar problemas a los frailes y
la gente cristiana que vive allí... Según el piloto mayor Gorgos, el mejor sitio es entre Nicalia y Samo. Subiendo de Rodas es paso obligado, o casi.

–Son aguas muy sucias –apuntó Braco–. Hay bajos y piedras.

–Ya. Pero el piloto mayor las conoce bien. Y dice que lo
natural, si la mahona lleva gente plática que conozca los
secos, es que siga la ruta habitual entre la cadena de islas y tierra firme: más protegida de los vientos y más segura.

–Eso es lógico –admitió Braco.

Diego Alatriste y el caporal Conesa, que era un murciano
bajito y gordo, miraban el mapa con mucho interés. Tales do-
cumentos no solían estar a su alcance; y como subalternos
que eran, conocían lo inusual de ser convocados a consejo.
Pero Alatriste era perro viejo, y leía la música. Hablaban de
caza mayor, y convenía que todos estuviesen al corriente.
Así, por mediación de los cabos, los jefes se aseguraban de
que la tropa lo supiese todo de buena tinta, y eso alentara la
empresa. Llegar a tiempo y tomar la mahona iba a exigir esfuerzo de todos. Unos soldados y marineros conscientes de lo
que se jugaban obedecerían mejor que desinformados o des-
contentos.

–No sé si llegaremos a tiempo –aventuró el alférez Labajos.

Mostraba su vaso vacío, en la esperanza de que Urdemalas
llamara al paje para servir más vino; pero el patrón de la *Mulata* hizo como que no advertía la cosa.

–El viento meltemi nos favorece –dijo–, y además tenemos
los remos. El bajel turco es pesado, va a vela, proejando, y lo
más que puede hacer la galera es remolcarlo en las bonan-
zas... Además, esta tarde refresca el tiempo, aunque nosotros

seguiremos con el viento a favor. El piloto mayor cree que podemos darles caza a la altura de Patmos, o de la isla de los Hornos. Y los otros pilotos y capitanes están de acuerdo... ¿Verdad, Braco?

El griego movió la cabeza, afirmativo, mientras enrollaba de nuevo la carta de marear. Quemado quiso saber lo que pensaba del asunto la gente de Malta, y el capitán Urdemalas se lo dijo:

—A esos hideputas les da igual que sean una mahona y una galera, o cincuenta, con la mujer del bajá de Chipre o la de Solimán en persona... Con ellos, todo es oler galima y gotearles el colmillo. A más turcos, más ganancia.

—¿Qué tal son los capitanes? —inquirió el sargento Quemado.

—Del francés no sé nada. Lleva a bordo caballeros de caravana y soldados de su nación, y también italianos, españoles y algún tudesco. Gente brava, como suelen. Pero al de la *Cruz de Rodas* sí lo conozco.

—Frey Fulco Muntaner —apuntó el cómitre.

—¿El que estuvo en el Címbalo y Zaragoza?

—El mismo.

Algunos de los presentes enarcaron las cejas y otros asintieron. Hasta el mismo Alatriste tenía, por Alonso de Contreras, noticia de ese caballero español del hábito de San Juan. En el Címbalo, y tras perderse tres galeras de Malta por un temporal, Muntaner se había atrincherado con los náufragos en una isla, defendiéndose como tigres de los moros de Bizerta que desembarcaban en masa para capturarlos. Nada de qué admirarse, de todas formas; pues ni el más optimista caballero de la Religión esperaba cuartel de los mahometanos. Razón, entre otras, por la que cuando en la naval de Lepanto se represó la capitana de Malta tras verse abordada por un enjambre de galeras turcas, en ella sólo encontraron a tres caballeros vivos, heridos y rodeados por los cadáveres de trescientos enemigos. Eso había estado a pique de repetirse el año veinticinco del siglo nuevo, frente a Zaragoza de Sicilia, cuando el tal Muntaner, ya sexagenario, fue uno de los dieciocho supervivientes de la capitana de Malta, tras el sangriento combate que cuatro galeras de la Religión libraron allí con seis berberiscas. De modo que si los caballeros de la Orden, odiados y temidos por los enemigos, eran durísimos corsarios profesionales, frey Fulco Muntaner se contaba entre los más crudos. Desde que las cinco galeras se unieron en fosa de San Juan, Alatriste había tenido ocasión de verlo a menudo en la popa de la *Cruz de Rodas*, su capitana, calvo y con luenga barba cana, la cara deformada por cuchilladas y cicatrices, arengando a los hombres con voz de trueno, en su lengua de Mallorca.

El refrán de los arreboles se confirmó: hubo a la tarde agua; y a la noche, intervalos de viento meltemi y más agua, con una mareta revuelta que, pese a los fanales encendidos en cada popa, hizo que las cinco galeras nos perdiéramos de vista unas a otras. Eso permitió recorrer con rapidez las cuarenta millas que nos separaban de la isla Nicalia, aunque nos mal-

trató mucho y la gente de cabo pasó la noche atenta a las
velas, con todos los demás, galeotes incluidos, agazapados en
cubierta, ateridos de frío y cubriéndonos como podíamos
de los rociones de mar. De ese modo seguimos en la vuelta de
jaloque levante, y el siguiente amanecer, que fue tranquilo y
con restos de chubascos alejándose sobre las cumbres altas
y apeñascadas de la isla, nos alumbró frente a la punta del
Papa, donde ya habían llegado dos de nuestra conserva, y durante la mañana se nos unieron las otras dos sin novedad. Nicalia, que otros llaman Nicaria –la isla donde Ícaro cayó al
mar–, es áspera y por sus rocas baja mucho torrente, aunque
no tiene puerto ninguno; pero estando el tiempo de nuevo
bonancible y la mar tranquila, pudimos arrimarnos a tierra y
llenar a gusto pipas, cuarterolas y barriles. Que es mucha la
necesidad continua de agua que, por tanta gente embarcada,
tienen siempre las galeras.

Creíamos que a causa de los vientos norteños, contrarios
para ella, la mahona de Chipre aún se encontraría en camino
desde Rodas; y para confirmarlo estableció don Agustín Pimentel que cuatro galeras cubrieran el canal entre Nicalia y
Samos, y la otra se destacase al sur para tomar lengua; pues una
sola nave española llamaría menos la atención que cinco galeras juntas como aves de rapiña buscando presa. Además, los
griegos que habitaban aquellas islas no parecían mejores que
los otomanos; pues por no tener escuelas eran la gente más
bárbara del mundo, sometida a la crueldad mahometana y
capaz de vendernos a los turcos para congraciarse con ellos.
Hacer la descubierta tocó a la *Mulata*, de modo que arrumba-

mos esa noche en la misma vuelta de jaloque levante, y al final de la guardia de alba entramos en la honda y protegida escala de Patmos, el mejor de los tres o cuatro buenos puertos que tiene la isla, al pie del monasterio fortificado de monjes cristianos que domina el lugar desde lo alto. Pasamos allí la mañana sin que se permitiera a nadie bajar a tierra, a excepción del capitán Urdemalas y el piloto Braco; que además de tomar lengua negociaron con los monjes el rescate de los judíos que iban al remo —ése fue el pretexto usado para justificar la recalada—, aunque acordaron no liberarlos sino más adelante, desembarcándolos en Nicalia con no sé qué excusas. De ese modo me quedé con las ganas de pisar la isla legendaria donde, desterrado por el emperador Domiciano, San Juan Bautista dictó a su discípulo Procoros el famoso *Apocalipsis*, último de los libros del Nuevo Testamento. Y hablando de libros, recuerdo que el capitán Alatriste pasó la jornada sentado en una ballestera, leyendo el libro de los *Sueños* que le había enviado a Nápoles don Francisco de Quevedo; que por ser de tamaño pequeño, en octavo, solía llevar en un bolsillo. Y aquel mismo día, aprovechando que lo dejó sobre su mochila por ir a hacer algo a proa, cogí el libro para darle un vistazo y encontré una página marcada donde podía leerse:

Vinieron la Verdad y la Justicia a la tierra; la una no halló comodidad por desnuda, ni la otra por rigurosa. Anduvieron mucho tiempo ansí, hasta que la Verdad, de puro necesitada, asentó con un mudo. La Justicia, desacomodada, anduvo por la tierra rogando a todos, y viendo que no hacían caso de ella y que le usurpaban su nombre para honrar tiranías, determinó volverse huyendo al Cielo...

El caso, como decía hablando de Patmos, fue que empleamos parte de aquel día en descansar, despiojarnos unos a otros y dar cuenta de un rancho de garbanzos hervidos con algo de bacalao –pues era viernes– la gente de cabo y guerra, y la chusma su mazamorra, bajo la tienda de lona que protegía la cámara de boga; ya que el sol pegaba fuerte, y el calor era tan bellaco que goteaba alquitrán de la jarcia. Volvieron después de mediodía nuestro capitán y el piloto con alegre semblante –ellos sí habían yantado bien con los monjes, incluido un vino del monasterio hecho con miel y azahar, que mala digestión les diera Dios–, pues no había noticias de que la mahona turca hubiese pasado todavía por allí. Se decía que la habían avistado, siempre en conserva con su galera de escolta, rodeando por levante la isla de Longo, con mucho trabajo en proejar por el viento adverso, pues era nave grande y pesada. Así que, en menos de lo que se tarda en contarlo, abatimos tienda, zarpamos ferro, y a boga arrancada acudimos a reunirnos con las otras galeras.

Durante dos días con sus noches, fanales apagados y ojo avizor, nos roímos las uñas hasta la raíz. El mar estaba plomizo y abonanzado, sin viento que trajera a la mahona ni a la

perra turca que la parió. Por fin, una brisa de lebeche rizó la
superficie del mar y nos acomodó la paciencia, pues con ella
vino la orden de zafar rancho y ponerse todos a punto de
guerra. Las cinco galeras estaban desplegadas con muy buena
maña, casi al límite de la vista una de otra, cubriendo más de
veinte millas con señales convenidas para cuando se avistara
la presa. Teníamos a nuestra espalda la isla de los Hornos, en
cuya montaña meridional, que descubría sus buenas leguas
de mar, habíamos puesto a cuatro hombres con avío para
hacer humo cuando apareciese una vela –isla esa, por cierto,
de larga tradición corsaria, pues le venía el nombre de cuando
el turco Cigala hacía cocinar allí el bizcocho para sus galeras–.
Al sur habíamos destacado además, marinado por gente nuestra, un caique de griegos que apresamos para usar como ex-
plorador sin despertar sospechas de que el lobo anduviese en
el hato. Pero lo singular de la emboscada era que, a fin de arrimarnos lo más posible al enemigo antes de empezar el combate, y evitar que el bajel jugase de lejos su artillería, habíamos
disimulado el aspecto para asemejarnos a galeras turcas, acor-
tando el árbol mayor, dando apariencia más recia y pesada a
la entena y haciendo enteriza la gata de vigía. Que tales estratagemas ya las había señalado el propio Miguel de Cervantes,
que de corso y galeras sabía algo:

> *En la guerra hay mil ensayos*
> *de fraude y astucia llenos.*
> *Acullá suenan los truenos*
> *y acá descargan los rayos.*

Eso se completaba con banderas y gallardetes turcos, de
los que íbamos provistos –como otros los llevaban nuestros–
para tales ocasiones, y con vestidos otomanos para mostrar
en los sitios más visibles de las naves. Lances eran ésos propios del peligroso juego que todas las naciones llevábamos
en aquellas antiguas orillas, teatro del vasto ajedrez y suertes
corsarias. Pues cuando hay ocho o diez cañones apuntándote,
ganar tiempo no es precisamente menudillo de conejo; y más
cuando te asestan la artillería de lejos y sólo cabe bogar fuerte,
apretar los dientes y llegar vivo al abordaje para cobrártelo en
carne. Que si cuando la Gran Armada en el canal de la Man-
cha se hubiera dado combate franco de infantería como en
Lepanto, de bueno a bueno, muy distinta recordaríamos hoy
la jornada de Inglaterra.

El caso es que, con la guasa imaginable, acogió quien le tocó en suerte su hábito turquesco. Libreme yo, gracias al Cielo;
pero otros –el moro Gurriato fue uno, pues su aspecto lo sen-
tenciaba– tuvieron que vestir zaragüelles, jubones largos o
sayos que los turcos llaman dolimanes, todo muy aforrado,
como suelen, y también bonetes, tafetanes y turbantes; con lo
que la gente disfrazada era un arco iris de azul, blanco y colo-
rado, que sólo faltaba hacer la zalá a las horas debidas para
que, tostados de sol como estábamos todos, muchos parecie-
sen turcos de veras. Hasta hubo uno que hizo mofa del ropa-
je, arrodillado e invocando a Alá con mucha desvergüenza;
pero como algunos galeotes mahometanos dieron voces en
sus bancos, airados por la blasfemia, el capitán Urdemalas re-

prendió al menguado con mucha dureza, amenazándolo con pasar crujía a vergajazos si soliviantaba a la chusma. Que una cosa, dijo, era tener a esa gente al remo, y otra andar sin necesidad tocándoles los aparejos.

–¡Boga larga, hijos!... ¡Apretad, que no se nos vayan!

Cuando el capitán Urdemalas llamaba hijos a los forzados de su nave, era señal de que más de uno iba a dejar la piel en el remo a golpes de corbacho. Y así era. Siguiendo el ritmo endiablado que les imponían el silbato del cómitre, el mosqueo de anguilazos en sus espaldas desnudas y el tintineo de las cadenas, los forzados se ponían en pie y se dejaban caer sentados en los bancos, una y otra vez, entre resuellos con los que parecían a punto de echar las asaduras, mientras el cómitre y su ayudante los reventaban a palos.

–¡Ya son nuestros esos perros!... ¡Juro a mí! ¡Tened duro, que ya los tenemos!

El casco fino y largo de la *Mulata* parecía volar sobre el mar rizado. Estábamos al mediodía de la isla de Samos, cuya costa desnuda y peñascosa iba quedando atrás por nuestra banda siniestra. Era una mañana azul y luminosa, sólo desmentida por un rastro de bruma en la tierra firme que se adivinaba hacia levante. Las cinco galeras estaban en plena caza a vela y remo, dos adelantadas cerca de Samos y otras dos a nuestra zaga, formando una línea que encogía poco a poco mientras convergíamos sobre la galera y el bajel turco que intentaban, desesperadamente, escapar por el estrecho entre la isla y tierra firme, o varar en alguna playa para ponerse a salvo. Pero la jornada era nuestra, y hasta el más bisoño soldado a bordo advertía la situación. El viento maestral no soplaba lo bastante fuerte para que el bajel turco, pesado y zorrero, navegase con la rapidez necesaria, y la galera de escolta no podía sino mantenerse a su lado; mientras que nuestras galeras, espaciadas por casi una milla de extensión y aún lejos unas de otras, ganaban trecho a ojos vistas. Habíamos iniciado la aproximación cuando, casi al mismo tiempo, el caique y una pequeña humareda en la isla de los Hornos avisaron de las velas enemigas. Las ropas a la turquesca y el aspecto de las naves confundieron al principio a los recién llegados –luego supimos que nos tomaron por galeras de Metelín enviadas para su escolta–, que mantuvieron el rumbo sin recelar nada. Pero nuestra forma de boga y la maniobra para ganar el viento terminaron por hacerles catar el almagre; de modo que los turcos pusieron proa al griego en demanda del canal o de la tierra firme, con el bajel a sotavento de la galera, queriendo ésta interponerse para cubrir su fuga. Mas la caza era cosa hecha: la capitana de Malta les había tomado ya la tierra junto a la costa de Samos y llegaría antes al canal, la *Caridad Negra* apuntaba su espolón a la galera turca, y la *Mulata*, con la *Virgen del Rosario* y la *San Juan Bautista* un poco alargadas por nuestra aleta diestra, navegaba derecha hacia la mahona; que era grande y de popa muy alta, como los galeones, con tres árboles –trinquete y mayor de cruz, y mesana latino– que nuestra aparición había hecho cubrirse de lona en todas sus gavias.

—¡Armados y a sus puestos! —gritó el alférez Labajos—...
¡Vamos a entrarle!

A popa, el tambor redobló el toque de ordenanza y la corneta previno para el Santiago. Los corredores hervían de gente a punto de guerra. El jefe artillero y sus ayudantes alistaban las piezas de crujía y los pedreros montados en las bandas. Los demás habíamos colocado ya las empavesadas con rodelas, jergones, mantas y mochilas que nos protegieran de los tiros turcos, y ahora acudimos en buen orden a los cofres y cestones que acababan de abrirse para que cada cual tomara sus armas fuertes. De proa a popa, al cascabeleo de la chusma que seguía bogando, empapada en sudor y con los ojos desorbitados, sumose el resonar del hierro con el que los soldados de la galera y los marineros destinados a defensa y abordaje nos equipábamos para reñir en corto: petos, morriones, rodelas, espadas, arcabuces, mosquetes, chuzos y medias picas con el extremo del asta ensebado para que el enemigo no las agarrase por allí. Humeaban las mechas escopeteras en torno a las muñecas de los tiradores, y los botafuegos de las piezas en sus tinas de arena. El esquife y la chalupa estaban en el agua, remolcados por la popa; el cocinero había apagado el fogón y todos los fuegos con llama a bordo, y los pajes y grumetes baldeaban la cubierta con agua de mar para que ni pies descalzos ni alpargatas resbalaran en las tablas. Y a popa, en la carroza junto al piloto y el timonero, cada orden a gritos del capitán Urdemalas, bogad, hijos, bogad, cuarta a babor, me cago en Satán, ahora un poco a estribor, bogad, malditos, bogad, amolla ese cabo, tensa aquella driza, bogad que los pe rros ya son nuestros, bogad u os arranco la piel, bellacos, voto a Dios y a la hostia que vi alzar –que no dijera más Lutero, pues nadie blasfema como un español en temporal o combate–, nos hacía ganarle otra pulgada de ventaja al enemigo. Y así nos fuimos llegando a las manos.

Lo del bajel fue duro. Dimos en él los primeros, al tiempo que la *Caridad Negra*, algo más hacia la isla que nosotros, le entraba con el espolón a la galera turca, y de lejos nos venía el estampido de la escopetada y el griterío de Machín de Gorostiola y sus vizcaínos lanzándose al abordaje. Mientras, todos los ojos de la *Mulata* estaban clavados en los portillos negros abiertos en las bandas de la mahona: tenía seis cañones en cada una, y al ver que no podía evitar le entráramos, guiñó dos o tres cuartas a la zurda y nos largó una andanada que, aun de refilón, se nos llevó la entena del trinquete con cuatro marineros que en ese momento la bajaban para aferrarla, y cuyas tripas quedaron feamente colgadas en la jarcia. Otra como ésa nos habría hecho mucho daño, pues las galeras son frágiles de costillar; pero el capitán Urdemalas, que tenía el ojo plático, apenas vio la maniobra, previéndola, y como el timonero dudaba, lo apartó a un lado –a punto estuvo de darle una cuchillada, pues tenía la espada desnuda en la mano– y metió él mismo el timón a una banda, buscándole la popa a la mahona; que como dije era alta como la de los galeones o las urcas, pero tenía la ventaja de que no había cañones en ella y permitía arrimarnos con menos riesgo. La siguiente andanada, por la otra banda, se la llevó la *Virgen del Rosario*, lo que nos pareció más bien que mal; pues tales cosas deben repartirse entre todos, y Jesucristo dijo sed hermanos, pero nunca dijo primos.

–¡Listos para abordar! –aulló el alférez Labajos.

Ya estábamos casi a tiro de arcabuz; y si la chusma hacía bien su oficio, los artilleros turcos no tendrían tiempo de cargar bala otra vez. Me colgué una pequeña rodela a la espalda, y con el peto de acero en el pecho, un capacete en la cabeza y la espada en la vaina, me situé junto a un grupo de soldados y marineros que disponían garfios de abordaje al extremo de cabos con nudos. A proa se había recogido la vela de la entena rota, y la mayor estaba aferrada y a medio árbol. Las ballesteras hormigueaban de gente erizada de hierro. Otro grupo grande, concentrado alrededor del trinquete desmochado y en las arrumbadas, aguardaba a que descargara nuestra artillería de proa para ocupar la tamboreta y el espolón. Entre ellos alcancé a ver al capitán Alatriste, que soplaba la mecha de su arcabuz, y a Sebastián Copons anudándose en torno a la cabeza su acostumbrado pañuelo aragonés. Yo también llevaba otro bien prieto, sobre el que me ajustaba el capacete, que pesaba mucho y daba un calor infernal; pero siendo el abordaje de abajo arriba, era de avisados guarnir el campanario por si venían cigüeñas. El caso es que, ya cerca de la mahona, mi antiguo amo me vio entre la gente, como yo a él; y antes de apartar la vista observé que hacía una seña con la cabeza al moro Gurriato, que estaba

–¡Armados y a sus puestos! –gritó el alférez Labajos–...

a mi lado, y éste asentía. Maldito lo que os necesito a ambos, me dije. Pero no dije más, porque en ese momento dispararon el cañón de crujía y las moyanas de proa bala enramada y trozos de cadena para romper la jarcia y dejar al enemigo sin velas, petardearon pedreros, arcabuces y mosquetes, la cubierta de la galera se llenó de humo, y entre ese humo empezaron a caer saetas turcas y pelotas de plomo y piedra que chascaban al incrustarse en la tablazón o dar en carne. No quedaba otra que apretar los dientes y esperar, y así lo hice, encogido mientras recelaba que un poco de lo mucho que llegaba de lo alto me tocase a mí. Entonces la galera chocó contra algo sólido que nos estremeció con un crujido, los galeotes soltaron los remos, gritando mientras buscaban resguardarse entre los bancos, y al mirar arriba, entre los claros de la humareda, vi sobre nuestras cabezas la popa enorme del bajel, que se me antojó alta como un castillo.

–¡Santiago!... ¡Cierra!... ¡Cierra!... ¡Santiago, cierra España!

Gritaba la gente fuera de sí, amontonándose en proa. Que allí nadie, menos la chusma, iba obligado; y el que más y el que menos sabía que nos las teníamos con presa de las que hacen ricos a todos. Al fin saltaron los garfios, apoyose también la entena del árbol maestro en la banda enemiga para que se pudiera subir por ella, acostó un poco la galera por nuestra banda diestra, y allá fueron todos, subiendo por las cintas de la mahona como por escaleras llanas, y yo fui también, y de los primeros; que Lope Balboa, soldado del rey nuestro señor, muerto en Flandes con mucho pundonor y mucha honra, no se habría avergonzado ese día de su hijo, al verme trepar por el altísimo costado de la mahona turca con la agilidad moza de mis diecisiete años, hacia ese lugar donde no hay más amigo que la propia espada, y donde vivir o morir dependen del azar, de Dios o del diablo.

El combate fue violento, como digo, y se espació durante más de media hora. Había unos cincuenta jenízaros a bordo, que se defendieron con mucha decencia, cual suelen, y nos mataron a no poca gente haciéndose fuertes casi todos en la proa; pues esa tropa, cristiana de nacimiento, tomada en su tierna infancia a modo de tributo y educada luego en el Islam con lealtad ciega al Gran Turco, tiene a punto de honra no rendirse así la hagan pedazos, y es de una lealtad y ferocidad extrema. Hubo que arcabucearlos a quemarropa varias veces –se hizo con ganas, pues ellos nos lo habían hecho a nosotros por las bordas, portas y gradillas mientras trepábamos–, y luego entrarles a fondo con rodela y espada para darles su ajo y ganar el árbol maestro, que disputaron como perros rabiosos. Yo anduve recio, sin desatinarme demasiado con el furor de la pelea, cubierto con mi rodancho y atacando de punta, mirándolo todo bien como me había enseñado el capitán, dando cada paso cuando sabía que podía darlo, y sin echarme nunca atrás, ni siquiera cuando una escopetada me tiró sobre el pescuezo los sesos del caporal Conesa. Llevaba al lado al moro Gurriato segando como guadaña, y tampoco los camaradas nos iban a la zaga. Y así, paso a paso, tajo a tajo, les fuimos apretando el negocio a los jenízaros, empujándolos hasta el trinquete y la proa misma –¡*Sentabajo, cane!*, gritábamos en lengua franca, para que se rindieran–, donde les saltó encima, a la espalda, la gente de la *Virgen del Rosario* y la *San Juan Bautista*, que abordaron por esa parte: los españoles apellidando a Santiago y los de Malta a San Juan, como acostumbraban. Al juntarnos las tres galeras, la causa quedó vista para sentencia. Los últimos jenízaros, casi todos heridos y cansados, que nos habían estado gritando lindezas como *guidi imansiz*, que en turquesco quiere decir cornudos infieles, o *bir mum* –hijos de la gran puta–, cambiaron la retórica por *efendi* y *sagdic*, que significa señores y padrinos, y a pedir que les dejáramos la vida *Alá'iche*: por amor de Dios. Y para cuando al fin arrojaron las armas, buena parte de nuestra tropa ya andaba escudriñando cada rincón de la mahona y arrojando fardos de botín a las cubiertas de nuestras naves.

Vive Dios que hicimos un buen día, raspando a lo morlaco. Durante un rato hubo licencia de saco franco para hacer galima, y la ejecutamos como nunca antes se vio, pues la mahona era de más de setecientas salmas y cargaba toda suerte de mercadurías, especias, sedas, damascos, balas de telas finas, tapetes turcos y persas, cantidad de piedras de valor, aljófar, objetos de plata y cincuenta mil cequíes en oro, aparte varios toneles de arraquín, que es un licor turco; con lo que toda nuestra gente se dio un lucido homenaje. Yo mismo, más risueño que Demócrito, hice buena presa sin aguardar al reparto general, y por mi vida que lo merecía, pues fui de quienes buen trabajo dieron a los turcos, y el primero en clavar la daga en el árbol maestro a manera de testimonio; que eso daba honra y derecho a una mejora del botín. Baste decir sobre cómo reñí, que de los diecisiete españoles muertos abordando la mahona casi la mitad lo fueron a mi lado, que mi capacete y peto salieron con varias abolladuras, y que hube menester un balde de agua para quitarme la sangre de encima, por fortuna toda ajena. Después supe que, al preguntar el capitán Alatriste al moro Gurriato cómo había ido la cosa por mi lado –él y Copons se habían batido a popa, primero arcabuceando y luego con hachas y espadas, reventando puertas y paveses donde se abarracaron los oficiales turcos y algunos jenízaros–, éste resumió la cosa con mucho garbo, al decir que le habría costado mantenerme vivo de no haber matado yo a cuantos procuraban estorbárselo.

Tampoco en matar se quedaron cortos los de la *Caridad Negra* y la *Cruz de Rodas*. Abordadas primero una y luego la otra con la galera turca, el combate había sido recio y sin cuartel, pues ocurrió que, al meter el espolón de la *Caridad Negra* en la banda enemiga, llevándosele toda la palamenta de ese lado, un bolaño mató al sargento Zugastieta, vizcaíno jovial, buen espumador de ollas y mejor bebedor, muy apreciado por la tropa embarcada en esa galera, que ya dije era toda de la misma tierra. Y como la gente vascongada –lo dice uno de Guipúzcoa– es a veces corta de razones pero siempre larga de bolsa y espada, todo cristo saltó a la galera turca gritando *¡Koartelik ez!*, y también *¡Akatu gustiak!* y cosas así, que en nuestra lengua significa que no había cuartel ni para el gato del arráez. De modo que hasta el último grumete fue pasado a cuchillo sin distinguir el que se rendía del que no. Los únicos que quedaron vivos a bordo fueron los galeotes que no habían muerto en la acometida, de los que se liberaron noventa y seis cristianos, la mitad españoles, con la alegría que es de imaginar. Entre ellos se contó uno de Trujillo que llevaba veintidós años esclavo, desde su captura en el quinto del siglo, cuando la Mahometa, y que milagrosamente seguía con vida, pese a tanto tiempo al remo. Que era de ver cómo lloraba el infeliz, abrazando a todos.

Por nuestra parte, en la mahona liberamos a quince esclavos jóvenes que iban encerrados donde la zahorra: nueve varones y seis mozas aún doncellas, el mayor de quince o dieciséis años. Todos ellos de buen talle, cristianos capturados por corsarios en las costas española e italiana, y destinados a venderse en Constantinopla, con el futuro que se puede imaginar, siendo como son allí muy lujuriosos en dos maneras. Pero la presa más notable fue la favorita del bajá de Chipre, que resultó ser una renegada rusa como de treinta años y ojos azules, alta y abundante en todo, la más hermosa que nunca vi; a la puerta de cuya cámara, donde fue puesta con el capellán Nistal y escolta de cuatro hombres por don Agustín Pimentel, con pena de vida para quien la ofendiera, hacíamos cola para admirarla, pues iba vestida con ricos vestidos, la acompañaban dos esclavas croatas de buena cara, y era singular que una mujer así estuviera entre tan ruda gente como éramos, cuando no se secaba la sangre que había por todas partes. De esa hembra ni siquiera tocamos el botín que produjo, pues dos días más tarde fue enviada a Nápoles con el bajel, los cautivos liberados y la *Virgen del Rosario* como escolta –la galera turca, abierta en el abordaje, había terminado por irse al fondo–, y allí fue rescatada tiempo después a cambio de trescientos mil cequíes de los que nunca vimos ni el color, pese a que con nuestro esfuerzo y peligros los habíamos ganado a punta de espada. Más tarde supimos que el bajá enfermó de cólera al conocer la presa, y juró venganza. Todo acabó pagándolo nuestro pobre piloto Braco año y medio más tarde, cuando, apresado a bordo de un bajel nuestro en los secanos de Limo, fue reconocido como uno de los que estuvieron en la captura de la mahona de Chipre. Los turcos lo desollaron vivo, tomándose su tiempo, y luego de rellenar su cuero de paja lo exhibieron en la gata de una galera, paseándolo de isla en isla.

Así es el Mediterráneo, donde en sus angostas riberas todos se conocen y tienen cuentas pendientes, y tales son los azares del corso y de la guerra: donde las dan, las toman. El hecho es que aquel día, junto a la isla de los Hornos, quienes las tomaron, y bien, fueron los ciento cincuenta turcos, uno arriba o uno abajo, que echamos al mar; cifra que incluye a sus heridos, que puntualmente se ahogaron todos. Después los alguaciles de galera encadenaron al remo al medio centenar que había quedado sano, pese a las protestas de los vizcaínos de la *Caridad Negra*, que pretendían mochar parejo y de-

gollarlos también; y al cabo, de alborotados que estaban, que
ni a su capitán obedecían, hubo de permitir don Agustín Pimentel que cortasen las orejas y narices a cuanto renegado
vivo quedaba entre los turcos apresados, que fueron cinco o
seis. En cuanto al botín particular, resultó bueno, como dije;
y cuando llegó la orden de parar el saco franco me había lle-
nado los bolsillos con unas manillas de plata, cinco buenas
sartas de perlas y puñados de cequíes turcos, venecianos y
húngaros. No exagero con qué felicidad nos arrojábamos
sobre aquello: era de mucho momento observar a hombres
hechos y derechos, soldados barbudos rebozados de hierro y
cuero, reír como niños con las faltriqueras llenas; que a fin
de cuentas para eso dejábamos los españoles la seguridad de
nuestra tierra, el hogar y la familia, dispuestos a sufrir los
azares y trabajos, los peligros, las inclemencias del tiempo, la
furia de los mares y los estragos de la guerra. Pues, como
había escrito ya en el siglo viejo, con mucha propiedad, Bar-
tolomé de Torres Naharro:

> *Los soldados no medramos*
> *sino la guerra en la mano;*
> *con razón la deseamos*
> *como pobres el verano.*

Mejor muertos o ricos, era la idea, pero como hidalgos al
fin y al cabo, que pobres y miserables doblando la cerviz ante
el obispo y el marqués de turno. Concepto ese defendido, de
obra y obras, por el propio veterano soldado Cervantes en

boca de su don Quijote, que anteponía la honra de la espada
a la gloria de la pluma. Que si buena es la pobreza porque la
amó Cristo, digo yo, gócenla quienes la predican. Ver con
malos ojos que un soldado embaúle el oro que paga con su
sangre, sea en Tenochtitlán o en las barbas del Gran Turco,
como hacíamos nosotros, es desconocer el tiempo difícil en
que ese soldado vive, y con cuánto sufrimiento gana su despojo en las batallas, ofrecido a los balazos, estropeado de
cuerpo, tragando hierro y fuego con el ansia de ganar reputación, sustento, o ambas cosas a la vez, que tanto monta:

> *Nadie muere aquí en el lecho*
> *a almidones y almendradas,*
> *a pistos y purgas hecho.*
> *Aquí se muere a estocadas*
> *y a balazos, roto el pecho.*

Por eso, quien discute el botín o la paga de un soldado ol-
vida que el premio y la honra mueven las cosas humanas, y
en su procura los marinos navegan, los labradores aran, los
monjes rezan y los soldados pelean. Pero la honra, aunque
con peligro y heridas se alcance, nunca dura mucho si no
viene con premio que la sustente; que la gentil estampa del
héroe cubierto de heridas en un campo de batalla se torna
ruina miserable después, cuando todos apartan de él los ojos
con horror, viendo sus mutilaciones, mientras mendiga en la
puerta de una iglesia. Además, en materia de premios, España
fue siempre olvidadiza. Si quieres comer, te dicen aquí, asalta

ese castillo. Si quieres la paga, aborda esa galera. Y que Dios
te ampare y corresponda. Después te miran pelear desde la
talanquera, aplauden tu hazaña, pues aplaudir no cuesta dinero, y corren a beneficiarse de ella –a ese botín lo apellidan con
más sahumados nombres que nosotros–, envueltos en los gentiles colores de la bandera desgarrada por la metralla que te
mutiló el cuerpo. Pues en nuestra desventurada nación, pocos generales y aún menos reyes fueron como el general
Mario; que agradecido a la ayuda de mercenarios bárbaros
en las guerras de la Galia, los hizo ciudadanos de Roma
contra el derecho local. Y reprendido por ello,
respondió: *Con el ruido de la guerra no oigo
el de las leyes*. Por no hablar del propio
Cristo, que honró, y sobre todo
dio de comer, a sus
doce soldados.

X. LAS BOCAS DE ESCANDERLU

ije en el capítulo anterior que donde las dan las toman, y es muy cierto. También lo es, como había dicho el moro Gurriato, que Dios ciega a quienes quiere perder. Y que conviene visitar la horca antes que el lugar, añado yo. Porque cinco días después de apresar la gran mahona, caímos en una trampa. O quizá sea más adecuado decir que en la trampa nos metimos solos, por forzar demasiado nuestra suerte. Fue el caso que, envalentonado por la buena presa, decidió don Agustín Pimentel subir hacia el norte, barajando la costa firme, para saquear Foyavequia, una pequeña ciudad habitada por otomanos que está en la Anatolia, en el golfo que llaman Escanderlu. Y así, después de dar siete pies de tierra turca a cada uno de nuestros muertos en la isla de los

Hornos –allí quedaron el sargento Zugastieta, el caporal Conesa y otros buenos camaradas–, navegamos la vuelta de tramontana hasta pasar el canal y los despalmadores de Xío, y de ahí, a levante del cabo Negro y la embocadura de Esmirna, entramos en el citado golfo, donde nos mantuvimos al pairo lejos de la costa, en espera de que llegara la noche. Lo hicimos confiados, pese a una señal de mal agüero que nos tenía en desazón; y fue que habiendo enviado por delante, a descubrir y tomar lengua, a la *San Juan Bautista* de Malta, nunca volvimos a tener noticias de su paradero; y hasta el día de hoy nadie volvió a verla ni a saber de ella, ignorándose siempre si se hundió, si fue capturada, si hubo supervivientes o no, pues ni siquiera los turcos dieron razón jamás. Como tantos misterios que duermen bajo las aguas, con sus trescientos cuarenta hombres a bordo entre caballeros, soldados, marineros y chusma, a esa galera se la tragaron el mar y la Historia.

Pero bien venga el daño si viene solo. Pese a que la *San Juan Bautista* no se nos había unido como estaba previsto, estimó don Agustín Pimentel que vendría retrasada, y que tres galeras bastaban a la incursión, por ser Foyavequia fortaleza de poco porte, que ya había sido saqueada por la gente de Malta en el año dieciséis. Atardeció al fin sin novedad, llenamos el estómago con un rancho de habas remojadas, frías –no podíamos encender fuegos–, un puñado de aceitunas y una cebolla para cada cuatro hombres, y a la hora del avemaría, por una mar tranquila, cubierto el cielo y sin soplo de brisa, empezamos a bogar arrimándonos a tierra con los fanales apagados. La noche era oscura, y nos hallaríamos a una milla de la ciudad, muy juntas las tres galeras, cuando el vigía de una gata creyó ver algo a nuestra espalda, hacia mar abierto: sombras de naves y velas, dijo, aunque no estaba seguro pues ninguna luz las delataba. Interrumpimos la boga, acercáronse las galeras unas a otras y hubo consejo a la voz, en torno a la capitana. Cabía que las sombras fuesen nubes bajas iluminadas por la última luz de la tarde, o alguna embarcación engolfada a lo lejos; pero también podía tratarse de una o varias naves enemigas; en cuyo caso, tenerlas cerrándonos el mar abierto era de consideración, sin contar la posibilidad de que nuestras galeras fuesen atacadas fondeadas ante la playa y con la gente de brega en tierra. Así que, muy contrariado, nuestro general destacó su esquife a reconocer aquello, mientras aguardábamos con el ansia que es de suponer. Tornaron los del esquife al comienzo de la guardia de media, señalando que había cinco o más sombras, galeras en apariencia, y que no osaron acercarse más por no verse descubiertos y presos. Con tal información, que fue como un rayo a nuestros pies, decidió don Agustín Pimentel no seguir adelante. Podían ser turcos de Xío o Metelín, mercantes que navegaban en conserva, o tal vez una flotilla corsaria que se disponía a bajar hacia poniente. Harto se discutió cada posibilidad, incluida la de escabullirnos en la oscuridad; pero era improbable conseguirlo sin ser sentidos, y peligroso al no conocer con quién nos las habíamos. De modo que, manteniendo la instrucción de no encender fuegos a bordo, doblada la guardia para prevenir un ataque noc-

turno, se nos ordenó descansar a turnos, en zafarrancho.
Y así aguardamos sobre las armas, con un ojo abierto y la
inquietud en el corazón, a que la luz del día aclarase nuestro
destino.

–Asan carne, señores –resumió el capitán Urdemalas.

Acababa de subir del esquife por la escala diestra de popa,
tras celebrarse consejo en la carroza de la *Caridad Negra*. Las
tres galeras estaban muy juntas, proa a la mar, inmóviles los
remos en el agua color de plomo. El cielo estaba cubierto y
seguía sin soplar la más leve brisa.

–No hay otra: esta noche cenamos con Cristo, o en Constantinopla.

Diego Alatriste se volvió en dirección a las galeras turcas, estudiándolas por enésima vez desde que el alba empezó a definir sus formas en el horizonte oscuro, que en
la distancia amenazaba tormenta. Eran siete ordinarias, de
fanal, y una grande de tres fanales, tal vez su capitana. Debían de sumar a bordo millar y pico de hombres de guerra, aparte la chusma. Veinticuatro piezas de artillería en las
ocho proas, sin contar esmeriles y sacres de las bandas. Era
imposible saber si habían dado con ellos porque los buscaban, o porque el azar quiso que navegaran esas aguas en el
momento oportuno. Lo cierto es que estaban a menos de
una milla, desplegadas en orden de batalla; cubriendo con
mucha pericia cualquier fuga de las tres galeras cristianas

hacia mar abierto, tras haber aguardado pacientes toda la noche, cautas, seguras de que las presas estaban atrapadas en el saco del golfo. Quien estuviera al mando, conocía el oficio.

–La de Malta irá primero –informó Urdemalas–. Lo ha exigido Muntaner, pues dice que los estatutos de la Religión le obligan a eso.

–Mejor ellos que nosotros –dijo el cómitre, aliviado.

–No hay diferencia. Todos vamos a disfrutar lo nuestro.

Los oficiales y cabos de la *Mulata* se miraban unos a otros. Nadie tuvo necesidad de expresar pensamientos, pues podían leerse en cada rostro. El capitán de mar y guerra sólo confirmaba lo que Diego Alatriste y los demás sabían de sobra: dos galeras enemigas por cada cristiana, y dos de barato, sin que cupiese la posibilidad de varar en tierra y salvarse allí, pues ésta era de turcos. No quedaba sino poner al tablero la vida y la libertad: muertos o cautivos a falta de un milagro. Y era esto último lo que se quería forzar.

–Habrá que ir a remo todo el tiempo –seguía diciendo Urdemalas–, excepto si aquellas nubes negras que hay a poniente traen viento, en cuyo caso nuestras posibilidades serían mayores... Pero no hay que contar con eso.

–¿Cuál es la idea? –quiso saber el alférez Labajos.

–Demasiado simple, pero no hay más: la de la Religión irá delante, la *Caridad Negra* detrás, y nosotros de chicote.

–Es mala cosa ir los últimos –opinó Labajos.

–Va a dar lo mismo. No creo que logremos pasar ninguno, porque en cuanto vean que nos movemos, esos perros se cerrarán. De todas formas, Muntaner intentará abrir brecha, dejando un hueco para que probemos suerte... Haremos una finta hacia el centro enemigo, y luego intentaremos cortar o salir por su cuerno izquierdo, que parece más espaciado y más débil.

–¿Socorro mutuo? –quiso saber el sargento Quemado.

El capitán de la *Mulata* negó con la cabeza, y al hacerlo se llevó una mano a la cara, maldiciendo entre dientes de las nueve horas de Dios y de alguna otra, porque las muelas seguían atormentándolo, y más después de las horas que llevaba en vela. Diego Alatriste comprendía su estado de ánimo. Para Urdemalas, como para todos, había sido una noche demasiado larga, pero buena en comparación con la que podía venir: en el fondo del mar o batiendo charco en una nave turca. De ahí a un rato, las muelas del capitán de galera iban a ser lo de menos.

–Ningún socorro a nadie –decía éste–. Cada cual para sí, y puto el último.

–El último somos nosotros –recordó, oportuno, el sargento Quemado.

Urdemalas lo fulminó con la mirada.

–Era una frase, pardiez. Sin socorrernos unos a otros, y apretando boga, cabe la posibilidad de que alguno escape.

–Eso sentencia a los de la Religión –opinó fríamente el alférez Labajos–. Si se traban los primeros, los turcos les irán encima.

Urdemalas hizo una mueca desabrida. Entre profesionales, decía el gesto, aquél no era asunto suyo.

–Para eso se dicen caballeros y hacen sus votos, y cuando mueren van al Cielo... Los que no lo tenemos tan mascado, hemos de ir con más tiento.

–Eso es el Evangelio, señor capitán –aprobó Quemado–. Una vez vi en un lienzo flamenco el infierno bien pintado, y juro al naipe que no tengo prisa en zarpar ferro.

Era el tono acostumbrado, observó Alatriste. El que se esperaba de ellos. Todo discurría con arreglo a las ordenanzas, hasta aquel aire despegado, ligero, en las mismas barbas del diablo. Las aprensiones quedaban íntimas, exclusivas de cada cual. Ocho siglos de guerras contra moros y ciento cincuenta años de hacer temblar al mundo habían depurado el lenguaje y las maneras: un soldado español, mal que le pesara, no se hacía matar de cualquier modo, sino con arreglo a lo que de su reputación esperaban amigos y enemigos. Los hombres reunidos en la carroza de la *Mulata* sabían eso, y también los demás. Iba en el sueldo, aunque no se cobrara. Con tales pensamientos, Alatriste echó un vistazo a la tropa. Cualquiera de ellos habría querido verse en la cama con calenturas antes que sano allí: agrupados en ballesteras, corredores y crujía, soldados y marineros miraban a sus oficiales en silencio mortal, conscientes de que espadas y bastos resolvían la partida. Entre la chusma, sin embargo, iban a medias la aprensión de los medrosos y el regocijo de quienes ya se veían libres; que para el cautivo encadenado al remo por la religión enemiga, cada vela avistada era siempre una esperanza.

–¿Cómo disponemos a la gente? –preguntó Labajos.

El capitán de galera hizo ademán de aserrarse una mano con el canto de la otra.

—Para corte de línea y rechazar posibles abordajes... Y si pasamos, quiero los dos falconetes a popa. La caza puede ser larga.

—¿Damos de comer, por si acaso?

—Sí, pero sin encender el fogón. Ajos crudos y vino, que es brasero del estómago.

—La chusma necesitará refresco —sugirió el cómitre.

Urdemalas se recostó en el coronamiento, bajo el fanal. Tenía ojeras, aspecto fatigado, y se le veía sucio y grasiento. El dolor de muelas y la incertidumbre le demudaban el tostado de la piel. No se preguntó Alatriste si también él tenía ese aspecto. Aun con las muelas sanas, sabía de sobra que así era.

—Aseguren las calcetas de todos los forzados, con manillas a turcos y moros. Luego denles un poco del arraquín que cogimos de la mahona: un chipichape por banco. Ése será hoy el mejor rebenque. Pero sin concesiones. Al primer remolón se le corta la cabeza, aunque sea yo quien tenga que pagarlo al rey... ¿Lo he dicho claro, señor cómitre?

—Clarísimo. Se lo diré al alguacil.

—Si al forzado le dan de beber —apuntó el sargento Quemado, con una mueca burlona— o está jodido o lo van a joder.

Contra la costumbre, nadie hizo coro a la gracia. Urdemalas miraba al sargento con aire de pocas fiestas.

—Para la gente de cabo y guerra —dijo, seco—, además de los ajos y el vino, otro sorbo de arraquín. Después, que tengan a mano vino ordinario, muy aguado —en ese punto se volvió hacia el artillero tudesco–. En lo que corresponde a vuesamerced, maestre lombardero, tirará con ferralla y hoja de Milán, de cerca y a mi orden... Por lo demás, el señor alférez Labajos estará a proa, el señor sargento Quemado a la banda diestra, y el señor Alatriste a la banda zurda.

–Convendría proteger lo más posible a la chusma –dijo Alatriste.

Urdemalas lo miró fijo, hosco, un instante más de lo necesario.

–Es cierto –asintió al fin–. Pongan de pavesadura cuanto haya a bordo, velas incluidas. Si nos matan mucha gente de remo, estamos perdidos... Piloto, meta la aguja y todos los instrumentos bien trincados y a cubierto en el escandelar... Conmigo quiero a los dos mejores timoneros, el piloto y ocho buenos tiradores con mosquetes... ¿Alguna pregunta?

–Ninguna –resumió Labajos tras un silencio.

–Por supuesto, ni pensar en abordajes nuestros: sólo metralla, pedreros, escopetería. Hola y adiós. Si nos detenemos, se acabó. Y si pasamos, a bogar como locos.

Hubo algunas sonrisas tensas.

–Dios lo quiera –murmuró alguien.

Se encogió de hombros el capitán de galera:

–Si no quiere, que al menos sepa dónde encontrarnos el día del Juicio.

–Y que no yerre al juntar los pedazos –apostilló el sargento Quemado.

–Amén –murmuró el cómitre, santiguándose.

Y, mirándose unos a otros de reojo, todos lo imitaron. Incluso Alatriste.

Miente quien diga que nunca conoció el miedo, pues no hay cosa que no tenga su día. Y aquel amanecer, frente a las ocho galeras turcas que cerraban la salida a mar abierto, en los momentos previos al enfrentamiento que hoy figura en las relaciones y libros de Historia como combate naval de Escanderlu, o de cabo Negro, pude reconocer la sensación, familiar de otras veces, que me tensaba el estómago hasta el límite de la náusea y hacía correr un incómodo hormigueo por mis ingles. Yo había crecido desde mis primeros lances junto al capitán Alatriste, y los dos años transcurridos desde el molino Ruyter, las trincheras de Breda y el cuartel de Terheyden, pese a la no poca arrogancia y suficiencia de una mocedad insolente, ponían en mi cabeza más seso y certeza del peligro. Lo que estaba a punto de ocurrir no era una peripecia abordada con ligereza de muchacho, sino un suceso grave, de resultado indeciso, a cuyo término podía estar la Cierta –no el peor final, a fin de cuentas–, pero también el cautiverio o la mutilación. Había madurado lo suficiente para comprender que en pocas horas podía verme al remo de una galera turca para toda la vida –a un pobre soldaduelo de Oñate nadie lo rescataba en Constantinopla–, o mordiendo un trozo de cuero mientras me amputaban un brazo o una pierna. Era el miedo a la mutilación lo que más me atenazaba el ánimo, pues no hay nada peor que verse estropeado, con un ojo menos o pierna de palo, hecho milagro de cera, desfigurado y roto, condenado a la piedad ajena, a la limosna y la miseria; y más cuando estás en pleno vigor de cuerpo y juventud. Entre muchas otras cosas, no era ésa la imagen que Angélica de Alquézar querría encontrar de mí si volvíamos a vernos. Y confieso que este último extremo hacíame flaquear las piernas.

Tales eran, en suma, mis poco gentiles pensamientos mientras terminaba, con los camaradas, de empavesar las bandas y la proa de la *Mulata* con velas enrolladas, jergones, ruanas, mochilas, jarcia y cuanto obstáculo podíamos oponer a las balas y saetas turcas que iban a llover como granizo. Cada cual tendría su procesión por dentro, como yo; pero lo cierto es que todos hacíamos de tripas corazón con harta compostura. Como mucho había manos temblorosas, palabras incoherentes, miradas absortas, oraciones en voz baja, bromas macabras o risas inquietas, según el carácter de cada uno: lo de siempre. Las tres galeras estábamos casi remo con remo, apuntados los espolones hacia los turcos, que se veían a tiro de cañón aunque nadie disparaba para calcularlo, pues ellos y nosotros sabíamos que habría ocasión de quemar pólvora con mejor provecho algo más de cerca —llegado el momento, todos procurarían tirar primero, pero lo más próximos posible al adversario: algo parecido al juego de las siete y levar—. El silencio en las galeras enemigas, como en las nuestras, era absoluto. El mar seguía quieto como una lámina de plomo, reflejando las nubes, mientras trazos negros de tormenta desfilaban hacia el mediodía sobre la costa de Anatolia, que se dibujaba a nuestra espalda y por nuestras bandas. Ya estábamos armados y listos, humeaban las mechas de los escopeteros, y sólo faltaba la orden de bogar hacia nuestro destino. Yo estaba asignado al trozo que, provisto de medias picas, partesanas y chuzos, debía rechazar en la banda siniestra cualquier intento de abordaje turco mientras cruzábamos la línea enemiga. El moro Gurriato se hallaba a mi lado –sospecho que siguiendo instrucciones del capitán Alatriste–, tan sereno que parecía ajeno a todo. Aunque se aprestaba a luchar y morir como los demás, parecía encontrarse de paso, testigo indiferente a su propia suerte; eso a pesar de que, moro como era, ésta no iba a ser envidiable si caía en manos turcas, donde no tardaría en ser delatado por algún galeote e incluso por los mismos compañeros. Que el impulso que hace a los hombres esforzados en la pelea, a veces se torna abyecto en la necesidad de sobrevivir a la derrota; y más en el cautiverio, donde tantos ánimos recios flaqueaban, renegaban o se sometían a cambio de la libertad, la vida o un miserable trozo de pan. Humanos somos, al cabo, y no todos sufren los trabajos con igual ánimo.

–Lucharemos juntos –me dijo el moro Gurriato–. Todo el tiempo.

Aquello me consoló un poco, aunque conocía de sobra que, cuando se riñe en el umbral de la otra vida, cada cual lo hace para sí, y no hay mayor soledad que ésa. Pero el mogataz había pronunciado las palabras oportunas, y agradecí la mirada amistosa que las acompañaba.

–Muy lejos de tu tierra –observé.

Sonrió, encogiendo los hombros. Llevaba calzón y alpargatas a la española, el torso desnudo, su gumía en la faja, un terciado de tres palmos al cinto y un hacha de abordaje en la mano. Nunca me había parecido tan sereno y feroz.

—Mi tierra sois el capitán y tú –dijo.

Eso me conmovió, mas disimulé cuanto pude, diciendo lo primero que me vino a la boca:

—Aun así, hay mejores sitios para morir.

Inclinó la cabeza el mogataz, cual si reflexionara.

—Hay tantas muertes como personas –respondió–. En realidad nadie aguarda la suya, aunque lo crea. Sólo la acompaña y dispone.

Permaneció un momento contemplando la tablazón embreada del suelo, entre sus pies, y luego me miró de nuevo:

—Tu muerte viaja contigo desde siempre, y la mía conmigo... Cada cual lleva la suya a cuestas.

Busqué con los ojos al capitán Alatriste. Al fin lo divisé en la parte más a proa del corredor, disponiendo a los arcabuceros en la arrumbada. Designado mayoral de la banda siniestra, había puesto como cabo de brega a Sebastián Copons. Me pareció tranquilo, frío como de costumbre, su chapeo inclinado sobre los ojos y el perfil aguileño, los pulgares en el cinto del que pendían espada y daga, sobre el coleto de piel de búfalo surcado de marcas de antiguas cuchilladas. Dispuesto a afrontar de nuevo lo que la suerte deparase, sin aspavientos, bravatas ni ademanes innecesarios. Con la calma digna de quien era, o de quien procuraba ser. Hay tantas muertes como personas, había dicho el moro Gurriato. Envidié la del capitán, cuando llegase.

La voz del mogataz sonó de nuevo, suave, a mi lado.

–Quizá un día lamentes no haberle dicho adiós.

Me volví, enfrentándome con su mirada intensa y negra, entre aquellas largas pestañas casi femeninas.

–Dios nos da –añadió– una corta luz entre dos noches.

Lo estudié un instante; su cráneo rapado, los aros de plata en las orejas, la barba en punta, la cruz tatuada en uno de los pómulos. Lo hice durante el espacio que duró su sonrisa. Después, cediendo al impulso que sus palabras habían puesto en mi corazón, caminé por el corredor, esquivando a los camaradas que lo atestaban, acercándome a mi antiguo amo. Llegué a él y no dije palabra, pues tampoco sabía qué decir. Me limité a quedarme apoyado en el filarete de la arrumbada, mirando hacia las galeras turcas. Pensaba en Angélica de Alquézar, en mi madre y mis hermanillas cosiendo junto al fuego del caserío. También pensaba en mí recién llegado a Madrid, sentado a la puerta de la taberna de Caridad la Lebrijana una mañana de sol de invierno. Pensaba en los muchos hombres que yo podría ser un día, y que tal vez quedaran allí para siempre, truncados en aquel paraje, pasto de peces, sin llegar a ser ninguno de ellos.

Entonces sentí la mano del capitán Alatriste apoyarse en mi hombro.

–No permitas que te cojan vivo, hijo mío.

–Lo juro –respondí.

Sentí ganas de llorar, pero no de pena, ni de temor. Era una extraña y tranquila melancolía. A lo lejos, en la calma y el silencio absoluto del mar, resplandeció un relámpago, tan distante que su trueno no llegó hasta nosotros. Entonces, como si aquel quebrado zigzag de luz fuera una señal, sonó un redoble de tambor. Encaramado de pie en el coronamiento de popa de la *Caridad Negra*, junto al fanal y con el crucifijo en alto, fray Francisco Nistal alzó una mano y nos bendijo a todos; que descubriéndonos, puestos de rodillas, rezamos mientras llegaban, entrecortadas, las palabras del capellán: *In nomine... et filii... Amen*. Todavía estábamos arrodillados cuando, izando en la popa de la capitana el pendón real, en la de Malta la cruz argentada de ocho puntas y en la nuestra el lienzo blanco con la vieja aspa de San Andrés, cada galera afirmó su bandera con un toque de corneta.

—¡Ropa fuera! —ordenó el cómitre.

Después, en un silencio sobrecogedor, ocupamos nuestros puestos y empezose a bogar hacia los turcos.

Seguía la tormenta silenciosa a lo lejos. El resplandor de los relámpagos quebraba el horizonte gris, con destellos en el agua plomiza y tranquila. En silencio también seguía la boga, aún reposada, con sólo el resollar de la chusma y el tintineo de las cadenas al ritmo de la palamenta. Se remaba a cuarteles, despacio, economizando fuerzas para el tramo final, y ni siquiera el cómitre usaba el silbato. Íbamos callados, los ojos en las galeras turcas, cubiertos de hierro y a punto de guerra. Y a la mitad del recorrido, mientras nos desviábamos un poco

hacia la zurda, la galera de Malta empezó a adelantarse por
nuestra banda diestra. Desde muy cerca la vimos tomar la de-
lantera, mosquetes, arcabuces y picas asomando tras los paveses, los remos entrando y saliendo del agua con ritmo preciso, las velas aferradas en las entenas bajas; y en la popa,
donde habían abatido la tienda, frey Fulco Muntaner, su capitán, de pie y bien a la vista, coselete blanco con la sobre-
veste de tafetán rojo y la cruz, descubierta la cabeza, luenga
la barba cana y espada en mano, rodeado por su gente de confianza: frey Juan de Mañas, de la lengua de Aragón e hijo de
los condes de Bolea, frey Luciano Cánfora, de la lengua de Italia, y el caballero de caravana Ghislain Barrois, de la lengua
de Provenza. A su paso, casi rozando nuestros remos y los
suyos, el capitán Urdemalas saludó quitándose el sombrero.
«Buena suerte», voceó. A lo que el viejo corsario de la Religión, tranquilo como si fuese a puerto y señalando displicen-
te las ocho galeras turcas, se encogió de hombros mientras
respondía, con su fuerte acento mallorquín: «Es poca ropa».
   Cuando la *Cruz de Rodas* nos rebasó del todo, tomando la
cabeza de la línea, siguió la *Caridad Negra* al mismo ritmo de
boga, el estandarte con las armas reales agitándose débilmen-
te a popa, pues la única brisa era la que movía la nave en su remada. Así vimos adelantarnos a los vizcaínos que nos prece-
derían en el ataque, saludándolos con manos, sombreros y
cascos en alto. Iban el capitán Machín de Gorostiola y los
suyos hoscos y callados, humeando mosquetes y arcabuces
de proa a popa, y don Agustín Pimentel muy tieso y gallardo
en la carroza, revestido con una armadura milanesa de mucho

... Sentí la mano del capitán Alatriste apoyarse en mi hombro.

precio, un puño en el pomo de la espada y el morrión en manos de un paje, con la compostura que correspondía a su grado, a la nación, al rey y al Dios en cuyo nombre nos iban a hacer pedazos.

–Que la Virgen los ayude –murmuró alguien cerca.

–Que nos ayude a todos –dijo otro.

Ya remaban las tres galeras en fila, muy juntas, a espolón con fanal una de otra, mientras seguían flameando los relámpagos silenciosos sobre el mar quieto y plomizo. Yo estaba en mi puesto, entre el moro Gurriato y el encargado de manejar un pedrero de borda, que tenía en una mano el botafuego humeante y en la otra desgranaba las cuentas de un rosario mientras movía los labios. Quise tragar saliva, pero no tuve. El sorbo de arraquín y el vino aguado se me habían secado hacía rato en la garganta.

–¡Apretad la boga! –ordenó el capitán Urdemalas.

Decirlo, y pitar el cómitre, y restallar corbacho en espaldas de galeotes, todo fue uno. Intentando disimular la tensión de mis dedos, ceñí el pañuelo en torno a mi cabeza y me puse el capacete de acero, sujetándolo con el barbuquejo. Comprobé que podía soltar con facilidad las correas del peto en caso de caer al mar. Mis alpargatas con suela de esparto estaban bien anudadas en los tobillos, tenía en las manos el asta de media pica afilada como navaja, con el tercio superior ensebado, y al cinto mi espada del perrillo y la daga vizcaína. Respiré hondo varias veces. No había más que pedir, excepto que notaba en el estómago un hueco de a palmo. Desabrochándome los calzones, aunque con pocas ganas, oriné en el bacalar sin reparo de nadie, entre los remos que se movían acompasados, y casi todos los que estaban cerca me imitaron en el jarear. Éramos gente acuchillada.

–¡Todos al remo!... ¡Ahora! ¡Boga larga!

Sonó un cañonazo a proa y nos empinamos sobre las puntas de los pies para ver mejor. Las galeras turcas, cada vez más cerca y hasta entonces quietas, empezaban a moverse, hormigueando de turbantes, bonetes rojos, altos gorros jenízaros, almaizares, marlotas y jaiques de colores. Una nubecilla de humo blanco se elevó de la proa de la más próxima. Tras el estampido, su silencio se quebró con rebato de pífanos, chirimías y añafiles, y de las embarcaciones otomanas se elevaron los tres grandes gritos o voces con que esa gente suele animarse al degüello. Como respuesta, de la *Cruz de Rodas* llegaron tres secos cornetazos, seguidos por redoble de cajas y los gritos: «¡San Juan, San Juan!» y «¡Acordaos de San Telmo!».

–Allá va la Religión –dijo un soldado viejo.

Un rosario de fogonazos y saetas surgió de las galeras turcas: cañones y moyanas de proa empezaban a disparar sobre la de Malta, con balas sueltas que venían hacia nosotros y pasaban sobre nuestras cabezas. A lo largo de la crujía, cómitre, sotacómitre y alguacil corrían de proa a popa, desollando chusma a corbachazos.

–¡Boga arrancada! –aulló el capitán Urdemalas–. ¡Remad a muerte, hijos!

El humo crecía por momentos mientras se multiplicaban los escopetazos y las flechas turcas cruzaban el aire zumbando en todas direcciones. Las naves enemigas cerraban sobre nuestra cabeza de fila, seguros ya sus arráeces de la intentona. Y así vimos cómo la *Cruz de Rodas* penetraba impávida en la humareda, embistiendo entre las dos galeras más próximas, con tal decisión que oímos el crujido de tablazón y remos al romperse. La siguió nuestra capitana desviándose a la banda siniestra –oíamos delante a Machín de Gorostiola y sus vizcaínos vocear «¡Santiago! *¡Ekin, ekin!* ¡España y Santiago!»– y la *Mulata* le fue detrás, entre el estruendo del combate y el griterío de los hombres que luchaban por sus vidas.

El silbato del cómitre nos martirizaba los oídos, al tiempo que el látigo desollaba las espaldas de la chusma y la galera volaba sobre el mar; pues ese pitido intermitente, rápido, marcaba la distancia que nos separaba de la muerte o el cautiverio. Todavía incrédulos por nuestra momentánea buena suerte, mirábamos las galeras que nos daban caza: habíamos cruzado la línea turca, aunque la distancia con nuestras perseguidoras fuese mínima. Seguía quieta como aceite la mar plomiza, y los relámpagos silenciosos de tormenta quedaban a poniente: no soplaría ningún viento salvador. La *Caridad Negra*, que había pasado antes que nosotros, también bogaba desesperadamente a proa y hacia la banda diestra de la *Mulata*, queriendo distanciarse de las cinco galeras turcas que nos venían a la zaga. Atrás, aún a la distancia de un tiro de moyana, inmóvil y trabada con tres galeras que había atraído sobre sí, la capitana de Malta peleaba feroz, envuelta en humo y llamas, y hasta nosotros llegaban, lejanos, los gritos de «¡San Juan, San Juan!» entre el estrépito de su combate sin esperanza.

Había sido un milagro, aunque de limitados alcances. Después de que la *Cruz de Rodas* embistiese la línea turca, y al momento se viera trabada en ella, la *Caridad Negra* aprovechó el espacio dejado por la maniobra para atravesar la formación turca, no sin encajar gentil cañoneo de artillería que le desarboló el trinquete, ni sin romper parte de su palamenta pasando entre la capitana de Malta y la más próxima nave enemiga. Eso tuvo para nosotros, pegados a su popa, la ventaja de que los cañones enemigos habían disparado cuando nos llegó el turno, por lo que cruzamos sufriendo sólo saetazos y escopetería. Lo hicimos con los remos de la banda diestra tocando los de la *Cruz de Rodas*, que, enclavijada sin remedio con las galeras turcas mientras otras se acercaban a toda boga, sufría tres abordajes simultáneos, dos por una banda y otro por la proa. Estábamos demasiado ocupados para apreciar su sacrificio –en la carroza anegada de turcos vimos pelear cuerpo a cuerpo al capitán Muntaner y a sus caballeros, vendiéndose caros–, porque teníamos los cinco sentidos en esquivar una galera turca que nos entraba por la zurda. Todo era un pandemónium de disparos, saetas que pasaban y se clavaban en los paveses, en los árboles o en la carne, voces y maldiciones; y cuando nuestro timonero, con el capitán Urdemalas gritándole órdenes en la oreja misma –parecía diablo en los autos del Corpus–, metía la

caña a una banda para no dar en la *Caridad Negra*, que gui-
ñaba arrastrando por el agua la entena de su árbol tronchado, la galera enemiga nos alcanzó con su espolón casi hasta
los bancos de popa. Saltaron hechos pedazos tres o cuatro
remos, entre algarabía de gritos turcos, lamentos de galeotes
y los Santiagos de quienes acudíamos a repeler el abordaje.
El contacto duró un instante, mas bastó para que una manga
de jenízaros vociferantes viniera con mucho coraje y osadía.
Nuestras medias picas, arcabuces, mosquetes y pedreros dieron cuenta de ellos, desde las gatas arrojaron los grumetes
alcancías de fuego y frascos de alquitrán, y la rociada barrió
su tamboreta, obligándolos a replegarse mientras seguíamos
camino sin otro daño.

–¡Venga, hijos! –aullaba el capitán Urdemalas–... ¡Casi lo
hemos hecho! ¡Venga!

Nuestro capitán de mar y guerra pecaba de optimista;
pero, dadas las circunstancias, era deber de su oficio: animar
la boga de la chusma que, azotada hasta la carne viva, se dejaba el ánima en los remos.

–¡Alguacil!... ¡Otro sorbo de arraquín a la gente!... ¡Bogad!
¡Bogad, juro a mí!

Ni el fuerte licor turco podía hacer milagros. Los galeotes,
enloquecidos por el esfuerzo, torturados por el corbacho que
restallaba sobre sus espaldas cubiertas de sudor, de cardenales
y de sangre, estaban al límite del esfuerzo. La galera volaba,
como dije; pero también lo hacían las cinco turcas que llevábamos pegadas al fanal, cuyos cañones enviaban de vez en
cuando una bala que impactaba con crujido de tablas rotas

y gritos de dolor, o pasaba, rasgando el aire cual si fuera lienzo, para perderse en el mar, levantando una columna de espuma por nuestra proa.

—¡La *Caridad* se queda atrás!

Nos agolpamos en la banda diestra para ver qué ocurría, y un clamor desolado corrió la nave. Maltrecha por el cruce de la línea turca, con muchos remos rotos y demasiada chusma muerta, herida o exhausta, la capitana perdía ritmo de boga mientras la adelantábamos poco a poco. En breve espacio había pasado de hallarse a tiro de pistola en nuestra proa a estar casi por el través. Veíamos en su carroza a don Agustín Pimentel, a Machín de Gorostiola y a los otros oficiales mirando desesperados atrás, hacia las galeras turcas que acortaban trecho en cada remada. La palamenta de la *Caridad Negra* entraba y salía del agua fuera de compás, trabándose a veces un remo con otro, y varios de éstos se veían quietos, arrastrando por el agua. También observamos que algunos cadáveres de galeotes, sueltos los grilletes, eran arrojados al mar.

—Ésos están listos —dijo un soldado.

—Mejor ellos que nosotros —apuntó otro.

—Para todos habrá.

Nuestra conserva quedó por el través y luego por la aleta. Algunos dimos voces de ánimo, pero era inútil. Agolpados en la borda, sobre los paveses, la vimos desamparada sin remedio, descompuesta su boga, con los turcos casi encima y la gente impotente, mirando cómo nos alejábamos. Desde sus arrumbadas, al gritarnos palabras que ya no podíamos oír, algunos vizcaínos alzaban las manos para despedirse de nosotros antes de acudir a popa, humeantes arcabuces y mosquetes. Al menos, con Machín de Gorostiola y su gente, los turcos pagarían cara la presa.

—¡Cabos al fanal! —gritaron voces, repitiendo una orden.

En la galera se hizo un silencio mortal. Reunión de pastores, decía el viejo refrán, oveja muerta. Vimos al sargento Quemado, al cómitre y al alférez Labajos dirigirse sombríos hacia la espalda de la galera, mientras la gente abría plaza. También el capitán Alatriste vino por el corredor. Pasó por mi lado sin verme, o eso me pareció. Tenía los ojos fríos e inexpresivos, ausentes, cual si contemplasen algo más allá del mar y de todo. Yo conocía aquella mirada. Entonces comprendí que los vizcaínos de la otra galera sólo nos estaban precediendo en el desastre.

—La chusma no puede más —dijo el capitán Urdemalas.

Diego Alatriste miró hacia la cámara de boga. Exhaustos, indiferentes ya a los latigazos del sotacómitre y el alguacil, los galeotes eran incapaces de mantener el ritmo de remada necesario. Como la *Caridad Negra*, la *Mulata* también aflojaba mientras los turcos le cogían el mar.

—En media ampolleta los tendremos encima.

—Podría bogar la tropa —propuso el cómitre—. O parte de ella.

Muy amostazado, el alférez Labajos repuso que ni hartos de alboroque. Ya lo había comentado antes con algunos hombres, dijo, y nadie estaba dispuesto a ponerse al remo, ni siquiera tal como iban las cosas. Remédielo Dios, decían. Puestos a terminar allí, como parecía, nadie deseaba irse en estampa de galeote.

—Además, con esas cinco galeras pegadas al culo, sería reventarnos para nada... Mi gente son soldados, y el vigor lo emplean en su oficio. Que es pelear, y no andar al remo.

—Pues muchos bogaremos encadenados, si nos atrapan —dijo el cómitre con mala fe.

—Lo que bogue quien se deje es cosa de cada uno.

Diego Alatriste observó a los hombres agrupados en los corredores y las arrumbadas. Labajos decía la verdad. Incluso angustiada como estaba, aguardando la ejecución de una sentencia sin apelación, la gente mantenía su aspecto feroz, peligroso y formidable. Aquélla era la mejor infantería del mundo, y Alatriste sabía muy bien por qué. Tales soldados —señores soldados, como exigían se les llamase— llevaban casi un siglo y medio siéndolo, y lo serían hasta que la palabra *reputación* se extinguiera de su limitado vocabulario militar. Podían sufrir miserias, exponerse al fuego y al hierro, verse mutilados o muertos, sin paga y sin gloria; pero nunca dejarían de pelear mientras hubiera un camarada a la vista ante quien mantener la faz y las maneras. Por supuesto que no remarían para salvarse. Uno a uno sí, naturalmente. Por sus vidas y su libertad, si nadie llegara a saberlo nunca. El propio Alatriste era capaz, llegado el caso, de ocupar un banco y poner las manos en el madero, el primero de todos. Pero ni él ni el más bellaco

a bordo haría tal cosa, si con ello —así era su nación, a fin de
cuentas— perdía a la vista del mundo lo único que ni reyes,
ni validos, ni frailes, ni enemigos, ni siquiera la enfermedad
y la muerte, podían arrebatarle nunca: la imagen que de sí
había forjado, la quimera de quien se proclamaba hidalgo
antes que reconocerse siervo de nadie. Para un soldado español, su oficio era su honra. Todo muy opuesto al sentido
práctico, como bien decía el parlamento del corsario berberisco que Diego Alatriste recordaba de los corrales de comedias, y que en ese instante estuvo a punto de venirle a los
labios:

> *Pero allá tiene la honra*
> *el cristiano en tal extremo*
> *que asir en un trance el remo*
> *le parece que es deshonra.*
> *Y mientras ellos allá*
> *en sus trece están honrados,*
> *nosotros, de ellos cargados,*
> *venimos sin honra acá.*

Sin embargo, calló y no dijo nada. No era tiempo de versos, y tampoco estaba en su naturaleza ese género de parla.
Sin duda, concluyó en sus adentros, aquello sellaba la suerte
de la *Mulata*, como también, al filo del tiempo, traería la
ruina de España, y de todos; aunque para entonces nada de
eso sería ya asunto suyo. Al menos, en hombres como él, tan
desesperada arrogancia daba cierto consuelo. No había otra

regla a que acogerse, cuando se conocía el paño de que estaban hechas las banderas.

–La puerca honra –resumió el sargento Quemado.

Se miraron todos, graves, solemnes, como si dicho eso no hubiera más que hablar. Habrían dado cualquier cosa por algunas palabras alternativas, mas no las había. Eran militares profesionales, ruda gente de armas, y la retórica no era su fuerte. Pocos lujos podían darse, excepto elegir lugar y modo de acabar la vida. Y en ello estaban.

–Hay que dar la vuelta y pelear –propuso el alférez Labajos–. Mejor eso que poco pan y mucha liebre.

–Ya se dijo antes –apuntó el sargento Quemado–. Es cosa de cenar con Cristo, o en Constantinopla.

–Pues va a ser con Cristo –zanjó ceñudo Labajos.

Todos se volvieron al capitán Urdemalas, que seguía manoseándose la muela enferma bajo la barba. Éste se encogió de hombros, como si les dejara la decisión a ellos. Luego miró por encima del coronamiento. En la distancia, ya muy atrás y aún aferrada con sus tres galeras turcas, la capitana de Malta seguía combatiendo con mucho humo y fogonazos. Entre ella y la *Mulata*, la *Caridad Negra*, a punto de ser alcanzada por sus perseguidoras –las tamboretas y arrumbadas enemigas hervían de gente lista para el abordaje–, viraba en redondo para hacerles frente, resignada a lo inevitable.

–Son cinco galeras –aventuró el piloto Braco, lúgubre–. Y las que vendrán cuando acaben con la de la Religión.

Labajos se quitó el sombrero y lo arrojó al suelo.

–¡Como si son cincuenta, cuerpo de Dios!

El capitán Urdemalas observaba a Diego Alatriste. Con
toda evidencia aguardaba su opinión, pues era el único que
no había abierto la boca. Asintió Alatriste, sobrio y
sin despegar los labios, con economía de verbos.
No eran palabras lo que se esperaba de él.
—Entonces —concluyó Urdemalas—
socorramos a los vizcaínos...
Agradecerán saber que
no mueren solos.

XI. LA ÚLTIMA GALERA

o sé cómo fue Lepanto, pero nunca olvidaré las bocas de Escanderlu: el suelo movedizo de tablas, el mar acechando abajo dispuesto a engullirte en la caída, los gritos de hombres que mataban y morían, la sangre chorreando por los costados de las galeras, el humo espeso y el fuego. Seguía el agua inmóvil y gris como lámina de estaño, sin brisa, y la extraña tormenta silenciosa continuaba descargando relámpagos en la distancia, remedo lejano de lo que los hombres éramos capaces de hacer con nuestra sola voluntad.

Tomada al fin la decisión por los oficiales, metido el timón a la banda, habíamos hecho de tripas corazón, dando media vuelta para ir en socorro de la *Caridad Negra*, que ya se hallaba enclavijada con las primeras galeras turcas, peleando en toda su cubierta con harta algarabía y escopetazos. Como era mejor batirse juntas que por separado, el capitán Urdemalas, ayudado por la eficaz boga impuesta a corbachadas por el cómitre y sus ayudantes, ejecutó una peritísima maniobra que puso nuestra proa en la popa misma de la capitana, de manera que ambas naves quedaron casi abarloadas, pudiéndose pasar de una a otra en caso necesario. Excuso decir el alivio y las voces con que los vizcaínos del capitán Machín de Gorostiola —«¡*Ekin!* ¡Cierra! ¡*Ekin!*»*, gritaban, alentados— saludaron nuestra llegada, pues cuando apoyamos espolón y amura en su popa peleaban ya sin esperanza, soportando a pie firme y diente prieto el abordaje de dos galeras enemigas. Otras dos vinieron sobre nosotros, mientras la quinta buscaba nuestra espalda a fin de asestarnos allí su artillería antes de darnos asalto por ese lado. Formábamos, en fin, una y otra galera española —habíamos pasado palamaras y calabrotes en torno a los árboles para mantenerlas juntas—, figura de plaza fuerte asediada por todas partes, con la diferencia de que estábamos en mitad del mar, y en lugar de muros sólo nos protegían de tiros y asaltos enemigos los paveses puestos en bordas y arrumbadas, cada vez más deshechos por la granizada de balas y saetazos, y nuestro propio fuego, picas y espadas.

—¡*Bir mum kafir!*... ¡*Baxá kes!*... ¡*Alautalah!*

Los jenízaros eran valientes en extremo. Saltaban al abordaje en oleadas, animándose en nombre de Dios y del Gran Turco a cortar cabezas de canes infieles. Y venían con tanto desprecio a la muerte cual si las huríes del paraíso de Mahoma estuviesen a nuestra espalda. Nos entraban por sus espolones

e incluso corriendo sobre las entenas y remos de sus galeras,
apoyados en nuestras bandas. Impresionaban sus gritos de
guerra y voces a la manera que ellos suelen, quebrando el
acento en la garganta. No menos efecto producían sus aljubas
coloridas, los cráneos rapados o los gorros puntiagudos, los
grandes bigotazos y las cimitarras que manejaban con precisión mortal, queriendo quebrar nuestra resistencia. Pero Dios
y el rey eran servidos de lo contrario, pues frente a su denuedo y desprecio a la muerte, la antigua disciplina de la infantería española seguía poniendo naipes en la mesa. Cada oleada
turca se estrellaba en el muro de nuestra escopetería: arcabuces y mosquetes enviaban descarga tras descarga, y era de ver
cómo, en medio de aquella locura, nuestros soldados viejos se
mantenían serenos como solían, haciendo muy bien su oficio
de tirar, recargar y volver a tirar, pidiendo pólvora y balas a pajes y grumetes sin descomponerse, cuando en extremo las pre-
cisaban. Y entre una cosa y otra, la gente suelta y ágil, infantes
jóvenes y marineros, acometíamos en buen orden, primero
con picas y chuzos y luego, ya en corto, con espadas, dagas
y hachas; de manera que esa combinación de plomo, acero y
redaños mantenía al enemigo en razonable respeto, dándole
más dentelladas que perro con pulgas. Y tras un largo rato
de combate despiadado, el frágil reducto de la *Caridad Negra*
y la *Mulata*, trabadas juntas y escupiendo fuego con cinco galeras turcas alrededor, unas acercándose y otras tomando distancia para refrescar a su gente, tirar con artillería y abordar
de nuevo, dejó claro al enemigo que la victoria iba a regarla
con mucha sangre suya y nuestra.

–¡Santiago!... ¡Santiago!... ¡Cierra, España, cierra!

Aquello acababa de empezar, como quien dice, y ya estábamos roncos, atosigados de humo y sangre. Otros eran menos convencionales e insultaban a los turcos, como éstos a nosotros, en cuanta lengua castellana, vascongada, griega, turquesca o franca acudía a la boca, tratándolos de perros e hideputas a más no poder, y de bardajes, que es bujarrón en su parla, sin olvidar el cerdo que preñó a tal o cual madre agarena y otras lindezas sobre la secta perversa de Mahoma; a lo que los otomanos respondían, en su lengua, con imaginativas variantes –el Mediterráneo siempre dio mucho de sí– sobre la discutible virginidad de María Santísima o la dudosa virilidad de Cristo, incluyendo acerbas consideraciones sobre la honestidad de las madres que nos habían parido. Todo muy al uso, en fin, de lo que en tales parajes y situaciones se acostumbraba.

De cualquier modo, bravatas aparte, unos y otros sabíamos que para los turcos era cuestión de paciencia y barajar. Nos triplicaban en gente, como poco, y podían encajar las bajas y retirarse a tomar respiro, relevándose en no darnos tregua, mientras que para nosotros no había apenas reposo. Además, cada vez que hacíamos apartarse a una galera enemiga, ésta aprovechaba la distancia para mandarnos una andanada con el cañón de cincuenta libras y las piezas de apoyo, haciendo vasta carnicería; al hierro rasante venían a sumarse las astillas y fragmentos que volaban en todas direcciones y demolían los paveses, siendo nuestra única protección agacharnos cuando fogoneaba una descarga. Había cuerpos hechos pedazos, tripas, sangre y escombros por todas partes, y en el agua, entre las naves, flotaban docenas de cadáveres, caídos durante los abordajes o arrojados para desembarazar las cubiertas. Y no pocos muertos y heridos contábanse entre los galeotes nuestros y suyos, que sujetos por sus cadenas ensangrentadas, impedidos de buscar protección, se aplastaban amontonados entre bancos y remiches bajo sus remos rotos, gritando espaventados por la furia de unos y otros, implorando misericordia.

–¡*Alautalah!*... ¡*Alautalah!*
Debíamos de llevar dos horas largas de combate cuando una de las galeras turcas, en hábil maniobra de su arráez, logró meternos el espolón casi hasta el árbol de trinquete de la *Mulata*, y por allí nos vino de nuevo gran copia de jenízaros y soldadesca turca, resuelta a ganarnos la proa. Peleaban los nuestros a diente de lobo, disputando cada tabla con un coraje que admiraba; pero el empuje era grande, y con mucho destrozo fuimos perdiendo los bancos de corulla y las arrumbadas. Yo sabía que el capitán Alatriste y Sebastián Copons estaban en aquella parte, aunque con el humo, los mosquetazos y la confusión de gente no podía verlos. Gritose entonces a tapar brecha y allá fuimos cuantos podíamos, apretujándonos por la crujía y los corredores de las bandas, y yo de los primeros, pues por nada del mundo estaba dispuesto a quedarme atrás mientras hacían cuartos al capitán. Cerramos con

los turcos algo más allá del árbol maestro, cuya entena estaba
derribada en cubierta. Salté sobre ella como pude, rodela y
espada por delante, pisoteando a los miserables forzados que
estaban tirados entre bancos y maderas rotas, e incluso a uno
que en sus convulsiones me agarró de una pierna, y me pareció turco de aspecto, dile un espadazo al pasar que casi le cer-
cenó la mano con el grillete; que en los apretados peligros,
toda razón se atropella.

–¡España y Santiago!... ¡Cierra!

Dimos, en fin, sobre los enemigos, y yo de los primeros,
sin cuidarme mucho de mi persona; que la furia del combate
me tenía fuera de mí y de todo recaudo. Entrome un turco
negro y erizado como un jabalí, provisto de bonete de cuero, rodancho y espada; y sin dejarle espacio para mover las
manos, me abracé a él rodela con rodela, solté la espada, y
agarrándolo por la gola, aunque me resbalaban los dedos
de su mucho sudor, pude darle un traspiés y dos vaivenes,
con lo que ambos nos fuimos al suelo sobre una ballestera.
Quise quitar la espada de su mano pero no pude, pues la
llevaba atada, y él agarró mi casco por el borde, buscando
echarme atrás la cabeza para descubrir mi cuello y degollar-
me, mientras daba unos gritos espantosos. Yo, sin abrir la
boca, abrazado a él y palpándome como pude los riñones,
desembaracé la vizcaína y pude darle dos o tres piquetes y
heridas pequeñas, de lo que pareció sentirse, pues ya gritó
de otra manera. Pero dejó de hacerlo cuando una mano le
echó atrás la cabeza, y una gumía le abrió la gorja con hondo tajo. Me incorporé dolorido, limpiándome la sangre que

Peleaban los nuestros a diente de lobo, disputando cada tabla...

me había saltado a los ojos; pero antes de que pudiera agradecer nada a nadie, el moro Gurriato ya estaba descosiéndose a puñaladas con otro turco. De modo que enfundé vizcaína, recuperé mi espada, embracé la rodela y volví a la lucha.

–*¡Sentabajo, cane!* –gritaban los turcos, arremetiendo–... *¡Alautalah! ¡Alautalah!*

Fue en ese momento cuando vi morir al sargento Quemado. El vaivén del combate me había llevado junto a él, que reunía un grupo de hombres para dar asalto a los jenízaros de las arrumbadas. Saltando sobre los bancos de corulla –donde apenas quedaba galeote vivo– y por el corredor de la banda diestra les entramos muy reciamente, ganándoles poco a poco lo que nos habían tomado, hasta pelear alrededor de nuestro árbol trinquete y el espolón mismo de su galera. Fue entonces cuando el sargento Quemado, que nos alentaba mucho empujando a quienes flaqueaban, resultó herido de una saeta que le pasó las mejillas de lado a lado; y mientras se la quería sacar, fue alcanzado en el pecho por una bala de arcabuz que lo hizo caer muerto en el acto. Con aquella desgracia tornillearon algunos de los nuestros, y a punto estuvimos de perder lo ganado con tanto coraje y tanta sangre; pero alzamos el rostro al cielo –y no precisamente para rezar– acometiendo como fieras, resueltos a vengar a Quemado o a dejar la piel en el espolón turco. Lo que sucedió a continuación no hay pluma que lo escriba, y no seré yo quien diga lo que hice; que Dios y yo lo sabemos. Baste decir que ganamos de nuevo la proa de la *Mulata*, y que

cuando la galera turca, muy maltratada, hizo ciascurre y re-
trocedió, retirando el espolón de nuestra banda, ninguno
de los turcos que habían venido al abordaje pudo volver a
bordo.

Fue así como pasamos el resto del día, cabezudos como
aragoneses, aguantando andanadas de artillería y rechazando
sucesivos abordajes de las galeras que ya no eran cinco, sino
siete; pues la capitana de tres fanales y otra nave turca se unieron por la tarde al combate, trayendo aparejadas en sus entenas las cabezas de frey Fulco Muntaner y sus caballeros.
A modo de trofeo, pues poco podía aprovecharles el despojo,
los turcos también remolcaban la *Cruz de Rodas* hecha astillas, ensangrentada y rasa como un pontón. No había sido
menudencia tomarla, pues la Religión riñó con tanta ferocidad que, según supimos más tarde, ni a uno solo cogieron
vivo. Por suerte para nosotros, y debido al estrago del combate, ni la capitana turca ni su conserva estaban en disposi-
ción de pelear ese día, limitándose a acercarse de vez en cuando, relevando a las otras, para tirarnos desde lejos. En cuanto
a la tercera galera turca, muy maltratada en la pelea con la de
Malta, se había ido al fondo sin remedio.

A última hora de la tarde, otomanos y españoles estábamos exhaustos: confortados nosotros de resistir a tan gran
número de enemigos, y dándose ellos al diablo por no ser capaces de quebrarnos el espinazo. El cielo seguía fosco y el

mar plomizo, lo que acentuaba el carácter siniestro de la escena. Al disminuir la luz habíase levantado a trechos una ligera brisa de poniente, que nada nos aprovechaba pues iba hacia tierra. De cualquier modo, ni siquiera un viento favorable habría cambiado las cosas, pues el estado de nuestras naves era lamentable: de tanto tiro recibido teníamos picada la jarcia, las entenas estaban derribadas con las velas hechas jirones, y la *Caridad Negra* había perdido el árbol mayor, que flotaba a nuestro lado entre cadáveres, cabos, tablas, ropa y remos rotos. El lamento de los heridos y el estertor de los moribundos se alzaban como un coro monótono de las dos galeras, que seguían trabadas una con otra, flotando inmóviles. Los turcos se habían retirado un poco hacia tierra, hasta quedar a tiro de moyana, y allí dejaban caer sus muertos por la borda, ayustaban jarcia, reparaban averías y celebraban consejo los arráeces, mientras a los españoles no quedaba otra que lamer nuestras llagas y esperar. Era muy penosa estampa la que ofrecíamos, tirados y revueltos con los galeotes entre los bancos rotos o en la crujía, corredores y arrumbadas, agotados, estropeados, rotos unos y malheridos otros, tiznados de humo de pólvora y con costras de sangre propia y ajena en el pelo, las vestiduras y las armas. Para animarnos, el capitán Urdemalas ordenó repartir lo que quedaba de arraquín, que no era mucho, y que se nos diera un refresco –el fogón estaba destrozado y el cocinero muerto– con tasajo de tintorera seca, vino aguado, algo de aceite y bizcocho. Lo mismo se hizo en la otra galera con los vizcaínos, y llegamos a pasar de una a otra conversando sobre las incidencias de la jornada o en demanda de tal o cual camarada, lamentando a los muertos y gozándonos con la presencia de los vivos. Eso animó un poco a la gente, y algunos llegaron a pensar que los turcos se acabarían yendo, o que podríamos resistir los abordajes que, según otros, continuarían dándonos al día siguiente, si no lo intentaban durante la noche. Pero habíamos visto lo maltratados que también ellos estaban, y eso daba esperanza; que en tales zozobras, a cualquier ilusión se aferra el hombre perdido. Lo cierto es que nuestra gallarda defensa envalentonaba a los más alentados, y hasta hubo quienes idearon una donosa burla para los turcos; y fue ésta que, aprovechando la ligera brisa que a ratos soplaba, tomaron dos gallinas vivas de las que había en las jaulas de la gambuza, cuya carne y huevos –aunque eran malas ponedoras a bordo– servían para los pistos y caldos de los enfermos; y atándolas con mucho ingenio sobre una almadía de tablas con una pequeña vela encima, se las dejó ir hacia las galeras enemigas entre mucha carcajada y gritos de desafío; siendo eso celebrado por toda nuestra gente, y más cuando los turcos, aunque acibarados de la befa, las recogieron y subieron a sus naves. Esto nos levantó el ánimo, que buena falta hacía, hasta el punto de que algunos empezaron a cantar, para que la escuchara el enemigo, aquella saloma que la gente de cabo solía decir cuando tiraba de las ostagas al izar entena, y que al final un numeroso coro de voces, rotas pero no vencidas, terminó coreando puesta en pie y vuelta la cara hacia los turcos:

Lo pagano
esconfondí,
y sarracín,
turqui e mori
gran mastín,
lo filioli
de Abrahím...

Con lo que a poco terminamos todos agolpados en las bordas, gritando a los perros, a voz en cuello y entre gran algarabía, que se arrimaran un poquito más, que aún nos placía darnos un verde con un par de abordajes suyos antes de irnos a dormir; y que si no eran suficientes para osarlo, fuesen a Constantinopla a buscar a sus hermanos y padres si los conocían, acompañados por las putanas de sus madres y hermanas; para las que reservábamos, cómo no, intenciones especiales. Y era de ver que hasta nuestros heridos se incorporaban sobre los codos y aullaban, envueltos en vendajes ensangrentados, echando con tales gritos toda la rabia y la angustia que llevábamos dentro, confortándonos en la bravata hasta el punto de que ni don Agustín Pimentel ni los capitanes quisieron estorbarnos el desahogo. Muy al contrario, lo animaban y participaban de él, conscientes de que, condenados a muerte como estábamos, cualquier cosa nos alentaría a tasar en más alto precio las cabezas. Pues si los turcos querían colgarlas también en sus entenas, primero tendrían que venir a cortárnoslas.

Todavía hubo esa noche un punto más de desafío, pues
nuestros jefes hicieron encender los fanales de popa, a fin
de que los turcos supieran dónde hallarnos. Reforzamos las
amarras que mantenían juntas las dos galeras, se echaron al
agua los ferros –estábamos en poca sonda– para evitar que
un viento imprevisto o la corriente nos llevase a donde no
debíamos, y se permitió a la gente descansar, aunque mante-
niéndola sobre las armas y con turnos de vigilancia, por si al
enemigo se le ocurría intentar algo en la oscuridad. Pero la
noche transcurrió tranquila, sin viento, desgarrándose un
poco el cielo hasta mostrar algunas estrellas. Me relevaron de
mi guardia a modorra rendida, y yendo con tiento entre los
hombres amontonados por cubierta –un coro de gemidos y
llanto de heridos plañía en ambas galeras, que se hubieran
dicho mendigos gabachos– me llegué en la oscuridad hasta la
ballestera donde, en una especie de bastión hecho con mantas rotas y restos de jarcia y velas, estaban abarracados el capitán Alatriste, el moro Gurriato y Sebastián Copons, que
roncaba como si diese el ánima en cada resoplido. Todos habían tenido la fortuna de salir, como yo, indemnes de la terrible jornada, si exceptuamos una ligera herida de alfanje en un
costado, sufrida por el moro Gurriato, que mi antiguo amo,
tras enjuagársela con vino, había cosido –mañas de soldado
viejo– con una aguja gruesa y una pezuela, dejando un punto
suelto para que drenase los malos humores.

Llegué a ellos, como digo, y acomodándome sin palabras
–venía cansado hasta para abrir la boca– me quedé allí, sin

conciliar el sueño de lo dolorido que estaba, pues el lance con
el turco de la rodela y con cuantos llegaron después me tenía
descoyuntado. Pensaba, supongo que como todos, en lo que
iba a depararnos el sol cuando se levantara. No podía imagi-
narme al remo de una galera turca o en una torre del Mar
Negro; por lo que, siendo tan dudosa una victoria por nuestra parte, mi futuro no se presentaba dilatado. Me pregunté
qué aspecto tendría mi cabeza colgada en una entena, y qué
pensaría Angélica de Alquézar si, por extraña clarividen-
cia, pudiera contemplarla. Dirán vuestras mercedes que eran
ideas, aquéllas, para sumirme en la más acerba desesperación,
y algo de eso había; pero diferente piensa el caballo de quien
lo monta. No se ven parejas las cosas desde el calor de un brasero y una mesa bien provista, o en la comodidad de un col-
chón de buena lana, que desde el barro de una trinchera o la
frágil cubierta de una galera, donde poner vida y libertad al
tablero es cotidiano pan de munición. Desesperados estábamos, cierto. Mas éramos novillos amadrigados, y aquella falta
de esperanza resultaba natural a nuestras vidas. Como españoles, nuestra familiaridad con la muerte nos permitía aguar-
darla de pie y nos obligaba a ello; pues a diferencia de otras
naciones, nos juzgábamos entre nosotros según la manera de
comportarnos ante el peligro. Ésa era la razón de que crueldad, honor y reputación se confundieran tanto en nuestro carácter. Que, como había apuntado Jorge Manrique, siglos de
lucha contra el Islam nos habían hecho hombres libres, orgu-
llosos y convencidos de nuestros fueros y privilegios:

Mas los buenos religiosos
gánanlo con oraciones
e con lloros.
Los caballeros famosos,
con trabajos e aflicciones
contra moros.

Eso explica que, hechos al áspero azar, siempre con el Cristo en la boca y el ánima en el filo de un acero, en aquella triste jornada aceptásemos nuestra suerte, si era la del día postrero, como habíamos encarado la de tantos días semejantes, ensayos de ése: con la resignación del campesino ante el pedrisco que destruye su cosecha, la del pescador ante sus redes vacías, o la de una madre cierta de que su hijo morirá en el parto o será arrebatado por las fiebres sin dejar la cuna. Pues sólo los regalados, los cómodos, los menguados que viven de espaldas a la realidad de la existencia, se rebelan contra el precio riguroso que tarde o temprano todos pagan.

Sonó un tiro de arcabuz y nos incorporamos a medias, inquietos. Hasta los heridos habían dejado de gemir. Pero sólo siguió el silencio, y nos relajamos de nuevo.

–Falsa alarma –gruñó Copons.

–Suerte –apostilló, estoico, el moro Gurriato.

Me tumbé de nuevo junto al capitán, sin otro abrigo que el peto de acero y mi jubón roto. El relente nocturno mojaba ya las tablas de la ballestera y nos calaba a todos. Sentí frío y me arrimé a él en busca de calor, oliendo como siempre a cuero, metal y sudor seco de la recia jornada; sabía que no iba a to-

mar mi temblor por miedo. Lo noté despierto, aunque estuvo
inmóvil durante largo rato. Al cabo, con mucho cuidado, se
quitó de encima el trozo de vela rota con el que se cubría y me
lo puso por encima. Yo no era ya un niño, como en Flandes, y
aquello me caldeó menos el cuerpo –poco abrigaba la vela,
a fin de cuentas– que el corazón.

Al amanecer repartieron un poco más de vino y bizcocho;
y mientras dábamos cuenta del magro desayuno, llegó la orden de desherrar a la chusma que estuviese dispuesta a pelear.
Eso hizo que nos mirásemos unos a otros con cara de entender la mácula: muy apretados íbamos para recurrir a tal extremo. La medida excluía a los forzados turcos, moros y de naciones enemigas como ingleses y holandeses; pero daba a los
otros la oportunidad, si peleaban bien y salían vivos, de ver
redimidas sus penas o parte de ellas, a recomendación de
nuestro general. Ésa no era mala ventura para los forzados españoles y de otras naciones católicas: su suerte, de permane-
cer al remo, era irse al fondo si la galera se hundía, pues pocos
se ocupaban de desherrarlos en el desconcierto de un naufra-
gio, o seguir esclavos remando para los turcos, situación que
sólo podían evitar si renegaban para adquirir la libertad –en
España, sin embargo, un esclavo bautizado seguía siendo esclavo–: extremo este al que algunos se inclinaban, sobre todo
los jóvenes, por razones fáciles de comprender; pero que era
menos frecuente de lo que se cree, pues hasta entre galeotes la

religión era cosa arraigada y grave, y la mayor parte de los españoles apresados por berberiscos y turcos se mantenía en la verdadera fe, pese al cautiverio y su miseria, porque no se les atribuyera lo que Miguel de Cervantes, soldado cautivo que nunca renegó, decía de ellos:

> *Quizá la vida le enfada,*
> *soldadesca y desgarrada;*
> *y como el vicio le doma,*
> *viene tras la de Mahoma,*
> *que es más ancha y regalada.*

Fue el caso, como digo, que quitáronse los charniegos a cuantos galeotes españoles, italianos y portugueses lo demandaron, y se les dieron chuzos y medias picas; con lo que las galeras, que habían perdido ya un tercio de su gente de cabo y guerra, se vieron reforzadas por sesenta o setenta hombres, resueltos a morir peleando en vez de ahogados de mala manera o hechos pedazos por la furia de unos y otros. Entre ellos, y de los primeros que pidieron verse libres de hierros y empuñar un arma, se contaba cierto espalder de la *Mulata* llamado Joaquín Ronquillo, gitano, joya del Perchel malagueño, conocido del capitán Alatriste y mío, muy peligroso y temido a bordo; hasta el extremo de que durante algún tiempo había guardado nuestros ahorros en su remiche, más seguros allí que en casa de un genovés. Vino el tal Ronquillo –pelo rapado, almilla negra ribeteada de rojo, mirar zaino– a unirse a nuestro grupo con una cherinola de tres o cuatro primos de

aspecto tan honrado como el suyo, justo cuando se nos enco-
mendaba por el alférez Labajos, con mi antiguo amo como
mayoral de tropa –él y Labajos eran los únicos cabos que
quedaban en pie entre la gente de guerra de la *Mulata*–, for-
mar un trozo de brega para acudir de refuerzo allí donde los
turcos apretasen, con atención al bastión del esquife y a las
escalas a cada lado de la popa, por donde el enemigo podría
querer ganarnos los corredores hacia las arrumbadas. Alento-
se a cada cual a defender tabla por tabla su galera, volvió a
bendecirnos desde la *Caridad Negra* el páter Nistal, nos de-
seamos buena suerte con los vizcaínos de Machín de Gorostiola, a quienes seguíamos amarrados para lo bueno y lo malo, y ocupamos nuestros lugares cuando, apenas asomó el
sol en un cielo que amanecía despejado y con la misma bo-
nanza del día anterior, las siete galeras turcas, con gran griterío y estruendo de címbalos, añafiles y chirimías, empezaron a remar hacia nosotros.

El alférez Labajos había muerto a mitad de combate, muy
agobiado de turcos, rechazando el enésimo abordaje a la carroza de la *Mulata*, donde también quedó herido el capitán
Urdemalas. Apoyado en el estanterol, dolorido de todo su
cuerpo, quitándose la sangre de cara y manos con agua de
mar –escocía en los rasguños y pequeñas heridas–, Diego
Alatriste contempló cómo la gente echaba por la borda a los
muertos que embarazaban la deshecha cubierta, caos de ta-

blazón rota, jarcia destrozada, sangre y hombres exhaustos. La pelea había durado cuatro horas, y cuando los turcos se retiraron para rehacerse y aclarar los remos de sus galeras, trabados y rotos en los abordajes, ambos árboles de la *Mulata* estaban derribados, con las entenas y velas desgarradas en el agua o caídas sobre la *Caridad Negra*, también desarbolada de su trinquete y tronchado el palo maestro por la mitad. Las dos galeras seguían juntas y a flote, aunque las pérdidas en una y otra eran espantosas. En la *Mulata* estaban muertos el cómitre y el sotacómitre, y al artillero tudesco le había reventado el cañón de crujía, matándolo con sus ayudantes. En cuanto al capitán Urdemalas, Alatriste acababa de dejarlo en la cámara de popa, o lo que de ella quedaba, boca abajo en el suelo mientras el barbero y el piloto le sacaban, con los dedos, cuajarones de sangre de la zanja que un alfanje turco le había abierto de riñón a riñón.

—Está... vuesamerced... al mando —había mascullado Urdemalas entre dos gruñidos de dolor, renegando de quien lo hizo.

Al mando. Aquellas palabras eran una ironía macabra, se dijo Alatriste contemplando la astilla ensangrentada en que se había convertido la *Mulata*. Todos los pañoles, incluido el de la pólvora, estaban llenos de heridos que se amontonaban cuerpo sobre cuerpo, pidiendo por caridad un sorbo de agua o algo para taponar sus heridas. Pero no había ni lo uno, ni lo otro. Arriba, en lo que había sido cámara de boga y ahora era revoltijo de sangre y escombros, galeotes vivos y muertos gemían encadenados entre los restos de sus bancos y los pedazos de arboladura, jarcia y remos. Y en corredores, carroza

y arrumbadas de la galera, bajo un sol abrasador que hacía
arder el acero de petos y armas, los soldados, marineros y
forzados sueltos supervivientes vendaban sus heridas o las de
los camaradas, pasaban piedras de afilar por los cortes mella-
dos de sus armas, y reunían la última pólvora y balas para los
pocos mosquetes y arcabuces que funcionaban.

Para alejar todo aquello de su cabeza unos instantes, Alatriste se dejó caer sentado, la espalda contra el tabladillo, y
abierto el coleto, con gesto maquinal, sacó del bolsillo del
jubón el libro de los *Sueños* de don Francisco de Quevedo.
Solía hojearlo en los momentos de calma; pero ahora, aunque se obligó a ello, no pudo leer ni una línea, pues todas
parecían bailar ante sus ojos, mientras los tímpanos le vibra-
ban todavía con los sonidos del reciente combate.

—Llaman a consejo en la capitana, señor mayoral.

Alatriste miró al paje que le transmitía la orden, sin comprender al principio. Luego, con mucha pereza, metió el libro
en el bolsillo, apartó la espalda del estanterol, se puso en pie,
anduvo por el corredor de la banda diestra entre la gente que
allí estaba tumbada, y echando una pierna fuera y luego la
otra se agarró a un cabo suelto para pasar a la *Caridad Negra*.
Al hacerlo, dirigió un vistazo a las galeras otomanas: se habían retirado de nuevo a distancia de un tiro de moyana,
mientras preparaban el siguiente asalto. Una de ellas, maltrecha del último abordaje, se veía con la borda a ras del agua,
medio anegada, con mucho ir y venir de gente en cubierta; y
la capitana de tres fanales estaba desarbolada del trinquete.
También los turcos pagaban un precio alto ese día.

Comprobó que a bordo de la *Caridad Negra* la situación no era mejor que en la *Mulata*. Los galeotes encadenados habían sufrido recia carnicería, y los vizcaínos del capitán Machín de Gorostiola, ahumados de pólvora y con la mirada perdida en el vacío, aprovechaban el respiro para descansar y rehacerse cuanto podían. Ninguno rompió su hosco silencio ni levantó la vista cuando Alatriste pasó entre ellos, en dirección a la carroza. De allí bajó a la cámara de consejo. El suelo estaba cubierto de papeles pisoteados y ropa sucia, y de pie en torno a una mesa, con una jarra de vino que pasaba de uno a otro, estaban don Agustín Pimentel, herido en la cabeza y un brazo en cabestrillo, Machín de Gorostiola, el cómitre de la *Caridad Negra* y un caporal llamado Zenarruzabeitia. El piloto Gorgos y fray Francisco Nistal habían escurrido la bola en el último abordaje: Gorgos abierto en canal y el páter de un mosquetazo, cuando crucifijo en una mano y espada en otra, sin repararse de nada, recorría la crujía en nombre de Cristo, mientras anunciaba a todos una gloria eterna de la que, a esas horas, él mismo estaría gozando en persona.

—¿Cómo está el capitán Urdemalas? —preguntó Pimentel.

Alatriste encogió los hombros. No era cirujano. Y si se encontraba allí solo, estaba claro que a bordo de la *Mulata* no quedaba nadie con más rango que pudiera tenerse en pie, capitán incluido.

—Señor general que nos rindamos opina, o así —dijo Machín de Gorostiola a bocajarro, quebrando el parlamento como solían los vascongados. Muchos sospechaban que lo hacía a propósito, por igualarse a sus hombres, que lo adoraban.

Lo miró a los ojos Alatriste. No a don Agustín Pimentel, sino al vizcaíno. Éste era cejijunto, pequeño, moreno de barba y blanco de tez, con una nariz grande y manos rudas de soldado. Un vascongado recio, de caserío, con poca instrucción pero muchos redaños. Lo opuesto a la fina estampa del general, que, pese a la palidez de su pérdida de sangre, había palidecido aún más al oír aquello.

–No es tan simple la cuestión –protestó Pimentel.

Ahora se volvió Alatriste a mirar al noble. De pronto se sentía fatigado. Muchísimo.

–Cuestión simple o demonio que la lleve –prosiguió Gorostiola, en tono neutro–, señor general considera con mucha decencia batido hemos, y bandera arriada honrosa sería.

–Honrosa –repitió Alatriste.

–O así.

–Con los turcos.

–Con turcos, pues.

Volvió Alatriste a encogerse de hombros. Calibrar la honra de rendirse después de tanto sacrificio tampoco era asunto suyo. Gorostiola lo observaba con mucho interés. Nunca habían sido amigos, pero se conocían y respetaban, cada uno en su esfera. Luego Alatriste miró al cómitre y al caporal. Sus expresiones eran duras; incómodas, incluso.

–¿Gente de *Mulata* así te rindes? –preguntó Gorostiola, alargándole la jarra de vino.

Bebió Alatriste, que tenía una sed de mil diablos, y se pasó la mano por el mostacho.

–Supongo que aceptarían cualquier cosa. Rendirse o pelear... Ya están fuera de toda razón.

–Han hecho más de lo que podían –opinó Pimentel.

Alatriste puso la jarra en la mesa y observó con detenimiento al general, pues nunca lo había visto tan de cerca. Recordaba un poco al conde de Guadalmedina: mismas hechuras, buen talle bajo el rico peto milanés, bigotillo y perilla, manos cuidadas, cadena de oro al cuello, espada con rubí en el pomo. La misma fina casta de aristócrata español, aunque la situación poco airosa le templara un poco la arrogancia –siempre habría que tratar con los nobles, se dijo, cuando alguien acaba de romperles bien la cara–. Pese a todo, el general conservaba gentil aspecto, incluso con la palidez de las heridas, los vendajes y la sangre que manchaba su ropa. Recordaba a Guadalmedina, en efecto; aunque Álvaro de la Marca nunca habría pensado en rendirse a los turcos. Pese a todo, Pimentel había aguantado bastante bien. Mejor que otros de su clase y carácter. Pero también el coraje se mellaba, sabía Alatriste por experiencia; y más en hombre que se veía herido y con tanta responsabilidad. No iba a ser él, concluyó, quien juzgara a quien llevaba dos días batiéndose espada en mano, como todos. Cada cual tenía sus límites.

–¿Lleva vuestra merced un libro encima?

Alatriste miró el que le asomaba por el bolsillo, palpándolo distraído. Después lo sacó, poniéndolo en manos del general. Éste hojeó algunas páginas con curiosidad.

–¿Quevedo?... –inquirió al cabo, devolviéndoselo–. ¿De qué sirve un libro así en una galera?

–Para soportar días como éste.

Volvió a meterse el libro entre la ropa. Gorostiola y los otros lo miraban, desconcertados. Para ellos, un libro religioso habría tenido algún sentido, pero no ése. Por supuesto, ninguno de ellos había oído hablar nunca del tal Quevedo ni de la madre que lo parió.

–Estoy seguro –dijo el general, cogiendo la jarra– de que podré conseguir condiciones satisfactorias.

Las dos últimas palabras motivaron otra ojeada significativa entre Alatriste y Machín de Gorostiola. No había sorpresa ni desprecio por el comentario de Pimentel; aquélla era mirada ecuánime, de veteranos. Todos sabían a qué condiciones se estaba refiriendo el general: un rescate razonable para él, que se vería bien tratado en Constantinopla hasta que llegase el dinero de España. Y quizá también rescataran a algún oficial. El resto, soldados, marineros, quedaría al remo y cautivo para toda la vida, mientras Pimentel volvía a Nápoles o a la Corte, admirado de damas y felicitado por caballeros, a contar los pormenores de su homérico combate. Más cuenta habría tenido, pensó Alatriste, rendirse el día anterior, antes de empezar la sarracina. Los muertos seguirían allí, y los heridos y mutilados no estarían hacinados en las galeras, aullando de dolor.

Machín de Gorostiola interrumpió sus reflexiones:

–Vuestra merced, señor Alatriste, conviene saber qué opinas queremos. Oficial único de *Mulata*, o así.

—No soy oficial.

—Como sea lo que pues. No joder y no jodamos.

Alatriste miró los papeles y la ropa pisoteados bajo sus alpargatas rotas, manchadas de sangre seca. Una cosa era su opinión, y otra que se la pidieran. Y darla.

—Lo que opino... —murmuró.

En realidad, pensó, lo había sabido siempre, desde que entró en la cámara y vio aquellas caras. Todos menos el general lo sabían también.

—No —dijo.

—¿Perdón? —inquirió Pimentel.

Alatriste no lo miraba a él, sino a Machín de Gorostiola. Aquello no era asunto de Pimenteles, sino de soldados.

—Digo que la gente de la *Mulata* no acepta rendirse.

Hubo un silencio largo. Sólo se oía tras los mamparos gemir a los heridos, amontonados en las entrañas de la galera.

—Habrá que preguntárselo —dijo Pimentel, al fin.

Movió Alatriste la cabeza, con mucha sangre fría. Más helados todavía, sus ojos claros se clavaron en los del general.

—Acaba de hacerlo vuestra excelencia.

Una sonrisa disimulada asomó al rostro barbudo de Machín de Gorostiola, mientras el general hacía un mohín de disgusto.

—¿Y eso? —preguntó con sequedad.

Alatriste seguía mirándolo impasible.

—Otros días fueron de matar... Quizá hoy sea día de morir.

Por el rabillo del ojo vio que el cómitre y el caporal asentían, aprobadores. Machín de Gorostiola se había vuelto hacia don Agustín Pimentel. El vizcaíno parecía satisfecho; aliviado de un peso incómodo.

–Vuecelencia puede todos ver, de acuerdo estamos. Vizcaíno por mar, hidalgo por el diablo.

Pimentel se llevaba la jarra de vino a los labios con la mano sana, que al llegar a la boca temblaba un poco. Por fin, el aire entre furioso y resignado, dejó la jarra en la mesa con cara de haber tragado vinagre. Ningún general, por bien mirado que estuviese en la Corte, podía rendirse sin acuerdo de sus oficiales. Eso costaba la reputación. Y a veces, la cabeza.

–Tenemos muerta a la mitad de la gente –dijo.

–Entonces –respondió Alatriste– venguémosla con la otra mitad.

El asalto que nos dieron por la tarde fue el finibusterre. Una de las galeras turcas se había anegado por completo, pero vinieron las otras seis juntas, remando contra la brisa de poniente, su capitana la primera, buscando dar abordaje todas a un tiempo; lo que suponía meternos dentro, de golpe, seis o setecientos hombres –más de un tercio, jenízaros–, contra poco más del centenar de españoles que aún podíamos valernos. Y de ese modo, tras asestarnos de camino su artillería, nos entraron a fondo, crujiendo la palamenta rota en el choque, buscando abrirnos brecha con sus espolones en las bandas, para hundirnos si podían. A unas galeras pudimos rechazarlas a estocadas y mosquetazos, pero otras nos arrojaron rezones y se trabaron. Y era tal su empuje que, mientras en la *Caridad Negra* los vizcaínos peleaban tan mezclados con los turcos que era imposible dar un mosquetazo en seguridad de acertar a unos y no a otros, en la nuestra nos ganaron la arrumbada zurda, el árbol trinquete y llegaron hasta el pie del árbol maestro y el bastión del esquife, haciéndose con media nave. Pero, no sé cómo, pudimos aguantar firmes y luego apretarles el negocio, pues tuvimos la suerte de que, dirigiendo a los turcos en el asalto, fuese un jenízaro grande como un filisteo que daba gritos y mandobles feroces –luego supimos que era capitán famoso de esa tropa, muy estimado del Gran Turco, por nombre Uluch Cimarra–; y ocurrió que, habiendo llegado el perrazo hasta el bastión del esquife, donde nuestra gente empezaba a recular y desampararlo, el grupo de galeotes desherrados compuesto por el gitano Ronquillo y su jábega, armados con chuzos, medias picas, alfanjes y espadas que tomaban de los que caían por todas partes, le fueron encima con tan bravo talante que, al primer choque, el tal Ronquillo le clavó un chuzo en un ojo al jenízaro gigantesco; y éste, dando gran alarido, echose manos a la cara y cayó a la tablazón, donde los consortes del galeote, ya en corto y sacando de no sé dónde cuchillos jiferos de cachas amarillas, lo hicieron rodajas en menos que un Jesús, cebados en él como jauría en jabalí. Eso detuvo a los turcos, muy asombrados de que a su paladín se las dieran de aquella manera. Y aún estaban en eso, dudando, alfanjes en alto, cuando el capitán Alatriste decidió aprovechar la coyuntura, voceó a degüello reuniendo con empujones a cuantos estábamos por allí, y por el

bastión del esquife nos echamos adelante una veintena de
hombres, seguros de que o tajábamos recio, o nos acababan.
Y como ya daba lo mismo matar, morir o que se cayera la
torre de Valladolid, dimos la carga hombro a hombro el capitán Alatriste, Sebastián Copons, el moro Gurriato y yo, con
la chusma de Ronquillo y otros que al vernos juntos y en
orden se unieron. Y pues no hay nada que más consuele en el
desastre que un grupo que conserva la disciplina, no se desba-
rata y acomete, al vernos así, cuantos andaban desperdigados
o peleaban solos se nos acogieron como quien corre a meterse
en el último cuadro de infantería. De ese modo, engrosando a
medida que avanzábamos por la galera y los turcos empezaban a excusar la sangría hasta volvernos las espaldas, pisoteando a los galeotes que entre los bancos destrozados estaban
casi todos muertos o rotos de heridas y sufrimiento, llegamos
al espolón mismo de la galera turquesca, abrasando a cuchilladas a los enemigos. Y como muchos se arrojaban al mar, algunos nos aventuramos por el espolón y las serviolas hasta la
galera misma, que pisamos dándole abordaje con el denuedo
que es de imaginar, pues al grito de «¡Santiago, aborda, aborda!» –yo gritaba «¡Angélica, Angélica!»–, los cuatro gatos
que éramos tomamos la arrumbada turca como quien entra
por viña vendimiada; y cuando nos vieron aparecer negros de
pólvora y rojos de sangre, tan desesperados y feroces como
Satanás, los turcos empezaron a tirarse en mayor número al
agua y a correr hacia popa para abroquelarse en la carroza.
Con lo que les ganamos el trinquete sin esfuerzo, y aun el
árbol maestro si nos atreviéramos.

El capitán Alatriste se había quedado en la banda de nuestra galera, alentando a la gente para revolverla contra las otras
naves que nos cercaban, pero yo entré a caiga quien cayere en
la turca que abordábamos, con los más osados de los nuestros; y habiéndomelas con un tropel de turcos tuve la negra
suerte de que uno, en tremendo mandoble, me quebrase la espada. Con el pedazo que me quedaba entrele al más cercano y
le di una bellaca herida en el pescuezo. Otro me golpeó con
su cimitarra –por fortuna se le volvió la hoja, dándome de
plano– pero el segundo tajo ya no me lo pudo tirar, porque el
moro Gurriato le abrió de un hachazo la cabeza en dos, desde
el turbante hasta la misma gola. Quísome agarrar de las piernas otro que estaba en el suelo, caí encima y me apuñaló con
una daga, de modo que me matara si las fuerzas no le estuviesen faltando; pues tres veces alzó el brazo para darme y ninguna pudo. De manera que cuando yo empecé a acuchillarle
la cara con mi hoja rota, se desasió al fin, y saltando la borda
se tiró al mar.

Era mucha presa, toda una galera para nosotros; y menos
matan las adversidades que la demasiada osadía que ponemos
en ellas. Así que agarramos por la ropa a dos heridos nuestros,
y arrastrándolos retrocedimos, cautos, mientras nos tiraban
desde la carroza saetas y mosquetazos. Sucedió entonces que,
aprovechando las alcancías de fuego, pólvora y mechas encendidas que había en la corulla de la galera turca, alguno tuvo
idea de pegarle fuego –lo que fue imprudencia, pues estaba
trabada con la nuestra, y podía haber sido gran daño para
todos–. En ese punto fueron de mucha lástima las voces que

daban los galeotes cristianos encadenados a los bancos, muchos de ellos españoles, que con nuestra irrupción habían creído segura su libertad; y ahora, al vernos incendiar, gritaban con muchos ruegos y desesperación que no los dejáramos allí, que los desherrásemos y no diéramos lumbre porque se quemarían todos. Pero no podíamos entretenernos ni hacer nada por aquellos infelices, y con harto sentimiento hicimos oídos sordos a sus súplicas. De modo que, cuando las llamas empezaron a crecer, volvimos a la *Mulata*, cortamos a espadazos y golpes de hacha los cabos de abordaje que nos unían a la nave turquesca y la apartamos como pudimos, aprovechando la brisa favorable, empujándola con picas y trozos de remo; de modo que se alejó poco a poco, echando humo negro y con llamas cada vez más altas que devoraban su árbol de trinquete, mientras hasta nosotros llegaban, dándonos mucha congoja, los gritos de los galeotes que allí se asaban vivos.

A media tarde, la *Caridad Negra*, abierta por un costado y anegándose despacio, encajó un asalto turco tan horroroso que los supervivientes, perdida la proa y casi toda la cámara de boga, tuvieron que acastillarse en la carroza, pese a que nosotros los socorríamos por la banda que teníamos pegada a la suya. Al general Pimentel lo habían herido otra vez, a saetazos, y nos lo trajeron hecho un San Sebastián a la *Mulata*, para protegerlo mejor. Después fue el capitán Machín de Gorostiola quien cayó herido de un mosquetazo que le llevó una mano, donde le colgaba el destrozo; y aunque se lo quiso arrancar para seguir bregando, le fallaron las fuerzas y dobló las rodillas, de manera que en el suelo fue rematado por los turcos antes de que los suyos pudieran valerle. Eso, que a otros habría desalentado, en la gente vizcaína obró el efecto contrario, pues a todos se les desgarró el rancho y alborotaban mucho queriendo vengarlo, como suelen; y a los gritos de «*¡Mendekua!* ¡Cierra España! *¡Ekin! ¡Ekin!*», animándose en lengua vascuence y blasfemando en buena parla castellana, hasta el último de los que se tenían en pie acometió con una saña que no está en los mapas. Y de ese modo no sólo barrieron su cubierta sino que llegaron a pisar la enemiga; y fuera por los destrozos o porque ya había sufrido varios cañonazos en aguas vivas, la turca empezó a dar de banda, aferrada a la *Caridad Negra*, que seguía anegándose. De manera que los vizcaínos volvieron a ésta, y viendo que al final también se iría a pique sin remedio, empezaron a pasarse a la nuestra saltando la borda, trayéndose a cuantos heridos podían, sin olvidar la bandera. A poco tuvimos que cortar palamaras y calabrotes, dejando que la nave se hundiera; como hizo, en efecto, junto a la turca, que acabó por dar la vuelta quilla al sol antes de ir al fondo. Y fue de mucho momento ver el mar lleno de restos y turcos debatiéndose, con los galeotes dando alaridos, ahogándose mientras procuraban inútilmente arrancar sus cadenas. Interrumpimos el combate con tan lastimoso espectáculo, pues los turcos se dedicaban a recoger a sus náufragos. Al cabo, las cinco galeras turcas supervivientes se retiraron a tiro de moyana, como solían, todas maltrechas y con la sangre corriéndoles entre bacalares y remos, muchos de los cuales iban rotos o no bogaban por tener muerta a la gente de esos bancos.

No hubo más ataques ese día. Al ponerse el sol, inmóvil
y sola en el mar, rodeada de galeras enemigas y de cadáveres
que flotaban en el agua quieta, con ciento treinta heridos
hacinados bajo cubierta y sesenta y dos hombres
sanos escudriñando la oscuridad, la *Mulata*
encendió de nuevo su fanal de desafío.
Pero no hubo canciones
aquella noche.

EPÍLOGO

A la mañana siguiente, cuando amaneció Dios, los turcos no estaban allí. La gente de guardia nos despertó con la primera luz del alba, señalando el mar vacío donde sólo quedaban a nuestro alrededor restos del combate. Las galeras enemigas se habían ido a oscuras, en mitad de la noche, al decidir que no compensaba la captura de una mísera y arruinada galera el alto costo en vidas que iba a suponer tomarla. Y todavía incrédulos, mirando en todas direcciones sin ver huella de los otomanos, era de ver cómo nos abrazábamos unos con otros, llorando de felicidad mientras dábamos gracias al cielo por tal merced; que habríamos llamado milagro de no saber con cuánto sufrimiento y sangre habíamos preservado nuestra vida y libertad.

Más de doscientos cincuenta camaradas, contando la gente de Malta, habían dejado la vida en el combate; y de los cuatrocientos galeotes de todas razas y religiones que componían la chusma de la *Caridad Negra* y la *Mulata*, apenas quedó medio centenar. De los capitanes y oficiales, sólo don Agustín Pimentel y el capitán Urdemalas, que pudo sobreponerse a su grave herida, sobrevivieron. Entre los cabos de mar y guerra quedaron vivos el capitán Alatriste, el piloto Braco y el caporal Zenarruzabeitia, que con el general Pimentel y una veintena de vizcaínos había podido acogerse a nuestra galera. También sobrevivió el galeote Joaquín Ronquillo, que por recomendación de nuestro general, informado de su acción con el jenízaro, vería reducidos a un año los seis pendientes de cumplir al remo. Y en lo que a mí se refiere, salí de todo con razonable salud, si hacemos salvedad de un cobarrazo de saeta turca que en el último combate me pasó, con poco destrozo, la carne del muslo derecho, haciéndome cojear dos meses.

La *Mulata*, como digo, se mantenía a flote aunque necesitaba reparar infinitas averías: quedamos tan desaparejados que hasta fue menester la jarcia de la jareta para remediarnos. Con la gente trabajando en las bombas de achique, taponamos la tablazón rota; y tras improvisar un árbol y recuperar varios remos, uniendo trozos de lona hicimos una vela que, ayudada con algo de boga, permitió arrimarnos a tierra firme. Allí, poniendo atalaya para precaver sobresaltos con gente de la costa, que por suerte era peñascosa y despoblada, en dos días de faena pusimos la galera a son de mar. En ese tiempo murieron muchos de nuestros heridos, que amortajamos con los otros españoles que habían quedado muertos a bordo y cuantos rescatamos del mar y las playas; y antes de zarpar ferro los sepultamos a todos en el cabo Negro con mucha melancolía. Al acabar de darles tierra, como no teníamos capellán ni nadie que hiciera el oficio de difuntos, y tanto nuestro general Pimentel como el capitán Urdemalas estaban incapacitados en la galera, correspondió a mi antiguo amo improvisar una oración ante las tumbas. Por lo que, reunidos alrededor, descubiertos e inclinadas las cabezas, rezamos un paternóster, y luego dijo el capitán Alatriste, a falta de algo mejor y después de tragar saliva y carraspear rascándose la cabeza, algunos versos cortos que, pese a provenir de una comedia soldadesca o de algo por el estilo, a todos parecieron muy bien traídos y oportunos:

> *Y libres de toda culpa*
> *suben a la gloria eterna,*
> *a gozar mayores premios*
> *de los que hay en la tierra.*

Todo esto ocurrió en el mes de septiembre del año mil seiscientos y veintisiete, y fue en el cabo Negro, como digo, que está en la costa de Anatolia, frente a las bocas de Escanderlu. Y mientras el capitán Alatriste pronunciaba tan singular responso, el sol poniente tornasolaba nuestras siluetas inmóviles en torno a las tumbas de tantos buenos camaradas, cada una con la cruz –última arrogancia en su memoria– hecha de madera turca. De ese modo quedaron todos ellos, acompañados del rumor de las olas y el graznido de las aves marinas, en espera de la resurrección de la carne; cuando quizá les corresponda levantarse de la tierra revestidos de sus armas, con el orgullo y la gloria de quienes tan fieles soldados fueron. Y hasta ese día lejano seguirán allí, inmóviles junto al mar donde a tan alto precio vendieron sus vidas, riñendo por la codicia del oro y los botines; pero también por su patria, por su Dios y por su rey, que todo cuenta. Durmiendo el largo sueño honrado del que gozan los hombres valientes.

La Navata, octubre de 2006

EXTRACTOS DE LAS

FLORES DE POESÍA
DE VARIOS INGENIOS ESPAÑOLES

Impreso del siglo XVII sin pie de imprenta
conservado en la Sección «Condado de Guadalmedina» del Archivo y
Biblioteca de los Duques del Nuevo Extremo (Sevilla).

❧

☞ DE DON MIGUEL DE CERVANTES SAAVEDRA

A LA MEMORIA DE LOS SOLDADOS ESPAÑOLES MUERTOS EN LA PÉRDIDA DE LA GOLETA.

De entre esta tierra estéril, derribada,
destos terrones por el suelo echados,
las almas santas de tres mil soldados
subieron vivas a mejor morada,

siendo primero en vano ejercitada
la fuerza de sus brazos esforzados,
hasta que al fin, de pocos y cansados
dieron la vida al filo de la espada.

Y éste es el suelo que continuo ha sido
de mil memorias lamentables lleno
en los pasados siglos y presentes.

Mas no más justas de su duro seno
habrán al claro cielo almas subido,
ni aun él sostuvo cuerpos tan valientes.

☞ DEL LICENCIADO D. MIGUEL SERRANO
DESDE SANTA FE DE BOGOTÁ, AL JOVEN
SOLDADO ÍÑIGO BALBOA.

Hijo de Flandes por fatal acoso,
sombra del capitán se ha convertido.
Joven, buen aprendiz, lector furioso,
de Quixotes y Lopes ha aprendido.

Fidel, leal, marcado por su sino,
de amores sufre por fatal belleza
que enemiga nació de su camino:
venganza habrá de amores y de Alquézar.

A tiempo daga, a tiempo valentía,
a tiempo, en noche negra, compañía.
Sin alabanza falsa es lo que fuiste.

Y por eso decir bien se ha podido:
aunque mozo, y de amores malherido,
nunca vencido fue, ni su Alatriste.

☞ DEL MISMO

AL CAPITÁN DON DIEGO ALATRISTE Y TENORIO, VETERANO DE FLANDES, ITALIA, BERBERÍA Y LEVANTE.

De Atocha al Arcabuz ronda una sombra
que, por valor, el capitán ha sido.
A sagrado se acoge quien la nombra;
a sepultura aquel que le haya herido.

Leal vasallo de su rey, su espada
perdona vida a reyes y a validos.
Ronda su huella por la encrucijada
donde su rey lo abandonó al olvido.

No halla reposo si reposo encuentra;
alquila espada, nunca honores renta;
que si no queda honor, no queda nada.

Y a glorias vuelve, quien de glorias vino,
a dar la cara con fatal destino,
temblando el corazón; nunca la espada.

A LA MEMORIA DEL DUQUE DE OSUNA, VIRREY DE NÁPOLES, MUERTO EN PRISIÓN.

Faltar pudo su patria al grande Osuna,
pero no a su defensa sus hazañas;
diéronle muerte y cárcel las Españas
de quien él hizo esclava la Fortuna.

Lloraron sus invidias una a una
de sus propias naciones las extrañas;
su tumba son de Flandes las campañas,
y su epitafio la sangrienta luna.

En sus exequias encendió el Vesubio
Parténope, y Tinacria al Mongibelo;
el llanto militar creció en diluvio.

Diole el mejor lugar Marte en su cielo;
la Mosa, el Rhin, el Tajo y el Danubio
murmuran con dolor su desconsuelo.

☞ DE SOR AMAYA ELEZCANO

ABADESA DEL CONVENTO DE LAS ADORATRICES BENITAS, A LA FIGURA DEL CAPITÁN DON DIEGO ALATRISTE.

La Fama siega laurel
con el filo de tu acero,
capitán aventurero,
hidalgo y soldado fiel.
Y pobre de todo aquel
arriscado a desmentir
ese modo de vivir
o esa manera de obrar;
que quien bien sabe callar,
se sabe mejor batir.

ÍNDICE

La primera edición de este libro
se terminó de imprimir
en los Talleres Gráficos
de Unigraf, S. L.
Móstoles, Madrid (España)
en el mes de diciembre de 2006

El capitán Alatriste
ARTURO PÉREZ-REVERTE

El sol de Breda
ARTURO PÉREZ-REVERTE

El oro del rey
ARTURO PÉREZ-REVERTE

El caballero del jubón amarillo
ARTURO PÉREZ-REVERTE

Alfaguara es un sello editorial del Grupo Santillana

www.alfaguara.com

Argentina
Avda. Leandro N. Alem, 720
C 1001 AAP Buenos Aires
Tel. (54 114) 119 50 00
Fax (54 114) 912 74 40

Bolivia
Avda. Arce, 2333
La Paz
Tel. (591 2) 44 11 22
Fax (591 2) 44 22 08

Chile
Dr. Aníbal Ariztía, 1444
Providencia
Santiago de Chile
Tel. (56 2) 384 30 00
Fax (56 2) 384 30 60

Colombia
Calle 80, 10-23
Bogotá
Tel. (57 1) 635 12 00
Fax (57 1) 236 93 82

Costa Rica
La Uruca
Del Edificio de Aviación Civil 200 m al Oeste
San José de Costa Rica
Tel. (506) 220 42 42 y 220 47 70
Fax (506) 220 13 20

Ecuador
Avda. Eloy Alfaro, 33-3470 y Avda. 6 de
Diciembre
Quito
Tel. (593 2) 244 66 56 y 244 21 54
Fax (593 2) 244 87 91

El Salvador
Siemens, 51
Zona Industrial Santa Elena
Antiguo Cuscatlan - La Libertad
Tel. (503) 2 505 89 y 2 289 89 20
Fax (503) 2 278 60 66

España
Torrelaguna, 60
28043 Madrid
Tel. (34 91) 744 90 60
Fax (34 91) 744 92 24

Estados Unidos
2105 N.W. 86th Avenue
Doral, F.L. 33122
Tel. (1 305) 591 95 22 y 591 22 32
Fax (1 305) 591 91 45

Guatemala
7ª Avda. 11-11
Zona 9
Guatemala C.A.
Tel. (502) 24 29 43 00
Fax (502) 24 29 43 43

Honduras
Colonia Tepeyac Contigua a Banco Cuscatlan
Boulevard Juan Pablo, frente al Templo
Adventista 7º Día, Casa 1626
Tegucigalpa
Tel. (504) 239 98 84

México
Avda. Universidad, 767
Colonia del Valle
03100 México D.F.
Tel. (52 5) 554 20 75 30
Fax (52 5) 556 01 10 67

Panamá
Avda. Juan Pablo II, nº15. Apartado Postal
863199, zona 7. Urbanización Industrial
La Locería - Ciudad de Panamá
Tel. (507) 260 09 45

Paraguay
Avda. Venezuela, 276,
entre Mariscal López y España
Asunción
Tel./fax (595 21) 213 294 y 214 983

Perú
Avda. Primavera 2160
Surco
Lima 33
Tel. (51 1) 313 4000
Fax. (51 1) 313 4001

Puerto Rico
Avda. Roosevelt, 1506
Guaynabo 00968
Puerto Rico
Tel. (1 787) 781 98 00
Fax (1 787) 782 61 49

República Dominicana
Juan Sánchez Ramírez, 9
Gazcue
Santo Domingo R.D.
Tel. (1809) 682 13 82 y 221 08 70
Fax (1809) 689 10 22

Uruguay
Constitución, 1889
11800 Montevideo
Tel. (598 2) 402 73 42 y 402 72 71
Fax (598 2) 401 51 86

Venezuela
Avda. Rómulo Gallegos
Edificio Zulia, 1º - Sector Monte Cristo
Boleita Norte
Caracas
Tel. (58 212) 235 30 33
Fax (58 212) 239 10 51